Daphne Du Maurier
Das goldene Schloß

Daphne Du Maurier

Das goldene Schloß

Roman

CARL HABEL VERLAG

Titel des englischen Originals:
CASTLE DOR
Deutsch von N. O. Scarpi

Lizenzausgabe mit Genehmigung des Scherz Verlag, Bern und München
Titel des Originals: Castle d' Or

Einzige berechtigte Übersetzung aus dem Englischen von N. O. Scarpi

Satz: Compusatz GmbH, München
Gesamtherstellung: Carl Habel GmbH, Darmstadt
Printed in West Germany
ISBN: 3-87179-129 6

Du und ich und Amyas,
Amyas und du und ich,
wir müssen in den grünen Wald,
du und ich, mein Leben, und Amyas.
William Cornish

PROLOG

Vor vielen Jahren, anfangs der Vierzigerjahre des neunzehnten Jahrhunderts, in einer sehr hellen, leuchtenden Oktobernacht, hielt ein gewisser Dr. Carfax mit einem Fernglas Wache auf dem hohen Wall von Castle Dor in Cornwall. Er war gekommen, weil der Schmied an der nahen Straßenkreuzung ihn gerufen hatte, dessen Frau in Kindesnöten lag. Er war gekommen und stellte fest, daß alles gut und natürlich vonstatten ging; und da er zu jenen gehörte, die der Ansicht sind, man solle die Natur sich selber überlassen, legte er seine Tasche auf den Küchenstuhl und wanderte über eine betaute Wiese; der tüchtigen Hebamme hatte er eingeschärft, ihn zu rufen, wenn es nötig sein sollte. Nachdem er sich eine Weile auf dem Wall aufgehalten hatte, der nur einen Feldstrich von der Schmiede entfernt war, merkte der Doktor, an solche Wachen gewöhnt, daß er drei vertraute Stadien von Gefühlen durchlebte, um zu einem vierten, gleichzeitig neuen und zauberhaften zu gelangen.

Zuerst kam das Gefühl der Entrücktheit, das jeden Mann von durchschnittlicher Vorstellungskraft befällt, der auf einer Erhebung unter den Sternen steht. Sie sind eine Krone, die wir alle uns anpassen können, um uns in nichtige Gedanken über diesen Planeten zu verirren und in eine Stimmung, darin aller Erdenbewohner Sorgen zu einem Mückengewirr unter einem sommerlichen Zweig wird. Diese Stimmung aber trägt ihre Zurechtweisung in sich. Da wir Menschen sind, gehören wir der Erde; und, der Erde hörig, müssen wir, wie Archimedes, irgendwo stehn. Und wo wir auch stehn und die Astronomen spielen, ist das eine Lage, in der wir dessen nicht gewahr sein können, was sich zu unsern Füßen braut.

Nein, das beachtete Doktor Carfax nicht, sondern seine Aufmerksamkeit galt noch immer dem Firmament, wo über dem weiten Meer Sirius wie ein Feuerstein unter der Ferse des Jägers funkelte und Aldebaran ein Rubin war und die Plejaden in der Ferne zu seiner Rechten wie ein Spinnweb im Mondschein hingen; und nun gelangte er zu einem zweiten, abermals vertrauten Gedankengang – von der gewaltigen, unerbittlich, fast sichtbar kreisenden Kuppel, von sich selber und von unserer Erde, die sich, scheinbar in entgegengesetzter Richtung oder Purzelbäume schlagend, mit unglaublicher Schnelle darunter drehte.

Das – denn er war ein Mann von gesundem Menschenverstand, wenn auch nicht ohne Phantasie – lenkte seinen Sinn wieder auf den Boden zurück; um das dunkle Dornengestrüpp rund um sich zu gewahren, das Grashalme bedeckte, zahllose, winzige Thymianblätter, die wiederum das schlafende Insektenleben bedeckten, um es im nächsten Sommer in Myriaden freizugeben, welche Luft und Felder mit ihrem Summen erfüllten. Mit einem Mal wurde unsere Welt wieder riesenhaft; eine gerundete Welt mit gewölbten Hügeln, die sich langsam zum Meer senkten. Das Meer selbst –

das große Meer,
ein mächtig Schiff, lag vor des Meisters Tor,
und schluchzte, trunk'nem Riesen gleich, im Schlaf.

Nein... Meer und Land waren Riese und Riesin; erschöpft nach gewaltigen Umarmungen. Und ihm, jetzt vom Beschauer zum Lauscher geworden, schien es, daß der Riese wohl hörbar schnarchte, seine Partnerin aber keinen Schlaf fand; daß ihr Busen sich in undeutlicher Wirrnis hob, in einem Wort, das nicht ausgesprochen werden konnte; und daß dieses Geheimnis irgendwie ihm bestimmt war und Männer und Frauen gerade hier betraf, wo er stand. Doch es konnte nicht – dazu war es zu wichtig – die Menschen betreffen, die in den Landhäusern im Tal unter ihm schliefen oder auch die Kindesnöte in der Schmiede dort an der Hauptstraße – oder sonstwen im Tal unter ihm, der etwa wach lag und eines Kummers in dem oder jenem Kirchhof zwischen den Hügeln gedachte ... Er kannte diese Menschen, wie nur ein praktischer Arzt sie kennen kann.

Nein, nochmals nein! Dieser uralte Kreis von Castle Dor, verödet, unter Dornengestrüpp, war selbst die Knospe einer schmerzenden Brust, die nach Erlösung lechzte.

Langsam brach der Tag an ... schloß ein Fenster auf den Raum, um eines in die Zeit zu öffnen. Denn der Wall überschaut auf der einen Seite eine Bucht des Meeres und auf der andern eine Flußmündung, die tief in ein Tal einschneidet. Von einem Winkel der Bucht zog vor Jahrhunderten einer, der ein Cäsar sein wollte, mit seinen Schiffen aus, um Rom zu erobern. Auf einem Feld, das sich von dem Wall nordwärts senkt, ergaben sich Geschütze und Fußvolk einer Parlamentsarmee dem König Karl auf seinem letzten Feldzug im Westen. Der König hatte seinen Wagen im Schutz einer Hecke angebunden und schlief in der Nacht vor der Übergabe darin. Jenseits des Fords hatten Regimenter gestürmt und gebrüllt.

Doch diese Erinnerungen hoben sich mit dem Dunst des Tals, um sich aufzulösen und über Wald und Felder und Wiesen zu treiben, und er wußte, daß er nicht auf eines ihrer Geheimnisse gelauscht hatte, noch auf irgendeine unbedeutende, entwirrbare Geschichte von Streit, von alten Fehden, von Prozessen, welche die Felder zu seinen Füßen zerstückelt und die Bezirksstraßen verkrümmt hatten. Ganz England ist ein Palimpsest davon, durchzogen von Kerben; Haß und Liebe bewahrten sie, Kinderzeugung unter dem Haselstrauch, Verrat, Beschwerde, Fluch, geheime Geburten. Doch dies war irgendwie anders. Es hatte keine Dimensionen, nicht kleine noch große. In gewissem Sinn hatte es sich den Dimensionen entzogen, um weltumspannend zu werden, und doch gerade hier – – hier – wartend . . . eine Eule schrie im Wald. Ein Wiesenpieper auf einem Stein verkündete den Tag. Im nächsten Augenblick kam bei Tageslicht der Schmied über die Wiese; alles stehe gut, aber der Doktor werde benötigt. Doktor Carfax schob sein Fernrohr nachdenklich zusammen und ging auf die Schmiede zu. Das Wort, sekundenlang so greifbar nahe, war ihm entglitten.

ERSTES BUCH

I

DER ZWIEBELJUNGE

»Amyot!«

Das unverständliche Wort war mit einer flüssigen, fremdländischen Stimme gesprochen worden; nicht wie die Franzosen es aussprechen würden, sondern mit einem scharfen ›t‹ schließend. Ein Seufzer hallte nach. Wort und Seufzer schienen in dem alten Spiegel zu verschmelzen, darin Mrs. Lewarne sich bewundert hatte.

Sie wandte sich um. Irgendwer hatte im Zimmer, in ihrer Nähe, hinter ihrer Schulter gesprochen. Ihre Magd? Deborah?

Doch keine Deborah stand auf der Schwelle. In das getäfelte, dreieckige Schlafzimmer, das muffig roch, weil es nicht verwendet wurde, hatte sich der Sonnenschein, von einem geweißten Haus gegenüber in der engen Straße gespiegelt, gleichsam hereingestohlen. Linnet Lewarne hatte vor einer halben Stunde die Vorhänge aufgezogen und das Fenster gehoben, bevor sie sich der Betrachtung ihres Ebenbilds im Spiegel überlassen hatte; ein verzeihliches Getändel – war sie doch erst seit zwölf Monaten verheiratet. Auch war sie die Herrin des Hauses – ›Rose und Anker‹ in Troy – ein altes, angesehenes Haus, dessen bejahrter Wirt, ihr Gatte, sie auf seine Art vergötterte. Sie hatte, wie die Leute das ausdrückten, ›sich sehr gut gebettet‹. Ihr Mädchenname war Linnet Constantine gewesen, ihr Vater, früher Schmied, hatte vor etwa neunzehn Jahren auf dem Hügel bei Castle Dor Haus und Werkstatt besessen.

Ihr Gatte hatte ihr ein neues Kleid geschenkt, das sie sich selbst ausgesucht hatte, um mit ihm zu den Rennen von Castle Dor zu fahren. Es war ein sehr heller grüner Musselin, mit Rosenknospen besprenkelt; und der Hut paßte dazu – ein breiter Hut mit hellgrünen Bändern, die sich unter dem Kinn vereinigten. Und auch der Sonnenschirm paßte dazu. Sie hatte ihn halb geöffnet, um seine Wirkung zu erproben, doch dann hatte sie es sein lassen, denn sie erinnerte sich, daß es kein Glück brachte, Schirme im Hause zu öffnen.

«Amyot!«

Die Stimme war nicht ganz Deborahs Stimme gewesen, und doch mischte sie sich mit ihrer und auch mit einer gewissen Besorgnis um einen ausländischen Herrn. Es war natürlich unangenehm, daß er ausgerechnet den Renntag von Castle Dor ausgesucht hatte, um einzuziehen. Den ganzen gestrigen Tag hatten sie und Deborah damit verbracht, zu räumen, zu putzen, die Betten zu lüften, den alten, unebenen Boden mit weichem Besen und Bienenwachs zu glätten. Als sie ans Fenster trat, hörte sie Deborahs gereizte Stimme, jetzt von der Schwelle um die Ecke des Hauses.

»Zwei Schilling! Das ist ja Straßenraub!«

»Plaît-il?«

Linnet erriet. Das war die Zeit im Jahr, da die bretonischen Schoner kamen, und ihre Küchenjungen wurden an Land gesendet, um Zwiebelkränze zu verkaufen und einen Preis zu verlangen, der im nächsten Laden schon um ein Fünftel herabgesetzt wurde. So hatte es sich im letzten September zugetragen, dem ersten Monat ihrer Wirtschaftsführung.

Linnet konnte später nie sagen, warum sie sich so schnell vom Spiegel abgewandt hatte und an der Tür der großen Wirtsstube vorüberschlüpfte, wo Gläser klirrten und ihr bejahrter Gatte von seinem Stuhl her dem Kreis irgendeine Jadggeschichte erzählte.

Mehr oder weniger konnte sie sich die Szene vor der Schwelle vorstellen; der Platz war leer, denn die Leute waren bereits den Hügel zu der Rennbahn hinaufgewandert. Nach einer Weile würde sie folgen, in einem Wagen neben ihrem Gatten, der sie leidenschaftlich gern zur Schau stellte. Ihr Name stand auf den Plakaten des Rennens als Stifterin eines Steeplechase-Pokals im Wert von zwanzig Guineas, den sie dem Sieger reichen sollte.

Sie ging die Treppe hinunter auf den Vorplatz. Auf einer Stufe stand Deborah, die Hand in die Hüfte gestützt, und beschmipfte einen jungen Menschen in geflicktem Sweater und noch mehr geflickten Hosen, die, allzu kurz, nackte Knöchel und drei oder vier Zoll nackte Beine über seinen Holzschuhen sehen ließen; auf dem Kopf trug er ein Barett und über dem Rücken eine Stange mit fünf oder sechs Zwiebelkränzen.

»Heidnischer Tropf, du! Geh und verlang vom Papst zwei Schilling... nein, hehe, du! Komm zurück!«

Der Zwiebelverkäufer hatte sich zum Gehn gewandt, als Mrs. Lewarne auf dem Vorplatz erschien. Auf Deborahs Schrei hin war er langsam weitergeschlendert; ein ausnehmend hübscher Bursche mit einem verdrossenen Zug um den Mund und schönen braunen Augen. Seine Haut war von Wind und Wetter tief gedunkelt.

Deborah schoß auf ihn zu und drehte ihn um.

»Sehen Sie nur her!«

»Ach, das ist ja schrecklich!«

Ein breiter Striemen kreuzte den Rücken des jungen Menschen, oberhalb des Schulterblatts und just unter der Stange mit den Zwiebeln; ein Striemen, der an einer Stelle fünf oder sechs Zoll hinunterlief und seine Jacke mit Blut rötete.

»Wer hat dir das getan?«

»Wie heißt dein Schiff?«

»Und wie heißt du?« fragte Deborah.

»Amyot.«

»Törichtes Frauenzimmer«, sagte Mrs. Lewarne. »Wenn er es dir doch vor fünf Minuten gesagt hat!«

»Mir gesagt hat? Ich habe nie –«, protestierte Deborah.

Mrs. Lewarne stand verwirrt da und streckte eine Hand nach einem Pfeiler aus. Sie hatte das starke Gefühl, daß irgend etwas aus der Vergangenheit hervorbrach, um sich mit unmittelbar Bevorstehendem zu verbinden. Der Platz war scheinbar stumm wie ein leerer Raum...

»Amyot«, wiederholte der Zwiebelverkäufer. »Amyot Trestane.« Sekundenlang überlegte er sich die Fragen der Frauen, und dann setzte er in seiner stockenden Sprache hinzu: »Von ›La Jolie Brise‹, Schoner aus Brest... *Mais tenez, mesdames – le patron!*«

Ein Riese von einem Mann tauchte aus dem Schankraum auf, wo er über seinem Schnaps gedöst hatte, stand jetzt auf der Schwelle und wischte sich den Mund. Über Mrs. Lewarnes Schulter hinweg fiel sein Blick auf den Zwiebelverkäufer.

»*Petit cochon!*« brüllte er. »*Pas un chapelet vendu! Attends seulement!*« Und damit ergoß sich ein Sturzbach von französischen und bretonischen Flüchen.

Linnet verstand ein wenig französisch, doch nichts von seinem Bretonischen. Sie wandte sich zu ihm.

»Alle seine Zwiebeln sind verkauft! Ich habe sie gekauft. Aber habt Ihr das da getan?«

Sie wies, als Deborah den jungen Menschen wieder umdrehte, auf die Striemen.

»Wenn ja, dann seid Ihr ein Vieh!«

Der Riese grinste duldsam. Man kannte ja die Frauen!

»Diese Burschen, Madame, sind alle faule Schweine. Sie wollen nichts lernen, wenn nicht mit dem Tauende.«

Mit einem scharfen Räuspern mischte sich jetzt Mark Lewarne von hinten her ein, ein Mann von einigen Sechzig, der Besitzer von ›Rose und Anker‹.

»Was soll das alles?« fragte er halb-diktatorisch, halbstreitsüchtig. Dann, als seine Blicke auf seine Frau fielen, wurde ihm alles Übrige im Nu gleichgültig. »Was soll das alles?« wiederholte er. »Habe ich dich nicht ausdrücklich gebeten, herunterzukommen und die Zigarren anzubieten?«

»Hat's Deborah nicht getan?«

»Das ist nicht dasselbe. Das ist ganz und gar nicht dasselbe... und nachher dabeizusitzen und aus meinem Glas zu trinken. Neben mir war ein Stuhl für dich frei... dein Kleid da – ein gutes Stück Gold werde ich am Quartalstag dafür zu zahlen haben. Was einem gehört, das gehört einem, was?« Er wandte sich zu dem bretonischen Schiffer.

»Vor allem, wenn ihm ein Armvoll von soviel Charme gehört«, stimmte der Riese bei und musterte die beiden Frauen mit Kennerblick.

Mrs. Lewarne wich Deborahs Augen aus; doch ihre nächsten Worten waren an Deborah gerichtet.

»Ich habe diese Zwiebeln gekauft. Nimm sie ihm vom Rücken!«

Der Schiffer trat vor, vielleicht um in seiner halben Trunkenheit behilflich zu sein, während sie nach Tasche und Börse tastete.

»Zu zwei Schilling den Kranz?« fragte er und sah den Wirt an, um sich zu vergewissern.

Doch er hatte zu früh gesprochen. Als Deborah die Zwiebeln von der Stange nahm, riß der Bursche die Stange von den Schultern, schwang sie und ging auf den Riesen zu, als wollte er ihn schlagen. Deborah kreischte auf. Linnet hielt den Atem an. Der Riese trat einen halben Schritt zurück. Er hatte Arme wie ein Gorilla. Doch just in diesem Augenblick trat eine lächerliche Pause ein. Die Füße der Zechenden stapften von dem obern Raum die Treppe hinunter und fast gleichzeitig befahl eine Stimme:

»Halt! Was, zum Teufel?« Und unmittelbar darauf folgte ein: »*Halte-là!*«

II

DER NOTAR LEDRU

Der Reisende im schweren Wagen öffnete die Augen und hob die Schultern von dem Kissen, daran sie sich gelehnt hatten – und das mit einem leichten Ruck, als wäre er jäh aus dem Dösen erwacht. Und doch war es unglaublich, daß er auf der scharf abfallenden Straße nach Troy gedöst haben sollte, die dafür bekannt war, daß sie die Fremden halb zu Tod erschreckte.

Er trug einen schwarzen Reisemantel. Ein schwarzer Samthut mit ungewöhnlich breiter Krempe bedeckte seine weißen Locken. Linnet hatte das Gefühl, als wäre er der älteste Mann, den sie je gesehen hatte; über alle Maßen alt war er, so zahllos zogen sich die Furchen über sein glattrasiertes Gesicht. Und doch – wie sie es sich im nächsten Augenblick auslegte – ganz wunderbar jugendlich für sein Alter. Denn seine Haut war wie Elfenbein, beinahe durchsichtig, und schien ein Licht in sich zu bergen.

Sie hatte einen scharfen Blick. Ein feiner Mann, sagte sie zu sich, während Deborah zutrat, um den Wagenschlag zu öffnen.

Auch der Besucher hatte einen scharfen Blick, der den Bruchteil einer Sekunde auf Linnet verweilte und dann ihren Gatten aus der Schar auf den Stufen erkannte.

»Monsieur ist mein Wirt, wenn ich nicht irre? Aber Verzeihung... mir ist, als wäre ich vor Ihrer Schwelle wieder in mein eigenes Land zurück geraten.«

Er sprach ein ausgezeichnetes Englisch, fast ganz ohne fremden Akzent, und schaute vom Zwiebelverkäufer zum Schiffer, an den er sich jetzt leidlich mild wandte.

»Mein Freund, unsere Begegnungen dürften von der Vorsehung herbeigeführt werden. Die letzte fand, wenn ich mich recht erinnere, in Landerneau statt, wo der Bischof genötigt war, einen Pardon zu unterbrechen, weil Ihr einen Esel so unbarmherzig geprügelt habt.«

»Da ich ein redlicher Mann bin, *Monsieur le Notaire* –«

»Was Ihr in Wirklichkeit nicht seid«, unterbrach ihn der Fremde und strich den Staub von seinem Hut. »Es war nicht gerade um dieser Tugend willen, daß Ihr – Fouguereau – Quimper vor zwei Jahren verlassen und eine Kneipe in Pont l'Abbé geöffnet habt. Hühnerdiebstahl, nicht? Und ich hatte das Vergnügen, gegen Euch bei Gericht vorzugehn. Nachher habt Ihr in Loch Tudy ein Schiff gekauft... Ihr erinnert Euch wohl auch meiner, nicht?«

»Das schon, Monsieur Ledru. Ja, gewiß –«

»Ihr seht – er hat mich schon vorgestellt.« Der Fremde wandte sich zu dem Wirt. »Ja, ich heiße Ledru und bin Notar in Quimper; und mein Zimmer wird zweifellos bereit sein, da Euer Wagen am Bahnhof in Lostwithiel gewartet hat. Obgleich –« er hob den Kopf, als jetzt ein brüllendes Gelächter verspäteter Zecher aus dem obern Schankraum dröhnte, »– Ihr offenbar mehr Gäste bewirtet, als ich erwartet hatte.«

»Die Rennen –«, begann Mark Lewarne.

»Ja, aber Ihr Zimmer steht für Sie bereit, Sir«, unterbrach Linnet und trat hinter Deborah, die noch immer den Wagenschlag offenhielt.

Monsieur Ledrus Brauen hoben sich ein wenig.

»*Tenez* – und sind Sie die charmante Herrin in diesem Hause?«

»Auch das heiße Wasser für Sie wird sogleich bereit sein, und nachher eine gebratene Scholle, eine Omelette –«

»Mit Zwiebeln, wenn ich bitten darf.«

Er wies mit dem Kopf auf die Kränze, die noch immer Deborahs linken Arm belasteten.

»Gehackt und geröstet; und Deborah versteht sich darauf, eine Omelette zu machen«, verhieß Linnet tapfer.

»Dann fühle ich mich mehr und mehr daheim.«

Monsieur Ledru verbeugte sich, gönnte allen ein wohlwollendes Lächeln und wandte sich langsam um. Durch die Ausstrahlung einer gewissen Kraft hatte er dem ganzen heftigen Auftritt ein Ende gemacht. Da, der Zwiebelverkäufer auf der Straße hatte seine Stange gesenkt, dort, der riesige Schiffer, ein Raufbold, regte sich nicht.

Monsieur Ledru stand aufrecht da und wickelte sich aus einer Reisedecke.

»Und dieser Bursche? Als wir um die Ecke bogen, schien es mir... dreh dich einmal um, mein Sohn! Ah...! Das ist ja abscheulich! Ihr da, Fouguereau! Muß ich Euch erst sagen, daß dergleichen unser Land in Verruf bringt? Nein – ein Mann wie Ihr versteht das nicht. Aber eines kann ich Euch versichern – dieser junger Mann fährt nicht mit Eurem Schiff zurück!«

Dann folgte ein rascher Wortwechsel in bretonischer Sprache, der damit endete, daß der Schiffer die Stange aufhob, die der Zwiebelverkäufer fallen gelassen hatte, und sich mit gebeugten Schultern davonschlich.

Noch immer stand Monsieur Ledru aufrecht in seinem Wagen; jetzt wandte er sich an den Burschen.

»Wo kommst du her, mein Sohn?«

Die Antwort erfolgte erst nach einer Pause, und als ob sie dem Sprecher schwer fiele.

»Von der Insel Tudy.«

»So...? Sieh mich an und antworte mir. Wie ist dein Name?«

»Amyot.«

»Amyot? Und ist das der Vorname oder der Zuname? Wie lautet der andere, wenn du einen hast?«

Der Zwiebelverkäufer schaute noch immer der Gestalt seines Brotgebers nach, der sich verzog.

»Meine Mutter, Herr, wurde Trestane genannt... sie war aus Douarnenez; so erzählte sie mir einmal; und daß wir nach der Insel Tudy gezogen waren... Bald nach meiner Geburt... so erzählte sie mir.«

Er zuckte die Achseln, als wäre ihm Vergangenheit gleichgültig; das Licht in seinen Augen verriet, daß er nur an eines dachte – trotz dem Unterschied an Größe und Kräften, den Kampf mit dem brutalen Schiffer wiederaufzunehmen.

»Ein Störenfried, wenn Sie mich fragen«, erklärte der Wirt von der obersten Stufe des Vorplatzes. »Aber ich habe mir nie eingebildet, Ausländer zu verstehn – wenn Sie es mir zugute halten wollen, Mister.«

Monsieur Ledru stieg langsam aus dem Wagen und überhörte höflich diese Bemerkung.

»Was man zunächst tun muß«, sagte er zu Deborah gewendet, »ist, diesen Burschen ins Haus zu führen und ihm den Rücken zu waschen. Nachher, wenn er sich erholt hat, wird er mich ein Stück auf Eurem Fluß rudern. Das heißt – wenn Ihr ein Boot zu vermieten habt.«

»Natürlich gibt's ein Boot – aber...«

»Ja, ich weiß; damit wollt Ihr jetzt nicht belästigt werden. Ihr seid gerade im Begriff, zu den Rennen zu fahren... ich habe die Anzeige bei dem Schmied an der Straßenkreuzung gesehen... ich höre schon Eure Wagen den Hügel herabrollen! Bevor sie kommen und um diese Sportsfreunde nicht zu stören« – er verbeugte sich vor den Zuschauern, »– könnten wir wohl eintreten.«

III

MAI UND NOVEMBER

Mark Lewarne, seine Frau und ihr Gast traten ins Haus und stiegen, einer nach dem andern, die Treppe hinauf. Deborah folgte mit dem Koffer. Auf ihr Geheiß wartete der Zwiebelverkäufer im Gang unten. Auf dem Treppenabsatz wandte Lewarne sich mit einer Entschuldigung zu der Tür des Schankraums, öffnete sie und verkündete den noch übrigen Gästen, daß die Wagen schon unterwegs seien; Linnet und Monsieur Ledru traten in das beste Gastzimmer.

»Wir haben unser Möglichstes getan, Sir, um es Ihnen gemütlich zu machen. Deborah, setz den Koffer hin und dann lauf, hol heißes Wasser und kümmre dich um den armen jungen Menschen. Nachher kannst du dem Herrn beim Auspacken helfen.«

»Was haben Sie denn gegen dieses Zimmer, Madame?« fragte Monsieur Ledru.

»Mir ist alles verhaßt, was alt ist«, bekannte Linnet.

»Nun, das kann ich begreifen, Madame, wenn ich auch Ihre Meinung wohl nicht teilen muß.«

Linnet wurde rot.

»Ich habe nicht gemeint...«

Deborah kam mit einer Kanne heißen Wassers; und fast, als hätte das Öffnen der Tür den Lärm durch das Fenster gegenüber eingelassen, rumpelte unten der Zug der Wagen heran, bog in den Platz ein, und die Kutscher kämpften mit heitern Scherzworten um die Plätze. Deborah meldete, daß das Mittagessen für den Herrn in zehn Minuten bereit sein werde, und dann, daß der Zwiebelverkäufer unten sei und sich den Rücken spüle; und sie meinte, die Herrin sollte selber nach seinen Wunden sehen. Mit einem Blick auf Monsieur Ledru setzte sie hinzu, daß die Zeit dränge.

»Mit Ihrer Erlaubnis, Madame, möchte ich auch die Wunden des jungen Mannes ansehen«, sagte der Notar.

So gingen sie denn alle drei in den schmalen Gang und stießen an der Tür des Schankraums auf die letzten Gäste. Mark Lewarne führte sie an, blieb seiner Frau gegenüber stehn, und so hatte sich im Nu auf dem Gang und der Schwelle dahinter ein Haufen gebildet. Mark war sichtlich in schlechter Laune.

»Ich dächte, ich hätte dir doch gesagt...«

Linnets Gesicht wurde sekundenlang weiß, bevor es sich trotzig rötete.

»Ich habe vergessen, was du mir gesagt hast«, erwiderte sie und wählte ihre Worte sehr überlegt. »Aber es dürfte sich darum gehandelt haben, daß du gewünscht hast, ich sollte mich in dem neuen Kleid aufspielen, das du mir gekauft hast. Schön; wenn du ein wenig zur Seite treten willst, so werde ich mit diesem Herrn ganz langsam vorübergehn, und deine andern Gäste können dir ganz offen sagen – und das werden sie zweifellos – was sie von deiner Frau halten.«

»Ein Mann ist der Herr in seinem Haus«, fluchte Mark. Doch auf den Rückhalt an den andern Männern hinter ihm konnte er sich nicht verlassen. Ein schottischer Seemann summte halblaut:

»Was macht ein junges Dirnlein,
Was macht ein junges Dirnlein
Mit einem alten Mann?«

Mark überhörte das ebenso wie das leise Lachen.

»Ein Mann ist der Herr in seinem Haus!« wiederholte er.

»Und seine Frau die Herrin«, erwiderte Linnet. »Kümmre du dich um deine Gäste, und ich kümmre mich um meine.«

Ihr Gatte gab ihr den Weg frei. Wie eine Königin schritt sie vorüber, und Monsieur Ledru und Deborah folgten ihr.

Die drei stiegen die Treppe hinunter und traten im Erdgeschoß am Ende eines vom Geruch gerösteter Zwiebeln erfüllten Ganges in eine weiträumige Küche mit Steinboden, in der der junge Amyot sich über ein Becken mit heißem Wasser beugte und seine Wunden spülte. Er richtete sich, bis zum Gürtel entblößt, auf, als sie eintraten, lächelte ihnen dankbar zu und beugte sich wieder über das Becken. Sein Rücken war grausam zugerichtet, von den Schulterblättern bis dorthin, wo die Hose die Hüften bedeckte. Doch seine Schultern waren fest und muskelstark, seine Haut zart, und den Rücken hinunter, längs der Wirbelsäule, liefen zwei kräftige Muskelwülste, wie sie nur langes, angestrengtes Rudern erzeugt.

»Dafür kann ich etwas verschreiben«, sagte Monsieur Ledru, nachdem er die Wunden des jungen Menschen näher besichtigt hatte. »Wenn es hier in der Nähe einen Apotheker gibt –«

»Ich habe Salben im Haus«, unterbrach ihn Linnet. »Ich bin auf einem Gehöft über dem Wasser aufgewachsen, wo man schwer einen Doktor holen kann und Hilfe bei der Hand sein muß, wenn die Männer sich bei der Arbeit schneiden.« Während sie sprach, hatte sie die Hand nach Amyots wunder Schulter ausgestreckt. Unabsichtlich – denn ihre Blicke waren nur auf den Notar gerichtet – hatten ihre Finger diese Schulter berührt; und im gleichen Augenblick, ebenfalls unabsichtlich, hatte Amyot den Schwamm gehoben und preßte einen Guß von warmem Wasser über ihre Hand.

»Solche Hausmittel«, meinte der Notar, »sind gewöhnlich die besten – besonders diese Salben –«

»Linnet!« rief die Stimme ihres Gatten von oben her. »Was, zum Teufel, trödelst du noch?«

Linnet zog ihre Hand rasch von der Schulter des jungen Mannes zurück. Der Notar beobachtete ihren Blick, als sie jetzt nach der Tür schaute, durch die scharf und verdrossen ihres Mannes Stimme drang. Zunächst war es der Blick eines gestellten Wildes. Doch schon zogen die Augen sich zusammen, die Pupillen verengten sich, und die Iris, sonst in violetter Lieblichkeit, schien sich mit ihnen zu verengen.

»Linnet!« Abermals tönte die Stimme ihres Mannes.

Sie ließ die Hand sinken, benetzte dabei ihr Kleid, zauderte und ging dann hinauf.

»Sie ist plötzlich ganz gehorsam geworden«, meinte Deborah nach einer Pause, die mit dem Geräusch des Spülens und Waschens ausgefüllt war.

»Ich bin nicht dieser Meinung, obgleich Ihr sie wohl besser kennen müßt als ich«, sagte der Notar ernst. »Ich glaube eher, daß sie ihre Tür abgesperrt hat und just jetzt anfängt, ihren Putz abzulegen.«

Deborah starrte ihn an, griff nach einem Handtuch und begann, den Rücken des Zwiebelverkäufers behutsam zu trocknen.

»Wenn's so ist«, sagte sie dabei, »was soll man da tun, Sir?«

»An Eurer Stelle würde ich ihr nachgehn, an die Tür klopfen und ihr sagen, daß wir auf die Salbe warten.«

Deborah ging hinauf.

Sie stellte fest, daß Linnett tatsächlich die Tür des Schlafzimmers abgesperrt hatte. Doch sie sah auch etwas, das der Notar nicht vorausgesagt hatte – sie sah Mark Lewarne, der vor der Tür beinahe auf den Knien lag und flehte.

»Überlaßt sie mir, Herr«, sagte Deborah.

Sie klopfte an die Tür.

»Geh fort, sage ich dir!« befahl eine Stimme aus dem Zimmer. »Ich sage dir doch, daß ich nicht mitkomme!«

Abermals klopfte Deborah.

»Ich bin's, Herrin – nur Deborah. Ich komme die Salbe holen.«

Nach ein oder zwei Sekunden hörte man, wie der Schlüssel im Schloß gedreht wurde. Deborah machte Mark ein Zeichen, daß er sich lieber fernhalten solle, drehte den Knauf, öffnete die Tür gerade nur so weit, um einzutreten, und schloß sie hinter sich.

Am Ende fuhr Linnet Lewarne dennoch zu den Rennen.

IV

DER FLUSS TROY UND CASTLE DOR

Im spätern Verlauf des Nachmittags führte Deborah den Notar und den Zwiebelverkäufer Amyot zu Mark Lewarnes eigenem Landeplatz und zog das Boot am Tau heran. Ein oder zwei Minuten blieb sie stehn und beobachtete sie – lang genug, um sich zu vergewissern, daß der junge Mann mit einem Boot umzugehn wußte und, trotz dem Verband, geschickt rudern konnte.

Monsieur Ledru dagegen war geneigt, an den Fähigkeiten des jungen Menschen zu zweifeln, als er sah, daß sie in – wie er meinte – gefährliche Nähe des Vorderstevens eines schwarzen Schoners kamen, der dort vor Anker lag.

»Gib acht!«

»Schon gut!« beruhigte ihn Amyot. »Das ist die ›Jolie Brise‹.« Mit einem seltsamen scharfen Schrei, dessen Monsieur Ledru später gedenken sollte, rief er das Schiff an und legte das Boot geschickt längs des Vorderdecks.

Ein Matrose erschien und beugte sich über die Schanzverkleidung.

»Yann, kannst du mir mein Bündel holen – oder soll ich selber kommen? Es ist alles beisammen in meiner Koje, und meine Fidel daneben.«

»Das habe ich gerade gesehen, als ich den Mannschaftsraum putzte«, erwiderte der Matrose, »und ich dachte schon, daß du auf und davon bist. Nicht, daß mich's Wunder nimmt. Na ja, ich hol dir dein Zeug. Aber sei nur ganz ruhig. Der Alte ist unten und schlechter gelaunt als je, glaube ich.«

Ja, der Schiffer war tatsächlich unten und überdies hellwach. Er hatte den Ruf des Burschen gehört und erkannt; und jetzt tauchte er auf der Kajütentreppe auf und erhob sich zu seiner ganzen Höhe, während der Matrose sich verzog.

Er schlurfte vorwärts und beugte sich über die Schanzverkleidung.

»Heh?« sagte er zu Amyot. »Du hast dir's also zweimal überlegt und kommst zurück, du kleiner Narr?«

»Um seine Sachen zu holen«, erwiderte Monsieur Ledru.

»Seine Sachen? Seine Sachen?« donnerte Fouguereau. Er trat einen Schritt zurück zu der offenen Luke, beugte sich vor und schrie: »Heh, dort unten? Was treibst du denn?«

Der Angerufene erschrak zwar, denn die Macht des Schiffers auf seinem eigenen Schiff ist unbegrenzt, aber er war ein beherzter Mann und ehrlich dazu.

»Ich hole Amyot Trestanes Sachen«, sagte er und kam, das Bündel in der Hand und unter dem Arm eine Geige, heraufgeklettert.

»Ohne meine Erlaubnis? *Hein?* Warte nur, mein Lieber, und ich werde dich lehren, was Zucht ist! Zunächst einmal das!« Er riß dem Matrosen die Geige unter dem Arm weg, zerbrach sie über seinem Knie und warf die beiden Stücke über Bord; sie trieben mit der Flut stromaufwärts.

»Da!« wiederholte er, packte auch das Bündel und hielt es in die Höhe. »Diese Lumpen behalte ich – oder ist's dir lieber, daß ich sie auch ins Wasser werfe?«

»Mein Freund«, sagte Monsieur Ledru, die alten Augen halb geschlossen, fast als spräche er im Schlaf. Und doch redete er sehr deutlich. »Wenn Ihr darauf beharrt, das Eine zu tun, oder das Andere versucht, so gehe ich mit diesem jungen Mann unverzüglich zum Zollamt und von dort zum Polizeiinspektor, den ich auffordern werde, Euch vorzuladen. Dann werden wir eine Behörde finden, die sich damit beschäftigen wird und – nun, ich beneide Euch nicht um Eure Begegnung mit Euren Reedern, wenn Ihr mit einer Verurteilung wegen Roheit und einer langen Rechnung für Überliegezeit des Schiffs heimkommt. Und so tätet Ihr wohl am besten, dieses Bündel auf der Stelle herzugeben.«

Fouguereau überlegte schnell, dann warf er das Bündel dem Matrosen zu.

»Da – gib's ihnen – und ein Glück, daß man ihn los ist.«

»Verzeiht!« Diesmal sprach Monsieur Ledru in sehr strengem Ton. »Aber Ihr werdet es mit Euren eigenen Händen herunterreichen und ganz sachte – ja, ganz sachte!«

Das Bündel fand seinen Weg hinunter.

Nachdem es mit einem »Danke!« empfangen worden war, wandte der Schiffer sich wieder zu dem Matrosen, um herzhaft zu fluchen. Doch abermals erhob sich die alte Stimme, unbeugsam und fest.

»Wir fahren jetzt den Fluß aufwärts. Doch gegen Abend komme ich wieder und werde eine Weile in ›Rose und Anker‹ wohnen. Wenn ich noch Klagen über Euch höre, so werde ich sie prüfen, und es könnte sein, daß sie in Loch Tudy und an der Küste bekannt werden. Guten Tag!«

Ungefähr hundert Yard stromaufwärts fanden sie die

beiden Stücke von Amyots Geige; auch den Bogen. Doch der, in zwei Stücke zerbrochen, ließ sich nicht mehr flicken.

»Ich kaufe dir eine bessere«, sagte Monsieur Ledru, als er den Ausdruck auf den Zügen des Burschen wahrnahm.

»Aber diese hatte ich mir selbst gemacht, Monsieur.«

»Ich bin kein Musiker, und gerade jetzt könntest du ohnehin nicht spielen, denn die Geige ist zerbrochen, und überdies kannst du ja nicht gleichzeitig mich rudern und auf deiner Geige spielen.«

Daß Amyot rudern konnte, war offenbar. Die Muskeln seines Rückens, anfangs steif und schmerzend, erwärmten sich bei der Arbeit und wurden nach und nach wieder geschmeidig.

Mit der starken Strömung unter sich glitten sie durch den Hafen und waren bald dort angelangt, wo eine Wasserfläche sich drei Meilen lang und still wie ein Traumsee öffnete. Wälder neigten sich und spiegelten sich in der Sabbatruhe des Wassers, und immer tiefer schienen sie sich zu beugen, je höher die Flut zu ihnen aufstieg. Kein Laut war zu hören. Ein Karrenweg, oberhalb der Hochwassermarke mit wildem Baldrian gesäumt, führte das rechte Ufer dieses Sees entlang, zwischen den Wäldern, aus denen jetzt, als einziges Lebenszeichen, ein Reiher langsam hervorkam; er flog nicht sehr hoch, und das glatte Wasser spiegelte jede Bewegung seiner Schwingen. Weit vor ihnen erhob sich ein bewaldetes Vorgebirge, blaugrün im Dunst, und schien der Flut ein Ende zu gebieten.

»Ach, ist das schön«, sagte Monsieur Ledru. »Halt eine Weile still, dreh dich um, mein Sohn, und sieh...« Doch dann setzte er fast mit einem Seufzer hinzu: »Ich hatte gegen jede Hoffnung gehofft. Nein, hier ist keine Insel. Die Landkarte stimmt. Wenn jetzt nur eine Insel da wäre!«

Er zog aus der Brusttasche eine Landkarte und entbreitete sie auf seinen Knien.

»Der Felsen, an dem wir eben vorübergefahren sind, ist

der Weisenmannstein. In ihm befindet sich ein Pfuhl, wo, wie es heißt, Ottern hausen. Aber eine Insel ist nicht da, was? Benütz deine Augen, Bursche!«

»Es erinnert mich –« begann Amyot und spähte in die Ferne.

»Nun? Woran?«

»Ich weiß es nicht, Monsieur.« Dieses Geständnis kam, erst nach einer Pause, langsam über seine Lippen. »An keinen Ort, den ich gesehen habe... und doch erinnert es mich...« Und dann machte auch er eine seltsame Bemerkung. »Hätte der Schiffer mir nicht die Geige zerbrochen – vielleicht hätte sie mir's gesagt.«

»Du leidest an Wahnbildern, mein Sohn«, sagte der Notar. Doch auch er schien an Wahnbildern zu leiden, denn er fuhr fort: »Morgen sollst du eine neue Geige haben; wenn es ihr nur gelingt, hier in der Gegend eine Insel heraufzubeschwören! Sie müßte irgendwo sein... es war eine Insel, wo vor Jahrhunderten zwei Ritter kämpften – der eine für seinen Herrn, der andere für eine Dame. Und das war, wie es dem alten Spruch nach sein sollte, daß ein Ritter keinen Kampf beginnen darf, es sei denn für die Wahrheit oder für eine Frau.«

Amyot hörte nachdenklich zu.

»Dann, Monsieur, werde ich wohl nie ein richtiger Ritter sein. Denn wenn mir je wieder dieser – dieser Fouguereau über den Weg kommt, der Kerl, der meine Geige zerschlagen hat... aber von dieser Insel... ich dächte, daß Ritter in Panzern nicht auf einem Felsen kämpfen sollten, sondern auf einer Sandbank; und davon mag es bei Ebbe ein Dutzend geben.«

»Glaubst du?« sagte der Notar. »Die Karte zeigt hier irgendwo einen Pfad, der durch die Wälder zu einer Stelle führt, die ich ganz besonders gern aufsuchen würde. Können wir das Boot verlassen und eine Wanderung unternehmen? Oder ist es nachher mit der Flut vorbei?«

»Die Flut dürfte noch vier Stunden dauern«, erwiderte Amyot. »Das Wasser ist noch tief genug.«

Sie kamen zu einem kleinen Wasserlauf mit einer verfallenen Landestelle, und am obern Ende stand eine verlassene Sägemühle. Amyot sprang ans Ufer, band das Boot mit einem Tau an einem alten Pfahl und half Monsieur Ledru beim Aussteigen.

Sie gingen längs des Ufers dieses Wasserlaufs, bis er unterhalb der leeren Fenster der Sägemühle versiegte, und entdeckten einen steinigen Pfad, auf dem sie sich zwischen Haselsträuchern vorwärts wagten; er führte sie auf ein Hochmoor, darauf das Gras niedrig stand und da und dort Ginsterbüsche wucherten. Zu ihren Füßen lag, weit ausgedehnt, der Fluß.

Hinter dem Gipfel des Hügels wandten sie sich in einen von Obstbäumen gesäumten Weg, der von den überhängenden Zweigen verdunkelt wurde, überquerten die Dorfstraße an ihrem Ende, zwischen Gartenmauern, und stiegen wieder einen Karrenweg aufwärts.

Der Notar ging, für seine Jahre, erstaunlich schnell. Einmal blieb er stehn, als lauschte er auf das Gurgeln des Wassers in den Gräben, und seine Hand griff in die Tasche. »Doch nein, wir wollen warten«, sagte er. »Auf der Karte ist keine Insel verzeichnet. Wenn sie auch keine Burg verzeichnet, dann sind wir vergebens gekommen.«

Amyots Züge drückten eine gewisse Verblüffung aus. Er hatte keine Ahnung, was er eigentlich suchte. Aber Monsieur Ledru setzte die Wanderung unermüdlich fort. Und schließlich stieg er auf einen Querbalken einer Zauntür zu ihrer Rechten und rief: »*Voyons!* Die Burg!«

Er klammerte sich mit der linken Hand an den obersten Querbalken, um das Gleichgewicht nicht zu verlieren, und rief abermals:

»Die Burg! Sieh doch nur – dort – just auf dem Hügelrücken!«

»Ich sehe keine Burg, Monsieur. Ich sehe nur einen Haufen Gestrüpp.«

»Aber das ist ja die Burg, sage ich dir – Castle Dor! Kürzen wir den Weg ab... ich glaube wohl«, setzte er hinzu, während Amyot die Zauntür zu einem Weizenfeld öffnete, »ich glaube wohl, daß du mich für verrückt hältst. Ein alter Mann – und so eilig ist es ihm, nicht zu spät zu kommen, *hein?*«

Der Weizen auf dem Feld stand hoch, und seine Millionen Ähren waren reif. Zur Rechten konnten sie nichts sehen als die Halme; nichts als da und dort eine scharlachfarbene Mohnblume, einen blauen Flachs, einen Schmetterling, der in der zitternden Hitze flatterte.

Nach fünfzig Schritten etwa wandte Monsieur Ledru sich um.

»So eine Aussicht« sagte er, »hat man manchmal, wenn man zwischen Ouessant und dem Festland segelt. Wenn der Tag sich neigt und der Wind vom Land herüberweht und plötzlich den warmen Atem von Heu und Erdbeeren vom Hafen von Brest bringt... als ich dir vorhin eine Burg versprochen hatte, da hast du vermutlich einen Turm erwartet – einen hohen, festen Bau mit Mauern und Zinnen. Ist's nicht so?«

Doch Amyot war gleichgültig geworden.

»Ja, ich hatte wirklich erwartet – ich kann nicht sagen, was, Monsieur.«

Sie setzten ihren Weg fort; er führte sie zu einer zweiten Zauntür, die sich auf ein Stoppelfeld öffnete. Und eine dritte Zauntür führte auf eine Weide, deren Seiten zu einem Hügel zusammenliefen, der jetzt als Kreis zu erkennen war – und nach und nach als ein doppelter Erdwall, der mit Brombeeren und Dornengestrüpp bewachsen war und mit Holunder, der all seine Nachbarn überwuchert und vernichtet. Gerade vor ihnen öffnete sich eine weite Bresche in den Wällen, und durch sie traten sie in ein

Amphitheater, dicht mit Gras bewachsen und gegen alle Winde geschützt. Im Durchmesser etwa zweihundert Fuß, glatt und eben wie ein Tisch.

In einer Begeisterung, die ihn verstummen ließ, begann Monsieur Ledru die Fläche abzuschreiten. Die Innenseite das Walls war fast ganz von Gebüsch frei. Er fand einen Sitzplatz auf einem Kissen von wildem Thymian, und nun zog er die Landkarte aus der Tasche.

»Das ist besser, als ich gedacht hatte... ich sagte vorhin, wir sollten rechtzeitig hier sein – rechtzeitig, um den Königen und ihren Rittern und Damen unsere Ehrfurcht zu bezeigen, die einst just in diesem Kreis Hof gehalten hatten.«

Er stieg durch eine Öffnung im Dornengestrüpp, kämpfte sich durch einen Graben und gelangte auf die Höhe des äußern Walls, der gerade hier an die Landstraße grenzte. Zu ihren Füßen senkte sich das Land bis zu einer Bucht des Kanals, der im Sommerdunst blau schimmerte. Wenn sie sich wandten, konnten sie dort, wo sie aufgestiegen waren, die Bucht des Flusses sehen, die keilförmig in das bewaldete Land einschnitt.

»Castle Dor – du siehst, wie es alle Zugänge beherrscht«, rief der Notar. »Die Bucht, den Fluß, die Straße längs des Hügelrückens. Aber halt –«

Sein Blick fiel, längs des Hügels schweifend, auf eine Einfriedung, gefüllt mit Zelten, Wagen, Menschen in Scharen. In der Ferne wehten Fahnen.

»Ach, richtig – die Rennen!«

Unterwegs waren sie an keinem menschlichen Wesen vorübergekommen – mit Ausnahme eines alten Weibleins, das auf der Dorfstraße am Brunnen ihren Eimer füllte. Nun hatten sie natürlich die Erklärung. Die ganze Bevölkerung hatte sich dort drüben gesammelt. Jetzt tönte eine Glocke – das Zeichen zum Satteln für das nächste Rennen. Der Notar und Amyot lauschten und konnten fast hören, was die Buchmacher einander zuschrien.

»Aus dieser Entfernung könnte es ein altes religiöses Fest sein«, meinte Monsieur Ledru. »Doch das ist es nun einmal nicht. Aber hier, wo wir gerade jetzt stehen... nun, vor vielen Jahrhunderten kam just hierher, auf diesen Wall – ja, an diesen Fleck, denn von hier aus hat man die beste Aussicht über die Straße – eine Königin, gebrauchte ihrem Gatten gegenüber Ausflüchte, denn in Wahrheit wollte sie ihren Liebsten sehen, wenn sein Pferd dort um diese Ecke sprengte. Es war eine tragische Geschichte – eine der traurigsten... sie wollten sich im Wald treffen, ein wenig unterhalb der Rennbahn – dort, wo sich ganz ohne Wind eine dunkle Wolke ballt und eine noch dunklere heranzieht, Vorboten eines Gewitters.«

»Lantyan!«

»Heh? Ja, aber wie... bei allen Teufeln...«

Amyot ließ die Hand sinken, mit der er die Augen beschirmt hatte. »Ich weiß nicht, Monsieur, aber das Wort kam mir in den Sinn...«

In diesem Augenblick tönte ein Schrei, schriller als alle vorhergegangenen, vom Rennplatz zu ihnen herüber. Menschengruppen gerieten in Bewegung, und einzelne Gestalten eilten auf das Eingangstor zu.

»Der Ameisenhügel ist aus irgendeinem Grund in Aufregung geraten«, bemerkte Monsieur Ledru.

Sie sahen, daß ein Stand am Tor zusammenfiel wie ein winziges Kartenhaus; und dann hasteten Menschen zur Rechten und zur Linken der Straße.

»Ein Wagen ist durchgegangen«, sagte Amyot, dessen junge Augen scharf sahen.

Er kniete nieder und streifte seine Holzschuhe ab.

V

DIE DURCHGÄNGER

Nachdem Linnet Lewarne die Hutbänder gemächlich wieder unter ihrem Kinn zusammengebunden hatte, sperrte sie die Tür auf und blieb auf der Schwelle stehn.

»Ich fahre mit dir zu den Rennen – unter einer Bedingung: Du darfst nicht verlangen, daß ich auch nur ein einziges Wort zu dir rede.«

»Was?!«

»Du hast mich beleidigt... natürlich kann ich dich nicht abhalten zu reden; du magst schwatzen, soviel du willst. Aber an meinen Bedingungen halte ich fest; und wenn du nicht darauf eingehst, so bleibe ich hier und ziehe diesen ganzen Putz aus. Ich spreche kein Wort mit dir, bevor wir wieder hier vor dieser Tür sind, und auch dann erst, nachdem du mich um Verzeihung gebeten hast.«

»Aber ich bitte dich ja schon jetzt, Linnet –«

Sie schüttelte den Kopf. »Das gilt nicht. Das tust du nur, um mich zu beschwatzen, damit ich mitkomme und du mich vorführen kannst. Nun, da bin ich. Wenn du noch immer glaubst, daß es die Mühe wert ist, so magst du mich deinen Freunden vorführen, soviel du nur willst.«

»Und mit ihnen wirst du auch nicht sprechen?«

»Natürlich werde ich mit ihnen sprechen! Sie sind's ja nicht, die mich beleidigt haben –«, sie stieß die Spitze ihres Sonnenschirms energisch auf den Boden. »Nun, das sind die Bedingungen.«

Mark senkte den Kopf. Sie ging an ihm vorbei, die Treppe hinunter, stieg in den Wagen, und ihr Gatte folgte ihr. »Wie eine Königin hat sie's getan, und wie eine Königin hat sie ausgesehen«, sagte Tim Udy, der Kutscher, nachher.

Tim Udy, leicht angeheitert und aufgeregt, weil er zu

den Rennen fuhr, hetzte die beiden Pferde, Merman und Merlin, in wildem Galopp den Hügel hinauf. Es waren junge Pferde, temperamentvolle Tiere, hellbraun und gut zusammenpassend. Mark Lewarne, früher knausrig, bis seine Heirat in ihm den Geschmack am Großtun geweckt hatte, war nicht sparsam gewesen, sondern hatte sich das Gespann einen Haufen Geld kosten lassen. Kein Pferdebesitzer konnte ruhig zusehen, wie sein wertvolles Pferdefleisch auf solche Art behandelt wurde. Überdies war Mark eben erst gedemütigt worden und mußte seinen Zorn an irgendwem auslassen. Er richtete sich von seinem Sitz auf, wurde auf die Kissen zurückgeworfen, richtete sich abermals auf und fluchte.

»Kann's jetzt nicht ändern, Herr!« rief Tim Udy über seine Schulter. »Ich hab' geglaubt, es sei Euch eilig. Hüh! Setzt Euch nur, und sie werden's schon schaffen!«

Eine ängstliche Frau hätte laut aufgeschrien oder sich an den Wagen geklammert. Linnet aber rührte keinen Finger, sondern saß ganz still und hatte die Lippen fest aufeinandergepreßt. Oben auf dem Hügel ließ Tim Udy seine beiden Schönheiten Luft schnappen, bevor er sie über das sichere, ebene Geländer trieb. »So muß man's machen! Nichts besser als ein Hügel, um sie austoben zu lassen. Ich bin nicht schuld daran, daß sie mit Schaum vor dem Maul warten mußten... jetzt werden sie gehen wie Lämmer... das könnt Ihr der Frau sagen.«

Mark Lewarne fluchte abermals – doch was hatte das für einen Zweck? »Jetzt ist keine Gefahr«, versicherte er Linnet und beugte sich mit Beschützermiene zu ihr, während die Pferde in Schritt fielen und gleich darauf zu traben begannen. »Nicht allzu sehr erschrocken, meine Liebe? Nicht einer Ohnmacht nahe gewesen?«

Nein, sie fühlte sich ganz gewiß nicht einer Ohnmacht nahe. Aber die halbgeschlossenen Augen und die Blässe ihres Gesichts machten die Frage verständlich.

Vor vielen Jahrhunderten war in den Westen von England ein gewisser Theodor Palaeologus gekommen, dessen Grabstein oder Denkmal noch heute in einer kleinen, von der Flut bespülten Kirche bei Tamar besichtigt werden kann. Tatsächlich war er der letzte zähe Kämpfer aus kaiserlichem Geschlecht gewesen, der die Türken von Byzanz ferngehalten hatte. Warum er, besiegt, diese Küste gewählt hatte, um hier sein Leben zu beenden, ist eine Frage, auf die es keine Antwort gibt. Doch er tat es; und da er ein Mann bei besten Kräften war, heiratete er in dieser Gegend und hatte legitime Erben, die in allen Zweigen ausgestorben sind. Doch da er, wie gesagt und wie die Tradition berichtet, ein Mann bei besten Kräften war, zeugte er auch andere Kinder, die den Namen Constantine annahmen, den er ihnen gab und dazu, was er von seinem Vermögen absparen konnte. Gewiß ist, daß es heutzutage, ›jenseits des Wassers‹, wie die Leute im Westen von Troy sagen, wenn sie von den Leuten im Osten sprechen, von Constantines wimmelt. Und was ein oder eine Constantine auch an Grundbesitz verloren haben mögen, versäumen doch ein oder eine Constantine nur selten, jenen Adel der Züge zu erben, den sie gemeinsam haben und der sie von ihren Nachbarn unterscheidet. Zumal die Frauen, wie sehr die Notwendigkeit sie auch zu bäurischen Arbeiten zwingt.

Von diesen Frauen aus der Familie der Constantines sind die meisten dunkelhaarig, schön, mit niedrigen Stirnen; manchmal allerdings wird ein Kind geboren, das in seinen Zügen die Zugehörigkeit zur Familie verrät, aber helles oder kastanienbraunes Haar hat und eine Haut von kristallener Helle. So ein Mädchen war Linnet Constantine, deren Mutter, eine Constantine, verheiratet mit einem Vetter, der Schmied war, starb, als ihr Kind das zweite Jahr erreicht hatte.

Linnet Constantine, deren Vater, in dem aller Ehrgeiz

erloschen war, seine Schmiede gegen einen Bauernhof vertauscht hatte, war drei Meilen von jeder Siedlung und fast zwei von der Elementarschule entfernt aufgewachsen, wo sie immerhin eine Befriedigung für ihren Ehrgeiz darin fand, daß sie ihre Mitschüler verprügelte, aber auch eine Lehrerin kennenlernte, die sich elegant kleidete, eine gewählte Sprache sprach und dem Kind Bücher lieh.

Linnet besaß nicht die Mittel, um sich feine Kleider zu kaufen, doch unter der schwellenden Brust trug sie das Gebot, nie schäbig angetan zu erscheinen. Wenn man auf diese Jahre zurückblickt, kann man sich schwer vorstellen, daß sie sich selbst in billigem Putz je so herabgewürdigt hätte, bäurische Bewerber anzulocken. Dann aber, eines Herbsttages in den Sechzigerjahren des neunzehnten Jahrhunderts, kam Mark Lewarne über das Wasser, um Prosper Constantines Apfelernte zu besichtigen. Sein Blick wanderte mehr als einmal, während um den Preis gemarktet wurde, zu Prosper Constantines Tochter, wie sie sich auf der Leiter hielt, den Arm ausstreckte, um die Früchte zu pflücken, mit einer Schürze voll herunterstieg, um sie behutsam auf den Haufen unter dem Baum zu legen, ohne daß auch nur ein einziger Apfel beschädigt wurde. Dem Besucher gönnte sie anscheinend keine Aufmerksamkeit.

Mark Lewarne kaufte mit einem großzügigen Angebot die gesamte Ernte. Und zu Beginn des nächsten Frühjahrs kaufte er auch Linnet, auf daß sie seine Frau sein sollte. Sie war just achtzehn Jahre alt.

Sie kannte die Liebe nicht, wußte nicht, was das war. Sie hatte Bücher gelesen; sie sehnte sich nach der Welt jenseits der Hügel. Sie stand in jenem Frühjahr am Tor und beobachtete mit halbgeschlossenen Augen die Schwalben, wie sie durch die Luft flitzten und über dem Teich des Gehöfts ihre Kreise zogen. Sie alle kamen von Ägypten bis zu ihrer Tür geflogen.

Eines Tages, etwa eine Woche später, hatte sie Mark Lewarnes Werbung angenommen, und als sie die Vögel beobachtete, die nach Mücken jagten, hörte sie, wie die Zauntür am Ende der ausgefahrenen Landstraße geöffnet und wieder geschlossen wurde; dann Schritte. Sie und die Fremde erblickten einander fast gleichzeitig; die Fremde war eine Frau, ein Mädchen, höchstens ein oder zwei Jahre älter als Linnet. Sie war hochgewachsen, dunkel, auf ihre Art schön zu nennen, und sie musterte Linnet.

»Wollt Ihr wissen, wo der Fußpfad zum Bach ist?« fragte Linnet ein wenig nervös.

»Nein«, lautete die Antwort, und die Fremde warf den Kopf zurück. »Ich bin mit der Fähre gekommen und muß mit der Fähre wieder zurück. Aber da Ihr wohl meine Herrin werden sollt –«

»– seid Ihr gekommen, um mich anzusehen? Schön, seht mich an!« Linnet breitete vor dem dunkelnden Himmel die Arme aus.

»Nun, Ihr seid eine Schönheit – weiß Gott – das muß ich sagen«, erwiderte das Mädchen mit einem angedeuteten Knicks, und ihre Hände hoben sich vor die Brust, als wollte sie die Enden ihres Halstuchs fester gegen die jähe Kühle um sich ziehen.

»Verstehe ich recht, daß Ihr meine Magd sein sollt? Eine meiner Mägde?«

»Ja, Herrin, und die treueste, hoffe ich. Mein Name ist Deborah – Deborah Brangwyn.«

Damit war sie in der Dämmerung verschwunden. Abermals hörte Linnet, wie die Zauntür geschlossen wurde.

»Was du nicht siehst«, sagte Mark Lewarne und beugte sich zu seiner Frau, »ist, daß ich das alles zu deinem Vergnügen geplant habe. Männer sehen weiter voraus als Frauen, aber die Frauen sind's, die helfen. Du bist heute nachmittag die Herrin über alles – das ist ein Schritt aufwärts, und wenn du deine Karten zu spielen weißt, so werden wir eines dieser Tage verkaufen und vornehme Leute sein. Nun, Schatz, siehst du nicht, was ich für dich im Sinn habe?«

Schweigen.

Auf dem Rennplatz benahm Linnet sich gelassen und freundlich gegen jeden, der sich dem Wagen näherte. Als der Augenblick kam, da sie dem Sieger ihrer eigenen Steeplechase den Pokal reichen sollte, tat sie das mit wahrhaft königlicher Anmut; und sie wandte sich dabei sogar mit einer liebenswürdigen kleinen Verbeugung zu ihrem Gatten; damit wollte sie sichtlich ausdrücken, daß er der wirkliche Spender war, dessen Gabe sie weiterreichte. Doch sie sagte kein Wort zu ihm.

Vor dieser Zeremonie und in einer Pause zwischen den Rennen hatte Tim Udy Merman und Merlin ausgespannt und sie hinter das Erfrischungszelt zu der Hecke geführt, um sie dort anzubinden, zu tränken und zu füttern; und nachher verzog er sich in das Zelt und sprach dem Whisky reichlich zu.

Als die Zeremonie vorüber war, hatte sein Herr ihn in einer Teufelswut herausgezerrt und ihm befohlen, die Pferde für die Rückfahrt anzuschirren. Es war nur noch ein letztes Trostrennen übrig geblieben.

Tim Udy holte Merman und Merlin und spannte sie gehorsam vor den Wagen. Seine Bewegungen während dieses Vorgangs waren behutsam und vorsichtig. In Wirklichkeit war Tim Udy stockbesoffen.

Das Trostrennen hatte begonnen und war im Gang, bevor er auf den Bock geklettert war und sein Gespann auf die Straße hinaus gelenkt hatte. Dann rief irgendwer beim Tor scharf:

»Morning Star ist gestürzt!«

Morning Star war nicht nur gestürzt, sondern hatte sich auch ein Bein gebrochen.

Völlig benebelt fuhr Tom Udy näher, um zu lauschen.

Eine lange Pause folgte, dann knallte ein Revolverschuß über die Hecke in die Ohren der beiden Lewarnes. Doch er knallte auch in die Ohren von Merman und Merlin, die im Nu durch das Tor brachen, ihren Kutscher vom Bock gegen einen Pfahl schleuderten. Sie warfen den Stand des Kuchenverkäufers um und rasten in tollem Galopp auf die Straße nach Castle Dor hinaus. Die Zügel schleiften irgendwo um die Hinterbeine. Die Insassen des Wagens waren völlig hilflos. Mark Lewarne hatte sich aufgerichtet, klammerte sich irgendwo an und schrie. Linnet hörte über das Stampfen der Hufe hinweg sein Schreien. Ein Ruck warf ihn um, und er stürzte quer über ihre Knie. Sie half ihm nicht, sich wieder aufzurichten. Sie lehnte sich im Sausen der Luft zurück, hatte die Lippen fest geschlossen und wartete auf jenes Etwas, das unausweichlich kommen mußte.

VI

ERSTES SCHICKSAL WIRD ZUM ZWEITEN

Mit einem wilden Schrei kündigte es sich an. Eine halbe Sekunde lang tönte es menschlich... war ein Kind überfahren und getötet worden? Sie schob Marks Körper von den Knien, und er sank, ein schlaffer Haufe, zusammen; dann richtete sie sich mühsam auf, faßte das Geländer des Kutschbocks, hielt sich fest und blieb schwankend stehn. Es gelang ihr, einen Blick auf die Straße hinter sich zu werfen... dort lag kein Körper. Doch das Schreien dauerte an... es war irgendwo vor ihr und jetzt ganz nahe. Fester klammerte sie sich an das Geländer, trat auf Marks Leib, hatte eine Vision, gehobene Kruppen, gesenkte Köpfe, eine blendende Straße, eine dunkle Gestalt gegen das grelle Licht, die Arme weit ausgestreckt...

Und während bis zum letzten Augenblick das Schreien ihre Ohren durchbohrte, bäumten Merman und Merlin sich plötzlich hoch auf, und das Schreien endete jäh mit dem Krachen und Splittern der Deichsel. Doch das hörte Linnet kaum. Der Ruck warf sie vorwärts, ihre Stirn stieß an das Geländer, und dann wurde sie ebenso heftig rückwärts in die Kissen geschleudert.

Sie erhob sich und erkannte den Notar Ledru, der tapfer Merlin kurz am Zügel hielt und sich vor den beiden Pferden zu schaffen machte, die sich bäumten und die Beine in die zerbrochene Deichsel verwickelten.

»Nur ruhig, Madame! Und steigen Sie schnell aus«, keuchte er. »Wenn die Tiere jetzt wieder anfangen, gibt's nichts, was sie hemmen kann!«

»Haben Sie sie aufgehalten?«

»In Gottes Namen – nein! Aber rasch... gehen Sie dorthin, Madam!« rief er. »Sehen Sie nach, ob der Bursche noch am Leben ist... Sie sind über ihn hinweggefahren...«

Linnet lief. Ein Körper lag etwa zwanzig Yard zurück an der Straßenseite. Sie lief, erreichte ihn, kniete in den Staub. Sie hob den leblosen Kopf, während zwei Reiter, die ihr nachgeritten waren, von ihren Pferden sprangen. Der eine eilte dem Notar zu Hilfe. Der andere beugte sich zu Linnet und dem Burschen.

»Tot, Madam?«

»Ach, hoffentlich nicht! Nein, bestimmt nicht! Hören Sie... hören Sie doch!«

Sie senkte das Ohr zu den Lippen des jungen Menschen, riß ihm das Hemd auf, lauschte an seinem Herzen. Die einzige sichtbare Verletzung war eine Wunde oberhalb der Stirn, wo die brechende Deichsel ihn getroffen hatte, als er stürzte.

»Anscheinend kein Knochen gebrochen«, sagte der Mann, kniete nieder und betastete die Beine des Bewußtlosen. »Kennen Sie mich, Missus? Wenn möglich, bringen wir ihn lebendig nach Lantyan –«

»Oh, Mr. Bosanko!« rief Linnet. »Sehen Sie – er öffnet die Augen ... jetzt schließt er sie wieder ... Ah!« Sie schrie das wild heraus, denn alles begab sich ungeheuer schnell. Ein blendender Blitz erhellte Straße, Hecken, viele Menschen, Gesichter, die sich von überall her aus dem Nichts hinzudrängten. Das und das Gefühl von Blut ... überall Blut; Blutstropfen, die aus der Schädelwunde rieselten und gleichzeitig auf sein Kinn und die entblößte Brust auffielen – woher? Wie sollte sie das wissen? Sie hörte, wie der Farmer Bosanko der Menge zurief, sie sollte zurückweichen und Platz machen.

»Aber er blutet – blutet überall!« rief sie. Und dann hörte sie Bosanko immer wieder sagen:

»Das ist Ihr eigenes Blut – Ihr Blut tropft, Madam, wenn Sie mich entschuldigen wollen. Ihr Gesicht ist ja voller Blut.«

Er zog ein großes rotes Taschentuch hervor und reichte es ihr. Doch schon hatte sie die Hände an ihr Gesicht gehoben. Sie waren blutig. Der Stoß gegen das Geländer des Kutschbocks hatte ihr oberhalb der Brauen die Haut aufgerissen. Jetzt legte ein Arm sich um sie – Bosankos Arm.

»Verzeihung, Madam, aber ich dachte, Sie würden ohnmächtig werden ...«

Sie hob sich auf die Knie, der Farmer beugte sich über sie.

»Nein ... kümmern Sie sich um ihn!«

Doch schon hatte der Notar, dem die Sorge um die Pferde abgenommen worden war, sich über Amyot gebeugt und betastete den Körper des jungen Menschen. Er schaute auf und sagte scharf zu Bosanko:

»Nehmen Sie auch mein Taschentuch und verbinden Sie ihr die Stirn!«

Während der Farmer sich alle Mühe gab, erschien auch

Linnets Gatte. Er war unversehrt aus dem Wagen gekrochen. Wie die meisten ängstlichen Menschen war er, jetzt, da keine Gefahr mehr drohte, sehr verärgert; und beim Anblick von seiner Gattin kostspieligem Kleid, das bestaubt, beschmutzt und von Blut befleckt war, begann er vor den Gaffern, die ein eben hinzugekommener Polizist in einen Halbkreis zurückdrängte, seiner Wut Luft zu machen.

»Warum bist du so verrückt gewesen, hinauszuspringen?« fragte er zornig. »Du hättest dich erschlagen können – und sieh jetzt dein Kleid an, zum Teufel!«

Linnet hörte ihn und wandte sich unter dem Verband, den Bosanko ihr linkisch umzulegen begonnen hatte, langsam um. Worte waren auf ihren Lippen; aber sie sprach kein einziges aus.

»Du bist verwundet! Du bist verwundet!« Er sah ihr Gesicht, über das abermals das Blut zu rieseln begonnen hatte, und sein Zorn wurde zu Schrecken, zu Besorgnis. Fast sank er in die Knie. Und Linnet musterte ihn und verachtete ihn in ihrem Herzen mehr als je.

Doch während sie einander gegenüberstanden, rief irgendwer: »Der Doktor!«

Und über die Straße kam in gemächlichem Galopp ein grauer Gaul, und darauf saß ein Mann in mittleren Jahren. Es war Doktor Carfax, der jetzt absaß. Glattrasiert, mittelgroß, ein rundes Gesicht, aber von der Würde und Selbstsicherheit eines vornehmen Mannes, der gewöhnt ist, Respekt einzuflößen. Und instinktiv wandte er sich zum Notar, der ihm und den andern Anwesenden fremd war.

»Tut mir leid, daß ich so spät komme, Sir; ich mußte einen Wagen für Udy holen lassen – ein paar böse Schrammen, aber nichts Schlimmes. Der Herr beschützt solche Leute. Ich habe noch einen zweiten Wagen kommen lassen. Er dürfte nötig sein.«

Er bückte sich und begann seine Untersuchung; zunächst zog er dem jungen Menschen sachte das Hemd aus. »Nehmen Sie das«, sagte er zu dem Notar und zog eine Rolle Verbandstoff aus einer geräumigen Hintertasche. »Geben Sie es unserm Freund Bosanko. Und kümmern Sie sich, bitte, um Mrs. Lewarne.«

Der Schnitt in Linnets Stirn war nicht tief, und das Blut hatte fast ganz aufgehört zu rinnen. Ein Mann holte aus dem nahen Graben eine Schale Wasser, und auf diese Art war, mit Hilfe des Verbandstoffs und des saubern Taschentuchs des Notars, die Wunde bald verbunden.

»Wir wollen einmal sehen«, brummte Doktor Carfax und setzte mit raschen, leichten Händen seine Untersuchung fort. »Das Schlüsselbein natürlich... zwei... drei Rippen und die Kopfwunde, die nicht viel zu bedeuten hat. Helft mir, ihn aufheben... vorsichtig... sehr behutsam, sage ich...«

Er war im Begriff, dem jungen Menschen das Hemd über die Schultern zu ziehen, als er plötzlich einhielt und fragend aufsah.

»Was, zum Teufel...«

Der Notar nickte.

»Sie haben es gesehen?«

»Nein; nicht gesehen. Aber ich kann es fühlen.«

»Später erzähle ich es Ihnen; das ist wieder eine andere Geschichte. Mit dieser Sache hier hat es nichts zu tun.«

»Nun... ich fragte mich... aber da kommt der Wagen –«

»Man kann ihn nach Lantyan bringen«, bot der Farmer Bosanko an, »und er ist uns willkommen. Meine Frau ist eine richtige Mutter, das wissen Sie ja, Doktor, und ein Bursche, der den Mut hat... ich hab's gesehen, aber das war das erste und einzige Mal, daß ich so was gesehen habe... wird er sich wieder erholen?«

»Natürlich wird er das! Die Deichsel muß ihn von der

Seite her erwischt haben, und er ist seitlich gestürzt. Daß die Räder ihn nicht getroffen haben, ist ein reines Wunder, und ein noch größeres Wunder ist, daß er keinen Hufschlag gekriegt hat. In vierzehn Tagen ist er wieder heil und gesund.«

»Das ist eine gute Nachricht«, meinte der Farmer, »und wenn er so weit ist – nun, dann will ich mit meiner Frau darüber reden.«

»Sprechen Sie jetzt noch nicht mit ihr. Nehmen Sie den Burschen nur mit, legen Sie ihn in Ihrer Halle auf den Boden und sagen Sie, daß ich in vierzig Minuten vorüberkomme.«

Doktor Carfax wandte sich zu den zwei Wagen, die jetzt heranfuhren, der eine leer, der andere mit dem bewußtlosen Körper Tim Udys beladen. Nachdem man die Verunglückten verstaut hatte, fand sich im zweiten Wagen Platz für Linnet, ihren Mann und den Notar. Und so rollten alle zurück nach Troy.

VII

DOKTOR CARFAX UND EIN GESPRÄCH BEIM PUNSCH

»Lantyan war das Wort«, sagte der Notar, »und der Bursche hat es ganz deutlich gesagt, hat es englisch ausgesprochen mit der Betonung auf dem ›y‹.«

»Ja, und so nennen wir es hier in der Gegend«, erwiderte der Arzt und schälte eine Zitrone. »Sie sind anscheinend ein Stück Philologe und vielleicht auch ein wenig von einem Historiker.«

»Entschuldigen Sie, aber es ist nicht das, was mich verdutzt macht. Ich denke jetzt nicht an Philologie. Natürlich kenne ich mein Bretonisch und auch etwas Cornisch;

genügend, um die Betonung auf den rechten Platz zu verlegen, wenn ich ein Wort im Druck sehe.«

»Sie deuten das zu bescheiden.« Der Doktor ließ die ganze Schale seiner Zitrone in schöner Rundung in die Punschschüssel fallen.

»Nun, meinetwegen... ich halte mich also an zwei Punkte; der erste ist, daß dieser Amyot ein Wort, das ihm fast sicher unbekannt ist und mir auf der Zunge lag, vorweggenommen hat; der zweite, noch merkwürdigere, daß er meine Aussprache vorweggenommen hat, um sie richtigzustellen. Ich hätte es Lantaien ausgesprochen – oder ungefähr so.«

Doktor Carfax beugte sich über das Feuer, um den Kessel auf den Dreifuß zurückzuschieben. Er hatte Monsieur Ledru eingeladen, ihn zu besuchen und nach dem Abendessen bei ihm eine Pfeife zu rauchen. Und der Notar hatte dankbar angenommen, denn ihn lockte die Aussicht, in diesem Erdenwinkel ein amüsantes ›Original‹ zu finden; und wie rasch er sich damit zurechtfand, daß ein höflicher, sorgfältig gekleideter Herr ihn in einer guteingerichteten Bibliothek vor einem Holzfeuer, das in einem Korb aus poliertem Stahl brannte, empfing, stellte dessen Umgangsformen das beste Zeugnis aus. Das Zimmer war niedrig, aber geräumig. Über dem Kamin hing ein Aquarellporträt einer jungen Frau. Das war das einzige Bild im Raum, den vier Kerzen auf dem Tisch sanft erhellten. Sie steckten in altsilbernen, schön geglätteten Haltern. Die Wände aber waren bis zur Decke mit Büchern gefüllt, und da und dort glänzte altes Gold eine Antwort auf einen Strahl des Feuers.

»Wir wollen uns einmal mit Ihren beiden Rätseln befassen«, sagte der Doktor. »Zum ersten möchte ich Ihnen sagen, daß ich keineswegs ein Skeptiker bin. Gedankenübertragung, mein Lieber, ist doch eine Tatsache! Wer hat nicht schon einmal oder zweimal oder auch häufig im

Leben just jene Worte vorweggenommen, die ein anderer zu sprechen im Begriff war? Sie waren es, der das Wort ›Lantyan‹ im Kopf hatte. Die ganze Zeit, während Ihrer Fahrt auf dem Fluß, waren Sie mit Lantyan beschäftigt. Ferner haben sie halb und halb oder auch gegen jede Hoffnung gehofft, eine Insel zu finden – darf ich Sie fragen, ob Sie nach der Insel ausgeschaut haben, auf der Tristan gegen den Iren Morholt kämpfte?«

Als wäre diese Frage ein Schuß gewesen, der ihn getroffen hatte, zuckte der Notar zusammen und straffte sich dann.

»Sie kennen also die Zusammenhänge?«

»Warum nicht?« Mit trockenem Lächeln deutete Doktor Carfax auf einige schmale Bände, die auf einem Fach seiner Bibliothek standen. »Die Antiquarische Gesellschaft, deren Mitglied ich war, hatte Beziehungen zu einer ähnlichen Vereinigung auf Ihrer Seite des Kanals; wir tauschten verschiedene Abhandlungen aus. Über die Ähnlichkeit der Ortsnamen in der Bretagne und in Cornwall und auch über die Sagen. Zunächst glaubte ich, Lyonnesse läge zwischen Land's End und dem Lizard, und König Marke habe in Tintagel Hof gehalten – daß Isolde von Irland hier gelandet sei, was, wenn man die Küste betrachtet, eine Unmöglichkeit ist – und erst als ich Béroul las –«

»Ach«, seufzte der Notar, »dann haben Sie also Béroul gelesen?«

»Ja, ich habe Bérouls ›Roman de Tristan‹ gelesen. Die Geschichte entstand hier im sechsten Jahrhundert oder noch früher und wurde vom Vater dem Sohn weitergegeben oder vielmehr von der Mutter der Tochter, bis eure fahrenden Troubadoure sie in die Hände bekamen und zu einer Dichtung machten.«

»Und so Begierde und Zügellosigkeit zu unsterblicher Liebe veredelten«, brummte der Notar.

»Man kann es auch so auslegen«, meine Carfax. »Meine Erfahrung als Arzt aber spricht dafür, daß das Ergebnis alles in allem wohltätig war. Von Brot allein kann man nicht leben. Auch das träumende Ich verlangt seine Befriedigung. Darf ich Ihnen etwas erzählen? Vor etwa neunzehn Jahren wartete ich oben in Castle Dor auf ein Kind, das die Weltbühne betreten sollte – dieselbe junge Frau, die gerade heute beinahe bei dem Unfall mit den durchgegangenen Pferden zu Schaden gekommen wäre – und als ich unter den Sternen wachte, da war es mir, als wäre ich im Begriff, über etwas zu stolpern; was es war, das konnte ich nicht sagen, das Geheimnis war mir nicht zugänglich. Und dann, viele Monate später, als ich euren Dichter Béroul las, entdeckte ich das Wort ›Lancien‹, die alte Schreibung unseres Lantyan, und da begriff ich, daß ich, wenn seine Worte wahr waren, meine ganze Knabenzeit hindurch auf den Spuren einer der größten Liebesgeschichten der Welt verbracht hatte.«

»Und dann?«

Doktor Carfax war nachdenklich geworden. »Diese Offenbarung überwältigte mich«, erwiderte er schließlich. »Ich nahm Bérouls ›Roman de Tristan‹ wieder nach Castle Dor und in die Wälder von Lantyan mit, wo, wie euer Dichter erzählt, Tristan einst mit der Königin Isolde ein Stelldichein hatte.«

»Und sagen Sie – da Sie Béroul gelesen haben – was halten Sie von seinen geographischen Angaben?«

»Nun, daß er recht hatte«, erklärte Carfax. »Das Lantyan, das Sie suchen, ist zweifellos das Lancien der ursprünglichen Sage. Ich glaube, wie Béroul schreibt, daß König Marke in Castle Dor seinen Hof gehalten und diesen Teil der Cornwallschen Küste von hier aus beherrscht hat; daß Isolde und Tristan just an dem Ort liebten und litten, den ich Ihnen morgen zeigen werde. Seien Sie aber auf ein schlichtes Bauernhaus vorbereitet, nicht auf einen Palast. Unterwegs werde ich Sie noch mit einem andern meiner Patienten bekannt machen, der sich seiner Gesundheit zuliebe mit Krähen befaßt, statt Medizin einzunehmen.«

Der Notar lächelte. Nicht häufig geschah es ihm, daß er einen Menschen kennenlernte, der ihm auf den ersten Blick so sympathisch gewesen wäre wie dieser Landarzt in einem Hafennest von Cornwall.

»Eben noch«, sagte er, »lag es mir auf der Zungenspitze, Ihnen eine scheinbar sinnlose Frage zu stellen. Sind Sie für Genauigkeit bei wissenschaftlichen Methoden?«

»Ohne sie wäre jede Mutmaßung ein Kind eitler Denkspielerei.«

»Dann sagen Sie mir, Mann zu Mann – wie halten Sie es für möglich, daß ein bestimmter Fleck – ein Ort, sagen wir, mit Wasser, Wald und alten Bauwerken – eine Erinnerung, beinahe einen Gedanken bewahren und selbst, einmal in der Zeit, durch menschliche Lippen aussprechen kann?«

Doktor Carfax stand auf, warf ein Scheit ins Feuer, schürte es und drehte sich um.

»Wie?« sagte er. »Weil kein Mensch, außer einem Philosophen mit einem System, diese Möglichkeit leugnen würde. Sehen Sie diesen Schürhaken? Ihre systematischen Kerle häufen Spott und Hohn über die armen Frauen, die, wenn sie ihr Feuer angezündet haben, einen Schürhaken aufrecht an die Querstangen setzen? Wie kann der Mann mit dem System seine negative Einstellung beweisen? Gegen ihn steht die praktische Erfahrung von Generationen von Frauen, die Feuer angezündet haben. Sie wissen nicht, warum sie es tun, aber sie tun es. Alles, was er wissen kann, ist, daß er nicht zu erklären vermag, warum ein aufgerichteter Schürhaken dem Feuer helfen sollte – was tatsächlich häufig genug der Fall ist.«

Doktor Carfax lehnte, um seine Worte anschaulich zu machen, den Schürhaken gegen den Kamin.

»Das Wort ›unmöglich‹ sollte sich in keines Wissenschaftlers Wörterbuch finden«, fuhr er fort. »Ebenso wenig wie es in Napoleons Wörterbuch gewesen ist. Woher wissen wir, daß Zweige nicht gern blühen, weil ein Vogel sich daran klammert? Ein Grashalm besitzt Einsicht, eine Winde – jede Kletterpflanze – hat Einsicht genug, um selbst zu tun, was sie zu tun hat, und ihres Schöpfers Gedanken tätig zu verwirklichen. Glauben Sie, daß sie kein Vergnügen daran finden oder welken und ohne Erinnerungen wieder aufleben?«

»Eine Pflanze ist eine Pflanze«, wandte Monsieur Ledru ein. »Ein ganzer Schauplatz mit Forst und Fluß – das ist eine andere Frage. Das ist eine Anhäufung – eine Zusammensetzung von tausend, von einer Million abgesonderten Dingen, auch wenn man ihnen erlaubt, Gefühle zu haben.«

»Ach was, Mann! So sind Sie, so bin ich, so ist jeder Kohl. Es mag etwas geschehen – sagen wir, einmal in tausend Jahren – um diesen ganzen Haufen von Elementen für den Augenblick zusammenzufassen, für den, nach unserer phantastischen, aber nicht unwissenschaftlichen Hypothese, dieser Fleck, dieser winzige Fleck der Schöpfung in Bewegung gerät... aber Sie haben eine lange Reise hinter sich und sind müde. Gestatten Sie, daß ich Sie zu Ihrem Gasthaus begleite. Morgen, wenn Sie nichts Besseres zu tun haben, sollen Sie in meinen Wagen steigen, und dann nehme ich Sie auf meiner Rundfahrt nach Lantyan mit.«

VIII

DOKTOR CARFAX VERORDNET

Doktor Carfax sandte früh am nächsten Morgen einen Boten ins ›Rose und Anker‹ und ließ sagen, daß er seine Rundfahrt um elf Uhr antreten werde; und darin wäre auch ein Besuch in Lantyan inbegriffen. Der Tag sei schön, und er würde sich geehrt fühlen, wenn Monsieur ihm Gesellschaft leisten wollte. Und der Notar nahm diese Einladung eifrig an.

»Cassandra«, sagte der Doktor, als sie sich auf die Fahrt machten, »war zuerst ein Reitpferd, und ihre Gangart ist ein wenig brüsk, wenn sie zwischen zwei Deichseln eingespannt ist. Sie weiß es, und sie weiß auch, daß ich es weiß; und auf Grund eines zärtlichen Einverständnisses zwischen uns, legt sie gewöhnlich ihr eigenes Tempo vor und paßt es meiner Gewohnheit an, unterwegs zu lesen. Sie weicht jedem Wagen, ja, allem auf der Straße aus – nur keinem Schwein. Wenn wir also zufällig auf ein Schwein stoßen sollten – oder auf einen Geistlichen –«

Der Arzt ließ sich hier auf eine Schilderung der Abneigungen gewisser Tiere gegen gewisse andere ein, insbesondere unter den Vierfüßlern, und verglich das mit einer Anzahl menschlicher Vorurteile und Aberglauben.

»*Chemin faisant*, mein Freund«, sagte Monsieur Ledru, während sie zwischen hohen Hecken dahintrotteten, »wie erklären Sie jenen außerordentlichen Aufschrei, den unser junger Freund gestern zum besten gegeben hat?«

»Erzählen Sie mir davon. Ich habe nichts gehört.«

»Dieser Schrei«, sagte Monsieur Ledru nachdenklich, »war völlig unirdisch. Er hielt die Durchgänger auf, beinahe als wäre ein Schuß vor ihnen abgefeuert worden.«

»Hat der Bursche irgendwie mit Pferden zu tun?«

»Nicht, daß ich wüßte. Aus dem, was ich von seinem

Geburtsort weiß, möchte ich annehmen, daß seine Bekanntschaft mit Vierfüßlern nicht über Packesel hinausreicht.«

Sie waren unterdessen an den Beginn eines grünen Heckenwegs gelangt und kamen zu der Tür einer saubern, gekiesten Anfahrt, an der zur Linken ein strohgedecktes Haus stand. Eine freundliche Frau in mittleren Jahren, die das Geräusch der Räder gehört und erkannt haben mußte, erschien sogleich und öffnete ihnen mit einem Knicks. Die Anfahrt verlief ein Stückchen durch baumgesäumtes Land und dann, gerade als Monsieur Ledru erwartete, daß diese Pflanzung dichter werden sollte, wandte sie sich seitwärts zu einer Zauntür, die sich auf ein weites Feld auftat. Steil zu ihrer Linken senkte sich die Weide zu einer Böschung, die das Wasser eines kleinen Bachs verbarg. Auf dem andern Ufer breitete sich ein ländliches Bild mit ein oder zwei Gehöften von dem Hügelrücken herab, auf dem Castle Dor kauerte, um die Linie des Horizonts zu unterbrechen.

Der Doktor machte halt.

»Ich bezweifle«, sagte er, »daß ein praktischer Arzt in diesen Gegenden sein Leben verdienen kann, wenn er nicht meinem Beispiel folgt, mit Medikamenten sparsam umgeht und die meisten seiner Patienten eines natürlichen Todes sterben läßt... hören Sie die Krähen dort auf dem nächsten Feld?«

»Ich höre sie – aber es sind nur wenige.«

»Gegen Abend sind's an zweihundert, und wie sie krächzen! Sie sind eines meiner Rezepte, von der Natur beigestellt – für einen reichen Patienten; und jetzt werde ich ihn als Vorschrift für einen andern Fall benützen. Sie sollen ihn kennenlernen. Er heißt Tregentil, und der Name des Ortes ist Penquite.«

Doktor Carfax warf seinem Gefährten einen spöttischen Blick zu. »Nun, meinen Leckerbissen habe ich mir aufgespart. Dort drüben – auf dem Vorgebirge –«, er wies mit der Peitsche nach der Linken, »– ist der wirkliche Wald von Lantyan oder doch ein Rand davon; er erstreckt sich über den Hügel nach Lantyan selbst in dem ferner gelegenen Tal. Nach und nach werden wir den Wald erforschen.«

Der Doktor schlang die Zügel um den Peitschenhalter, machte Monsieur Ledru ein Zeichen, auszusteigen, und stieg auch selber aus dem Wagen. Cassandra, sich selber überlassen, wandte sich zu der Böschung und begann zu grasen.

Der Anstieg zu dieser dritten Weide wand sich in recht steiler Kurve abwärts und über einen Hang, den auf der rechten Seite ein doppelter Gürtel von Bäumen schützte. Dorthin wandte der Doktor sich über das kurzgeschnittene Gras. Monsieur Ledru folgte ihm.

Der innere und nähere Baumgürtel bestand aus Buchen von nicht gerade beträchtlicher Höhe, die beiläufig im Halbkreis um den Hang gepflanzt waren; der äußere Gürtel bestand aus Ulmen, die höher waren und mit Krähennestern besät.

Am Ende des fernsten und steilsten Stücks ihres Anstiegs trat ein hochgewachsener Mann zwischen den Buchenstämmen hervor und blieb wartend stehn.

»Ja, das hatte ich mir gedacht«, sagte der Doktor, und als sie näher kamen, stellte er vor: »Ich habe einen Gast mitgebracht – aus der Bretagne. Monsieur Ledru.«

Mr. Tregentil verbeugte sich. Sie waren jetzt nahe genug, um einander die Hand zu schütteln.

»Ersparen wir Monsieur Ledru das letzte Stück zu steigen; ich führe ihn ins Haus hinunter«, sagte er.

Er war ein hagerer Mann, mit ungewöhnlich dünnen Beinen, hatte die mittleren Jahre schon hinter sich, seine Haut war verwittert und gelb, sein Gesicht ausgemergelt.

»Nein, bestimmt nicht!« verkündete der Arzt. »Sie werden nicht früher im Haus sein, als der braune Sherry draußen sein wird, der für Sie, da Sie darauf beharren werden, uns Gesellschaft zu leisten, das pestilenzialischste Gift ist, das Sie trinken können.« Er wandte sich zum Notar. »Ich müßte Ihnen wohl erklären, daß Mr. Tregentil bei seinem dreißigjährigen Aufenthalt in Indien seine Leber so ziemlich ruiniert hat. Aber, wenn's dem Herrn gefällt, werde ich sie schon wieder in Ordnung bringen.« Dann zu Mr. Tregentil gewandt: »Neues von den Krähen heute morgen?«

»Sehr wenig. Um sieben Uhr fünfzehn sind sie fortgeflogen; nach Lantyan oder noch drüber hinaus. Ich habe meine Notizen gemacht und war gerade dabei, meine täglichen Aufzeichnungen zu vollenden, als ich Ihre Räder hörte.«

»Führen Sie uns doch hinauf zum Sommerhaus. Ich möchte einen Blick auf die Papiere werfen.«

Mr. Tregentil führte sie zwischen den Buchen zu einem kleinen, strohgedeckten Sommerhaus. Es enthielt eine Bank, einen ländlichen Stuhl und einen rohen Eichentisch, darauf sauber angeordnet ein Fernglas, ein Feldstecher, Schreibmaterial, ein Stoß kleiner Notizbücher, eine Kiste Zigarren und einige beschriebene Blätter lagen, die ein bronzener Briefbeschwerer festhielt. Mr. Tregentil lud den Notar ein, sich auf die Bank zu setzen, und entschuldigte sich, weil keine Kissen vorhanden waren, während der Doktor sich, ohne eine Aufforderung abzuwarten, in den Stuhl fallen ließ, die Brille zurechtschob, die Papiere vornahm und sich mit einem »hm« zunächst schweigend in sie vertiefte. Bei der zweiten Seite allerdings wandte er sich um und begann laut zu lesen:

›Schöner, warmer Tag, fast wie im Hochsommer. Krähen zeitig fort. Viele kehrten von ihrem Frühstück schon um sechs Uhr morgens zurück. Von sechs bis sieben waren sie ungewöhnlich geräuschvoll und fröhlich. Die

Dohlen flogen in Schwärmen und waren noch lauter als die Krähen.

Das Herbstgekreisch der Vögel, der für mein Ohr merkliche Unterschied, der – siehe frühere Notiz – am 16. oder 17. August beginnt, ist unverkennbar. Er weist auf die Rückkehr zu ihren winterlichen Gewohnheiten hin, nachdem sie ihre Jungen großgezogen haben...‹

Doktor Carfax hielt inne und schob die Brille auf die Stirn. »Sie lernen, Tregentil«, bemerkte er. »Aber Sie sollten nicht sagen ›es weist hin‹. Sehr wahrscheinlich tut es das, und Ihre Beobachtung ist so weit richtig; aber sie setzt einfach zwei Tatsachen miteinander in Beziehung. Wenn sie kühn behaupten, das eine sei die Ursache und das andere die Wirkung, so gehen Sie über Ihre genauen Kenntnisse hinaus und sprechen wie ein Advokat...«

Er ordnete die Papiere sorgsam und legte sie wieder unter den Briefbeschwerer.

»Und jetzt hören Sie auf mich, Tregentil. Sie haben in den vergangenen achtzehn Monaten riesige Fortschritte als Beobachter gemacht; und was mehr ist, obgleich Sie es nicht sogleich zugeben werden, Sie sind sozusagen ein gesunder Mensch. Setzen Sie nun Ihr Tagebuch fort, von jetzt an aber verschreibe ich Ihnen Gehübungen – oder sagen wir von Montag an. Vom nächsten Montag an werden Sie jeden Tag nach Lantyan und zurück wandern.«

»Aber, Doktor«, protestierte Tregentil, »das wären ja rund um die Quelle des Baches ungefähr vier Meilen!«

»...und ich empfehle Ihnen nicht, die Entfernung durch Schwimmen abzukürzen. Ein gesunder Mann sind Sie, sage ich, bis auf Ihre Nerven und Ihre Leber, den Sitz Ihrer Nerven. Sie sind jederzeit kräftig genug, um durch leichte Übungen wieder normal zu werden, und deswegen müssen Sie jetzt Ihre Kur dadurch vervollständigen, daß Sie täglich nach Lantyan gehen –«

»Das kann ich unmöglich!«

»Sie können es, und Sie werden es! Sie werden den ersten Band des ›Robinson Crusoe‹ unter den Arm nehmen, und wenn Sie ankommen, gibt Ihnen Mrs. Bosanko ein Glas Milch.«

»Warum aber ›Robinson Crusoe‹?«

»Weil ich dort einen Patienten habe – einen bretonischen Burschen; und den Englisch zu lehren, wird ein Teil des letzten Stadiums Ihrer Kur sein. Er weiß einiges von der See, und da meine ich, daß für einen Mann von Ihrer Intelligenz der ›Robinson Crusoe‹ das gegebene Lehrbuch sein wird... sobald Sie ihn Englisch sprechen und vielleicht auch ein wenig schreiben gelehrt haben, wird Ihnen ein Kerl zur Verfügung stehn, der für Sie Notizen machen kann; und so werden Sie feststellen können, was die Krähen tun, wenn sie tagsüber in die Wälder von Lantyan fliegen.«

»Ich bezweifle, daß ich dem gewachsen bin, Doktor.«

Doktor Carfax strich sich die Nase zwischen Zeigefinger und Daumen. »Die Pfade der Wissenschaft«, sagte er gewichtig, »sind selten einfach. Anfangs ein kleines antiphlogistisches Mittel in Gestalt von Cognac mit Soda. Keinesfalls Rum. Eine Pinte leichten Wein – Graves zum Beispiel – bei Ihrer Rückkehr und ein wohlverdienter Schlummer bis zur Teezeit.«

»Wenn es Ihnen Freude macht, Doktor –«

»Ach was!«

Ein zweites Zeichen der Gastfreundschaft lehnten der Doktor und Monsieur Ledru ab, und sie machten sich wieder auf den Weg zu ihrem Wagen.

IX

LANTYAN

Einige Yard hinter dem Häuschen schwenkte Doktor Carfax den Wagen von der Hauptstraße in einen Weg ein, der auf den ersten Blick zurückzuführen und fast parallel zu der Anfahrt zu verlaufen schien, die sie eben verlassen hatten. Ein kurzes Stück säumte der Weg die Anlagen hinter der Gartentür, doch dann bog er ab und senkte sich auf einem steilen, gefährlich ausgefahrenen Hang abwärts. Monsieur Ledru hielt sich am Geländer fest. Mitten im Gerüttel erkannte er, wie der Hügelrücken zu seiner linken Hand sich immer höher und höher hob, und immer stand ragend auf dem Berg am Horizont die Dornenkrone von Castle Dor.

Am Fuß des Hangs kamen sie an einen rauschenden Bach, der lärmend über den Weg strömte. Cassandra watete durch das Wasser und senkte den Kopf, um zu trinken; ein Gewohnheitsrecht, das Doktor Carfax ihr zugestand.

»Dieser Bach, Sir«, bemerkte er, während der Gaul trank, »hat auf der Landkarte keinen Namen; doch die alten Leute in der Gegend kennen ihn als Deraine Lake. Er entspringt am Fuß des Hügels von Castle Dor und hat nur einen kurzen Lauf, bis er sich in den größeren Bach ergießt... ein merkwürdiger Name Deraine Lake, und weder geschichtlich noch ethymologisch erklärbar. Ein alter Mann, der mich zuerst hierher führte, wollte wissen, daß hier früher einmal ein wirklicher See gewesen sein soll. Dort, jenseits des Holunders – ein See mit Schwänen – und daß ein König ihn angelegt habe. Wie? Deraine Lake – See der Königin? Das Spekulieren hat nicht viel Zweck. Vorwärts, Cassandra! Jetzt hast du dir den Bauch reichlich gefüllt.«

Hinter dem Bach stieg der dürftige Weg wieder an, verlor sich jetzt beinahe in einen begrasten Pfad, der den Windungen des Ufers folgte, obgleich das Ufer jetzt durch Waldland verborgen war. Zur Linken hing dichtes Haselgesträuch herab.

»Ein gutes Jahr für Haselnüsse«, meinte Doktor Carfax und wies mit der Peitsche auf die Büsche. »Man sagt hierzulande, ein gute Jahr für Nüsse sei auch ein gutes Jahr für Bastarde. Aber ich habe meine Möglichkeiten, diesen Zusammenhängen nachzuforschen, nie ausgenützt...« Er machte halt, und sie stiegen aus. Mochte Cassandra nach Herzenslust grasen.

Der Doktor ging jetzt nach rechts zu einer Tür, die sich auf eine Weide öffnete und hinter der sich ein Blick bot, der Monsieur Ledru fast den Atem versetzte.

Unter ihm lag friedlich der Bach, und jenseits des Baches und in ihm gespiegelt, an dem Rand des andern Ufers, erhob sich eine graue Kirche zwischen Ulmen vor einem schmalen Kai. Die Weide, auf der Monsieur Ledru jetzt mit seinem Führer war, reizte die Phantasie zum mindesten ebensosehr. Zwischen den Biegungen des Waldes, wo er sich zusammenschnürte, entrollte sich die Weide zu zwei breiten symmetrischen Kurven von hellem Gras und dazwischen war eine tiefe Senkung. Diese Senkung führte bis zu einem Dickicht, daraus man leise eine Quelle rauschen hörte.

»Ja, diese Weide«, sagte Doktor Carfax und schwenkte die Hand. »Ihr Name ist – und ich weiß keinen Grund dafür – Thunder Park. Doch derselbe alte Mann, der mir von Deraine Lake berichtete, sagte mir auch, daß einst in alten Zeiten ein König – ob es derselbe König war oder nicht, das wußte er nicht – diese liebliche Weide kunstvoll so geformt hat, daß sie den Brüsten seiner Frau glich. Das ist alles, was er mir sagen konnte, und das ist alles, was ich Ihnen sagen kann.«

Während sie noch sprachen, kam eine junge Frau auf dem Feldweg geritten, der nach Troy führte; und während sie sich anschickten, wieder in den Wagen zu steigen, näherte sie sich. Die Sonne brach durch die Haselsträucher und sprenkelte sie und ihren hohen Braunen. Sie zog die Zügel an und lächelte heiter.

»Guten Morgen, Mrs. Lewarne!« Doktor Carfax hob den Hut. Monsieur Ledru war bereits in den Wagen gestiegen und hatte sich gesetzt.

»Guten Morgen, Doktor; und auch Ihnen nochmals guten Morgen, Sir.«

»Sie kommen natürlich von einem Krankenbesuch bei unserm Patienten?«

»Von einem Besuch in Lantyan, um mich nach ihm zu erkundigen«, verbesserte Linnet. »Ich habe ihn nicht gesehen – das heißt, nicht mit ihm gesprochen! Gestern, zu Beginn der Nacht, hatte er Schmerzen, doch gegen zwei Uhr morgens schlief er ein, und er schläft noch immer.«

»Gut.«

»Mrs. Bosanko pflegt ihn wie ein Engel – das sieht man auf den ersten Blick. Ich hatte es nur richtig gefunden, gleich am Morgen herüberzureiten.«

»Gewiß. Aber ich muß schon sagen, daß Sie tapfer sind! Merlin zu reiten, nachdem er sich gestern derart benommen hat!«

»Offen gestanden, Doktor, ich hatte unterwegs auch einige Schwierigkeiten mit ihm. Wenn ein Pferd sich einmal daran gewöhnt, durchzugehn, dann ist es nur gut, ihm das möglichst rasch auszutreiben. Das habe ich schon in meiner Jugend gelernt.«

»Aber daß Ihr Mann es Ihnen erlaubt hat!«

»Mein Mann weiß es nicht einmal. Wozu auch?«

Sie lachte, hob die Gerte und ritt weiter.

Die Farm Lantyan lag unterhalb der Wälder von Lantyan, abgesondert am Fuß von Hügeln, die sich hier zusammenschlossen. Das Farmhaus stand etwa ein oder zwei Achtelmeilen seitwärts von dem alten Herrenhaus und den noch vorhandenen Zwingern, wo die Gutsbesitzer ihre Hunde hielten.

»Was für eine Aussicht, mein Freund«, rief Monsieur Ledru, während der Wagen langsam abwärts schwankte. »Was für eine Lage! Der Palast muß hier irgendwo versteckt liegen; das Gelände von Castle Dor, um über Meer und Bucht zu schauen und einen Überfall rechtzeitig zu melden; und mitten drin, auf solche Art beschützt, ein königliches Gut!«

Doktor Carfax machte es Freude, seinen Freund der Hausfrau, Mrs. Bosanko, vorzustellen und vom ersten Augenblick an zu beobachten, wie der Notar sein Benehmen sofort auf eine Frau einzurichten wußte, die keineswegs einer gewöhnlichen bretonischen Bäuerin glich. Tatsächlich war Mrs. Bosanko eine gebildete Frau und eine jener seltenen, die wohl in abgelegenen Farmhäusern Wurzeln schlagen und dennoch durch ihre Gegenwart ihrer Umgebung eine gewisse Verfeinerung verleihen.

Doktor Carfax lächelte leise, als er Monsieur Ledru der Hausfrau überließ und durch das breite Treppenhaus zu dem Zimmer seines Patienten hinaufging.

Er fand Amyot schlafend im Bett, wie Mrs. Lewarne ihm berichtet hatte, und weckte ihn sehr sanft.

»Ich wollte gerade nachsehen, ob meine Verbände noch sitzen, und die eine oder andere Wunde behandeln ...«

Der junge Mensch murmelte etwas in bretonischer Sprache.

»Ne m'éveillez donc pas pour l'amour de Dieu ...« Die Worte sprudelten heraus. *»Ah non, patron! je viens du Paradis ...«*

Abermals versickerte die Stimme, und der Bursche barg sich verschlafen in sein Kissen.

›Ich frage mich‹, dachte der Doktor, während er den

Verbandstoff entrollte, ›ob die junge Frau sich wirklich damit begnügt hat, durch die Tür hereinzuschauen.‹

Unten in der Halle fand er Mrs. Bosanko, die vor Monsieur Ledrus Nase eine Landkarte auf dem Mitteltisch ausbreitete.

»Sie gehörte zu dem Besitz«, erklärte sie, »als mein Mann ihn kaufte. Er ist heute fort; auf dem Viehmarkt. Wollen Sie die Landkarte studieren, meine Herren, während ich den Tisch decke? Denn Sie müssen mir ganz bestimmt das Vergnügen machen. Und Sie bleiben auch, Doktor, bitte! Sie sollen doch die Kinder sehen, wenn sie aus der Schule kommen.«

Sie verzog sich, und Doktor Carfax beugte sich über die Schulter Monsieur Ledrus, betrachtete die Landkarte und wies plötzlich mit dem Zeigefinger auf eine Stelle.

»Mein Gott, Mann – sehen Sie her!«

»*Hein?*«

»Merken Sie denn nichts? Ein Feld gerade hier ist als ›Markes Pforte‹ bezeichnet – ›Markes Pforte‹ – König Markes Pforte – das ist ein Anhaltspunkt! Und Woodgate wäre der andere Zugang vom Fluß her durch die Pflanzung... Wie? Und sehen Sie hier!« Er drückte den Daumen auf ein anderes Feld auf der umfangreichen Landkarte. »›Pilfer Door‹ – und wenn wir recht haben, gerade dort, wo eine Hintertür sein müßte. Das ist ja großartig!«

»Sie gehen zu schnell vor, mein Freund«, wandte Monsieur Ledru ein, aber seine gebeugten Schultern zitterten. »Doch, Madame, was ist diese braune ovale Stelle, die im Flußbett angezeichnet ist?«

»Das bedeutet eine Art Insel. Sie liegt dort, ein Stück vom Viadukt entfernt –«

Monsieur Ledru sprang auf.

»Wir haben es!« rief er und drängte Doktor Carfax zur Tür. »*Mon Dieu!* Wir haben es! Führen Sie mich! Zeigen Sie's mir!«

»Aber Ihre Fleischpasteten, meine Herren, sind gerade knusprig im Ofen! Und in ein paar Minuten kommen die Kinder!« protestierte Mrs. Bosanko.

»Ach, verzeihen Sie, Madame! Diese Insel hat tausend Jahre länger gewartet als Ihre vorzüglichen Pasteten!«

Doktor Carfax führte seinen Gefährten lachend aus dem Haus, den Hügel abwärts zum Viadukt und darüber hinaus.

Es war tatsächlich eine Insel, obgleich vom Ufer nur durch einen schmalen Kanal getrennt, über den man einen Stein werfen konnte.

»Eine richtige Insel«, wiederholte Monsieur Ledru langsam, und seine Stimme dämpfte sich verzückt. Dann fuhr er laut fort: »*Voyons!* Rekonstruieren wir einmal! Diese alten Minnesänger übertreiben gewohnheitsmäßig, aber sie gründen sich auf Tatsachen. Sie kennen die Geschichte – wie Morholt an König Markes Hof kam, um den Tribut für den König von Irland einzuziehen; und wie Marke feilschte, der junge Tristan aber aufstand und den irischen Boten zum Zweikampf herausforderte, um die Sache zu entscheiden; wie die Herausforderung angenommen und eine Insel für den Kampf ausgewählt wurde! Und wie die beiden Ritter, jeder in einem andern Boot, auf die Insel übersetzten. Marke und sein Hof versammelten sich als Zuschauer am Ufer...«

»Sie machen eine richtige Geschichte daraus«, erwiderte der Doktor. »Meiner Meinung nach aber war die Insel wahrscheinlicher eine von jenen Sandbänken, die bei Ebbe sichtbar werden, und die im Hauptstrom weiter unten liegen; doch das ist nicht wichtig. Béroul, wenn Sie sich erinnern, erwähnt den Zweikampf nie, aber Gottfried von Straßburg, der sich auf den Dichter Thomas gründet, gibt uns den Vorfall in allen Einzelheiten. O ja, es hätte sich auf den Sandbänken zwischen St. Samspon und dem andern

Ufer ereignen können oder auf dem Schlammgrund bei St. Winnow oder auf diesem Inselchen hier, wenn Ihnen das lieber ist. So, und jetzt haben wir für einen Morgen genug Aufregung gehabt. Kehren wir ins Haus zurück und sehen wir, was die gute Mrs. Bosanko uns vorbereitet hat. Sie hat etwas von Fleischpasteten gesprochen...«

Vorwurfsvoll musterte Monsieur Ledru den Arzt.

»Wir haben«, begann er feierlich, »eine Entdeckung von historischer Wichtigkeit gemacht, und Sie beschäftigen sich mit den Ansprüchen Ihres Magens!«

Der Doktor wandte dem Eiland energisch den Rücken, und der Notar folgte ihm ein wenig widerstrebend; und als sie nun wieder auf Lantyan zugingen, bemühte der Notar sich, eine Szene aus vergangenen Jahrhunderten wiederaufleben zu lassen.

Königin Isolde! Hier, vor seinen Augen, am Fuß des bewaldeten Hügels! Hier hatte Isolde bei Mondschein gewartet, während der Schatten Tristans, ihres Geliebten, warnend den Finger an die Lippen legte... sie möge schweigen, denn unweit von der Stelle verbarg sich der König, ihr Gemahl.

»Sie trafen sich in einem Obstgarten«, murmelte Monsieur Ledru, »und siehe, hier ist ein Obstgarten! Bis zum heutigen Tage. Doch der Olivenbaum, hinter dem der Zwerg Melot und der König versteckt lagen... der Olivenbaum fehlt.«

Sein Blick verweilte an den vernachlässigten Apfelbäumen. Der Doktor hatte die leise gesprochenen Worte gehört und folgte auch dem Blick. Er lächelte.

»Nein, Ihre Augen täuschen Sie nicht; Äpfel sind da, aber nicht in unserer unmittelbaren Reichweite, noch reif genug, um gepflückt zu werden. Cassandra schätzt sie, aber ich finde sie zu sauer.« Er trat an das Ufer, langte über den schmalen Bach, brach einen Ast von einem überhängenden Zweig ab und warf ihn ins Wasser. Langsam trieb der Ast in die Strömung, dann glitt er schneller weiter und entschwand ihren Blicken.

»So ist der Ast an den Gemächern der Frauen vorübergetrieben«, sagte der Doktor, »mit den eingeschnitzten Initialen T und I. Und Königin Isolde und ihre Magd Brangwyn wußten, daß keine Gefahr war.«

»Brangwyn, ihre Helferin und Verwandte«, fiel der Notar ein, »durch deren Nachlässigkeit der Liebestrank, für König Marke und seine Braut bestimmt, statt dessen von seiner Braut und von Tristan getrunken wurde.«

»Hm«, brummte der Doktor, »wenn ich meine Rezepte auf solche Art durcheinanderbrächte...«, er trocknete seine nassen Schuhe mit einem Taschentuch... »dann würde sich die Kundenzahl bei mir verdoppeln. Oder vielleicht auch nicht«, setzte er nachdenklich hinzu. »Eine Dosis von einem Medikament gegen Bauchgrimmen bei Kindern dürfte sich für Tim Udy als wirksam erweisen; wer kann wissen? Tims Bier allerdings in der Flasche für Kinder... aber sehen Sie nur, da kommen die kleinen Bosankos, uns zu begrüßen...«

Monsieur Ledru ging an jenem Abend bald nach dem Abendessen zu Bett. Noch flutete ein letztes Tageslicht durch das Fenster in sein Zimmer; doch auf dem Tisch neben seinem Bett stand eine brennende Kerze, und der alte Notar studierte, in die Kissen gestützt, die Landkarte.

Ein leichtes Klopfen an der Tür störte ihn aus seinem Sinnen auf. Nach wenigen Sekunden wurde es ein wenig stärker wiederholt.

»Entrez!«

Der Knauf drehte sich, und die Magd Deborah glitt mit einem kleinen Tablett ins Zimmer.

»Die Herrin sendet Ihnen ihre Grüße, Sir. Sie hat bemerkt, daß Sie heute nachmittag, als Sie heimkamen, müde waren, und bittet Sie, ein kleines stärkendes Getränk zu nehmen.«

»Sie hat mir zum Abendessen einen köstlichen Wein gegeben«, erwiderte Monsieur Ledru. »Aber ich bin ein Fremder, und wenn das die Sitte des Landes ist –«

»Sie dürfen das nicht unterschätzen, Sir; als ob es so üblich wäre. Unser Haus hat ganz gewiß gute Weine und ein paar sehr alte Schnäpse, wie ich höre. Das aber ist etwas ganz Besonderes – das Geheimnis wird in der Familie meiner Herrin aufbewahrt. Ich habe das Rezept nie zu sehen bekommen; sie hat es in ihrem Schmuckkästchen eingeschlossen. Und ich habe auch noch nie daran genippt. Kein Mädchen darf davon trinken – es sei denn in ihrer Brautnacht«, fügte Deborah unbefangen und sachlich hinzu. »Darf ich mir Ihre Kerze ausborgen, Sir? Denn es muß mit heißem Wasser genommen werden – so heiß man es nur ertragen kann. Ich habe hier eine kleine Pfanne und eine Spirituslampe und Zündhölzer. Aber ich brauche mehr Licht, sonst könnte ich zuviel Wasser eingießen.«

Sie sah die Erlaubnis des Notars als selbstverständlich an, trat an den Nebentisch und stellte Monsieur Ledrus Kerze auf den andern Tisch am Ende des Bettes. Ganz geräuschlos bewegte sie sich – anscheinend in Stoffpantoffeln. Monsieur Ledru stützte den Ellbogen auf das Kissen und richtete sich auf, um sie zu beobachten. Sie war ein wenig unheimlich, als sie jetzt ein Zündholz anzündete und die Pfanne über die bläuliche Flamme der Spirituslampe hielt – auch ihr blasses Gesicht mit den dunklen Brauen wirkte bläulich. Ihr Kleid oder ihr Schlafrock hob sich kaum von dem Schatten ab, darin jenes Ende des Raumes versank.

»Es dauert nicht lang«, versicherte sie ihm und betrachtete die Flamme, ohne aufzuschauen. »Die Pfanne ist aus Silber und erwärmt sich schnell. Das gehört auch zu dem

Getränk, ja, es ist sogar notwendig dazu – wie die Herrin sagt.«

»Wie war denn ihr Mädchenname?«

»Sie war eine Constantine, und es heißt, daß die Constantines aus dem Osten stammen, wo sie einmal, vor langer Zeit, zu dem Königshaus gehörten.«

»Eine Constantine?«

»Ja, aber deswegen müssen Sie keine Angst haben. Vor allem ist reiner Cognac drin, sagte sie... ich habe gesehen, wie sie an ihrem Hochzeitsabend Mr. Lewarne ein Glas anbot, aber er wollte es nicht nehmen. Er sagte, er habe schon genug Champagner getrunken. So, da wäre es, Sir. Und es ist eine Ehre, die meine Herrin Ihnen erweisen will, das können sie mir glauben.«

Lautlos glitt sie ans Bett, die Kerze in der einen, ein langstieliges Glas in der andern Hand.

»Ich danke Ihnen, Mademoiselle.« Monsieur Ledru nippte und erinnerte sich an Doktor Carfax' Punsch. »Sie haben ja das köstlichste Getränk in diesem Herzogtum gebraut... setzten Sie nur die Lippen daran, meine Liebe – gerade nur die Lippen.«

»Es ist verboten«, sagte Deborah, die neben ihm stand, während er trank.

»Aber das ist ja eine Herrlichkeit!« Er reichte ihr das leere Glas. »Das ist wirklich ein *eau-de-vie!* Und ich war müde, das kann ich Ihnen gestehn. Wie heißen Sie denn, mein Kind?«

»Deborah, Sir.« Mit leisem Klirren stellte sie ihre Geräte wieder auf das Tablett.

»Und mit dem Zunamen?«

»Brangwyn...«

Sie war so leise gegangen, wie sie gekommen war. Monsieur Ledru legte sich in sein Kissen zurück und schaute noch eine Weile hinauf zu den Eichenbalken. Das Getränk, obgleich keineswegs erhitzend, war sicher sehr kräftig. Es belebte ihn, er fühlte sich wieder jung, und auch der tote Balken über ihm war jung, trieb Knospen, Ranken, frische, grüne Sprossen. Noch war er wach genug, um seine Kerze auszublasen, bevor er in einen Schlaf versank, darein die Vorhänge, von der leisen Nachtbrise bewegt, wehten und wisperten und zu den Zweigen eines unendlich tiefen Waldes wurden.

X

DER TRANK OHNE DIE APFELKERNE

Genau eine Woche später speiste und übernachtete Doktor Carfax in ›Rose und Anker‹ als Gast Monsieur Ledrus. Sie waren noch zweimal in Lantyan gewesen, wo es mit der Heilung des Patienten gut voranging; doch unterdessen war der Notar auch rasch einmal nach Plymouth gefahren, woher er mit einem leichten, aber umfangreichen Paket zurückkam.

»Das ist ein Abschiedsgeschenk«, erklärte er dem Arzt, »und ich bitte Sie, es ihm morgen mit meinen Grüßen zu geben. Es ist nämlich eine mäßig gute Geige mit einigen elementaren Anleitungen und Übungen; auch ein paar Reservesaiten sind dabei. Das Instrument und die Saiten werden ihn zunächst zweifellos ein wenig beirren; doch die Mühe, es zu einer gewissen Beherrschung zu bringen, mag ihm über die Zeit seiner Wiederherstellung hinweghelfen.«

»Ich sehe nicht recht, wie es Mrs. Bosanko über ihre freien Stunden hinweghelfen wird«, meinte der Doktor. »Oder warum Sie sie mit dieser voraussichtlichen Quälerei belohnen wollen. Aber ich begreife, daß Sie, wenn Sie morgen heimfahren wollen, es mir überlassen, diese *damnosa hereditas* weiterzugeben.«

Monsieur Ledru lächelte. »Wie ich Sie kenne, mein Freund, werden Sie diesen kleinen Auftrag gern ausführen – und noch einen andern.«

»Hm – ich glaube, ihn zu erraten. Sie wollen, daß ich in meiner freien Zeit die Archive des Herrenhauses, die Abgabenlisten und was es sonst noch geben mag, durchforsche und Ihnen jeden Namen – mit Hilfe des Reichsgrundbuchs Wilhelms des Eroberers oder nicht – mitteile, der sich auf Bérouls Darstellung oder auf Gottfried von Straßburgs Epos oder sonst auf eine Form der Tristansage bezieht. Stimmt's?«

»Darf ich auf diesen Freundschaftsdienst rechnen?«

»Und Sie können hinzufügen auch auf meine Neugier, die Sie erregt haben; das muß ich gestehn.« Der Doktor lächelte. »Es sei denn, daß Sie und ich, wie Béroul, wie Gottfried von Straßburg und die andern, bei der Forschung nach dem ursprünglichen Tristan zu keinem Ziel gelangen. Es ist doch ein seltsamer Zufall, daß kein Dichter – oder sollen wir ihn Forscher nennen – je erlebt hat, diese Geschichte zu Ende zu bringen. Sein Werk ist jedesmal von einem andern vollendet worden.«

Monsieur Ledru lächelte. »Nun, in dieser Beziehung bin ich froh, meinen Anteil an den Nachforschungen in Ihren kundigen Händen zu wissen. Und denken Sie daran, daß der einzige Dichter, der sein Werk vollenden konnte, Chrétien de Troyes war, dessen Dichtung verloren ist – es könnte also Carfax von Troy sein ... Sie müssen zugeben, daß da eine gewisse Ähnlichkeit besteht – Troyes und Troy.«

So leicht ließ der Doktor sich nicht überreden.

»Ich will nichts mit euch Philologen zu tun haben«, sagte er. »Aber reichen Sie mir einmal dieses Buch mit den keltischen Namen, das Sie so sehr beschäftigt hat.«

Sie waren beim Nachtisch angelangt, und Doktor Carfax, der noch ein drittes Glas Port getrunken hatte, schob den Teller fort, um Platz für den schmalen Band zu schaffen, den Monsieur Ledru ihm reichte.

»Lassen Sie sehen – ja, hier ist eine Angabe. Sie bezieht sich auf den Namen Tristan, der angeblich in ein Denkmal hier in der Nähe, keine Meile von Troy entfernt, eingegraben ist:

›Die Form *Drustagnos* ist keine einfache Rekonstruktion; sie ist in einer Inschrift in Cornwall vorhanden:

Drustagni hic jacet Cunomori filius.‹

Ja, mein Lieber, ich bin an diesem ›langen Stein‹, wie wir ihn nennen, an der Straßenkreuzung fast jeden Tag meines Lebens vorübergekommen, habe ihn häufig mit Hilfe einer Leiter untersucht – denn man hat ihn aufrecht hingestellt, nachdem man ihn von seinem ursprünglichen Platz unweit davon entfernt hat; es war ein Grabstein und dazu geschaffen, horizontal zu liegen, und so hatte man ihn auch entdeckt. Sie haben ihn gesehen. Ich habe Ihren Fingern geholfen das *Cunomori* oder *Cunowori filius* nachzuziehen. Das *jacet* läßt sich mit einigem guten Glauben entziffern. Jedenfalls ist es ganz eindeutig ein Grabstein. Denn auf der andern Seite, die natürlich viel weniger verwittert ist, weil sie ursprünglich im Boden lag, ist das *Thanatos Tau*, das auch einem zufällig vorübergehenden Wanderer auffallen muß. Doch was Ihr Dru betrifft – ja, mein Gott, Le Dru – das könnte ebensogut eine Inschrift gewesen sein, die Sie angeht.«

»Ja – das frage ich mich«, murmelte der Notar.

Doktor Carfax vermochte mehrere Steckenpferde gleichzeitig zu reiten, indem er sich von einem auf das andere schwang.

»So werde ich mit Ihren keltischen Abstammungen nichts zu tun haben – Ihren Destanes und Drustagnis und den andern. Unser Held von hundert Sagen mag einmal unter diesem Grabstein gelegen sein, obgleich ich das bezweifle. Ich meine, daß diese Geschichten von Tristan, aus Cornwall stammend, aber französisch geschrieben, Tristan aus dem einfachen Grund, den sie angeben, bei seinem Namen nannten, daß nämlich seine Mutter, von Wehen überfallen, als sie einem angebeteten Gatten folgte, und sterbend das Kind so nannte – *partus tristis*. Und das ist alles. Die philologischen Mutmaßungen sind Unsinn, aber Bérouls Topographie stimmt...«

Die Tür öffnete sich, und Mrs. Lewarne trat ein, gefolgt von Deborah, die ein Tablett trug, auf dem, neben der Kaffeemaschine, zwei hochstielige Gläser, eine Spirituslampe und eine silberne Pfanne standen.

Monsieur Ledru und Doktor Carfax erhoben sich. Über den Schirmen der Kerzen hinweg sahen sie sie, hochgewachsen, in einem hellblauen Gewand, das gerade von den Schultern fiel, die geschlitzten, goldgeränderten Ärmel gaben entblößte Arme preis. Später an jenem Abend kam es Doktor Carfax in den Sinn, sich darüber zu wundern, daß dieses Kind, dem er vor etwa neunzehn Jahren zum Licht der Welt verholfen hatte, und das jetzt die Gattin des Gastwirts Mark Lewarne war, sich so kleiden konnte. Jetzt aber standen die Männer erstaunt vor der Schönheit dieser Erscheinung. Die blaue Flamme der Spirituslampe ließ das blaue Kleid noch blauer wirken, als sie jetzt näher trat und sich, mit einem Wink für Deborah, die das Tablett neben Monsieur Ledrus Ellbogen auf den Tisch stellte und sich sofort in den Schatten verzog, vor ihren Gästen verbeugte.

»Sie verlassen uns morgen, Monsieur; und da habe ich Ihnen noch einen Abschiedstrunk bereitet, wenn Sie meine Kühnheit verzeihen wollen.«

»Wenn es ein Getränk ist, Madame, wie Sie es mir unlängst schickten –«

»Sie waren übermüdet, und ich wußte, es würde Ihnen gut tun.«

»Es war ein Trank, um, wie der Dichter sagt, den alten

Aesop zu beleben. Ich versichere Ihnen, Madame, daß er mir einen Schlaf geschenkt hat und Träume solcher Art, daß ich mich beim Erwachen um zwanzig Jahre jünger gefühlt habe.«

»Nicht mehr?« Linnets Brauen wölbten sich ein wenig spöttisch, als sie die Pfanne hob, um sie über die blaue Flamme zu halten.

»Sagen Sie, Linnet«, rief Doktor Carfax, »was haben Sie denn da für ein Stück Silber? Können Sie uns etwas von dem Alter dieser Pfanne erzählen?«

»Nichts, Doktor; nur, daß sie seit Generationen unserer Familie gehört – ach, seit urdenklichen Zeiten. Sie wird dem Erben an seinem Hochzeitstag übergeben – mit einem Rezept – Deborah, du kannst jetzt gehn.«

Nachdem die Tür sich hinter der Magd geschlossen hatte, fuhr Linnet fort: »Ich glaube, Doktor, sie hat etwas mit der Heirat zu tun. Zwei Rezepte gehören dazu. Und das merkwürdige ist – oder es wäre merkwürdig, wenn nicht eine Geschichte dazu gehörte – daß die beiden Rezepte Wort für Wort gleich sind, nur daß beim zweiten drei Apfelkerne zerdrückt und erhitzt werden; und das gilt nur für den Brauttrank.«

»Sie haben diese Rezepte?«

»Ja, denn ich bin, wie Sie wissen, die letzte der Familie und eine Tochter. Aber ich habe sie verschlossen ... nun, ich kenne sie auswendig, und das erste habe ich unlängst für Monsieur Ledru gebraut –«

»Und ich kann seine Kraft bezeugen, Madame. Ich habe gut geschlafen und bin gestärkt erwacht.«

»Aber die Geschichte, Linnet!«

»Sie ist alt und ich muß wohl sagen, sehr töricht. Mein Vater hat sie mir einmal erzählt. Er sagte, als Adam bei der mühsamen Arbeit in der Wildnis alt geworden sei und sein Ende nahen gespürt habe, da habe er seinen Sohn Seth zu sich gerufen und ihm gesagt: ›Ich sterbe, aber ich kann keine Ruhe in dem Grab finden, das du für mich graben wirst, wenn du nicht zu dem Garten wanderst, den man das Paradies nennt, und mir einen Apfel vom Baum der Erkenntnis bringst, der just in der Mitte des Gartens steht. Und wenn du mich bei deiner Rückkehr tot findest, so schneide den Apfel entzwei und leg drei Kerne unter meine Zunge, bevor du mich begräbst.‹ So ging denn Seth zum Garten Eden, nahm einen Apfel und kehrte zurück; doch Adam war tot. Seth schnitt den Apfel entzwei, fand, daß drei Kerne darin waren, legte sie seinem Vater unter die Zunge und begrub ihn. Dann, so sagte mein Vater, erwuchsen aus diesen Kernen drei verschiedene Bäume. Der erste war eine Eiche und trug Galläpfel; und diesen Baum fällte Noah und machte den Kiel seiner Arche daraus. Dann lag der Stamm Jahrhunderte lang und aus ihm wurde das Kreuz gemacht, daran unser Herr geschlagen wurde –«

»Der Stein, den die Bauleute verworfen haben«, murmelte der Doktor.

»Der zweite Baum«, fuhr Linnet fort, »war eine Stechpalme; und unter ihm, im Dickicht, fand Abraham den Widder, als er auszog, um seinen Sohn zu opfern. Doch die Beeren waren damals blaß und wurden erst Jahrhunderte später rot, als sie zu einer Dornenkrone verflochten wurden. Der dritte Baum aber war ein Apfelbaum – der gleiche wie Evas Baum; und er fand seinen Weg in König Salomos Garten. Und mein Vater sagte, als Sulamith dem König mit ihrem Liebsten davonlief, da nahm sie einen Korb Obst mit sich und auch ein Steckreis von diesem Baum. Salomo verfolgte die Liebenden über die Hügel bis an die Küste, doch dann entkamen sie an Bord eines Schiffs und landeten, wo sein Arm sie nicht erreichen konnte, am Fuß eines Berges – Ida hieß er, glaube ich. Wie die Geschichte dann weiterging, habe ich vergessen – ich war sehr jung, als ich sie hörte. Aber Vater wird sich erinnern und es Ihnen erzählen, Doktor, wenn Sie einmal vorbeikommen.«

»Ich glaube«, der Doktor lächelte dem Notar zu, »daß ich die Geschichte selber fortsetzen kann... viele Jahre, nachdem diese Liebenden tot und vergessen waren, kam ein anderer junger Schäfer und pflückte einen Apfel von dem Baum, den Sulamith gepflanzt hatte; einen Apfel so golden, daß drei Göttinnen ihn als Schönheitspreis ansahen und sich um ihn stritten. Ihre Namen waren Herrschaft, Weisheit und Liebe; und der törichte Knabe gab ihn der Liebe.«

»Jetzt erinnere ich mich – aber die Namen klangen anders.«

Linnet schenkte den dampfenden Trank ein und reichte jedem Gast ein Glas.

»Nun, und die Geschichte endet damit, daß einer aus der Familie meiner Mutter hierher nach Cornwall kam und diesen Apfel mitbrachte. Man nennt ihn Constantinepippin, und er trägt nur auf der Spitze des Astes Früchte. Ein Reis pflanzte meine Mutter in Castle Dor am Tag nach ihrer Hochzeit.«

»Linnet!« unterbrach eine mürrische Stimme von der Treppe unten her.

Mrs. Lewarne trat zu der Tür, öffnete sie und sagte zu einer unsichtbaren Deborah, die offenbar draußen Wache hielt: »Deborah!« Sie blies die Spirituslampe aus und trug sie samt Pfanne und Tablett zur Tür. »Nimm das hinunter und sag dem Herrn, daß ich komme, sobald ich unsern Gästen aufgewartet habe. Schmeckt Ihnen der Trank, meine Herren?«

»Linnet!« tönte es abermals.

»Er ist wunderbar«, erklärte Doktor Carfax, nachdem er, aus Angst, sich den Mund zu verbrennen, behutsam ein oder zwei Schluck getrunken hatte. »Aber ich spüre nichts von Apfelkernen darin.«

Sie sah ihn an, und der Dampf über dem Glas schwebte zwischen ihm und ihren herausfordernden Augen.

»Vielleicht wären sie für die beiden Herren nicht gut gewesen«, sagte sie mit einem kurzen Lachen.

Und dann war sie gegangen.

Als Monsieur Ledru sich an jenem Abend in die Decke rollte, nicht ohne Besorgnis, wenn er an die lange Reise des nächsten Tages dachte, wäre er beinahe bereit gewesen, um eine Nacht gesunden Schlafs zu beten; da klopfte es wieder sachte an die Tür, und abermals trat Deborah mit Lampe und Tablett ein.

»Die Herrin sendet Ihnen ihre Grüße, Sir. Und sie wünscht, Sie mögen dieses letzte Glas des Erfrischungstranks trinken.«

»Setzt es nur hin, und bestellt ihr auch meine Grüße«, sagte Monsieur Ledru verschlafen, und schon war die Magd verschwunden.

Noch immer brannte das Feuer heiter, warf flackernde Lichter in den Raum, vertiefte die Schatten der alten Bettvorhänge.

Monsieur Ledru leerte das Glas, blies die Kerze aus und legte sich auf sein Kissen zurück. Noch immer flackerte das Feuer. Und wie das erste Mal begann das Eichengetäfel einen grünen Zweig über die Decke zu senden... er ging darunter, ein Liebhaber... er eilte, seiner ersten Liebe zu begegnen. Das Flackern des Feuers auf dem toten Holz wurde zu einem Sonnenstrahl, der durch das Gezweig brach. Dann raffte ein Herzkrampf ihn hinweg, und er starb ganz friedlich, seine greisen Züge verklärten sich langsam aus der Schärfe des Todes zu einem Lächeln.

Auch Doktor Carfax hatte in jener Nacht einen wunderbaren Traum. Es begann mit dem wohlbekannten Duft wilder Rosen, und als er haltmachte, um ihn einzuatmen, kam ein Mädchen mit breitem Hut aus der Vergangenheit hervorgeritten. Sie lächelte hell, ihre Lippen berührten sich, dann lagen sie einander in den Armen... und dann weckte ihn ein Klopfen, und Mark Lewarne trat mit seiner Nachricht ein.

ZWEITES BUCH

Wohl weiß ich, daß es gar manchen gibt,
der Tristans Geschichte gelesen hat.

XI

DER HEUWAGEN

An einem warmen Juniabend im darauffolgenden Juni – so zart sammelte sich die Dämmerung, daß die Mondsichel über Castle Dor wie ein Geist, kaum sichtbar, auf dem blauen Himmel westwärts wanderte, um im Ozean zu versinken – saßen die Arbeiter des Farmers Bosanko in weitem Halbkreis unter der Hecke des Feldes – ›Markes Tor‹ – und tranken den Tee, den Mrs. Bosanko ihnen einschenkte. Und es wurden Schüsseln mit Safrankuchen und Waffeln gereicht, darauf sich die Marmelade über verdicktem Rahm häufte. Die Heuernte war gut und redlich eingebracht worden; alles bis auf die letzte Ladung lag bereits im Heuschober unten. Diese letzte Ladung sollte feierlich heimgeführt werden – denn die Bauern hängen an allen alten Gebräuchen. Nach der bevorstehenden Getreideernte sollte es ein Abendessen mit Apfelwein und Gesängen in der Scheune geben. Doch die Heuernte beschloß ein gemeinsamer Tee unter der Hecke. Doktor Carfax und Mr. Tregentil waren als Gäste erschienen.

Der Wagen mit der letzten Ladung wartete wenige Yard entfernt zur rechten Hand, und oben drin steckte eine Heugabel. Ein Stückchen weiter dahinter knabberten die beiden Pferde, Lion und Pleasant, im Schatten an den Haselsträuchern. Sie waren nicht angebunden, aber sie hielten sich innerhalb eines Raums, den Amyot ihnen vorher angewiesen hatte, indem er mit seiner Hand eine Linie längs des Grabens zog.

Er war jetzt Bosankos Fuhrmann, und die Pferde hingen sehr an ihm. Die beiden Kinder, Mary und John, übrigens auch. Er erzählte ihnen Geschichten, aber auf seltsame Art, schien sie aus sich selber, aus dem Märchenland, von Irgendwoher zu holen, spielte nicht auf seiner Geige, sondern legte sie über die Knie und zupfte hin und wieder daran, als wollte er seinem Gedächtnis nachhelfen. Und dann, manchmal im aufregendsten Augenblick, brach er ab, behauptete, mehr wisse er nicht, und nun sollten die Kinder fortfahren.

Jetzt saß er zwischen Doktor Carfax und Mary und zupfte an seiner Geige.

»Was ist das für ein Lied, Junge?« fragte Carfax.

»Ich kann's Ihnen nicht sagen, Sir... ein dummes altes Lied, das ich vor Jahren als Kind gehört habe.«

»Und hat's keinen Text?«

»Doch, doch, es ist ziemlich lang. Aber ich erinnere mich nur an die letzten zwei Zeilen; worum's im Lied geht, weiß ich nicht.«

Amyot zupfte an den Saiten; halb sang, halb summte er:

»Iseut ma dru, Iseut m'amie,
En vous ma mort, en vous ma vie.«

Doktor Carfax, der sich eben die Pfeife anzünden wollte, hielt inne und ließ das Streichholz ausgehn.

»Möchtet Ihr mir das nicht noch einmal vorsingen?«

Amyot war gern bereit, sprach jetzt die Worte deutlicher aus, und dann brach er mit einem scheuen Blick auf die Anwesenden ab.

»Es war ein Liebeslied, sagte man mir, Sir«, sagte er halblaut. »Aber wer's geschrieben hat, das weiß ich nicht. Es ist zu traurig für so eine Gelegenheit.« Und er stimmte ein heiteres Lied an:

N'y pleurez plus, ma fille,
Ran, tan, plan, tireli.

N'y pleurez plus, ma fille,
Nous vous marierons riche.

Nous vous marierons riche,
Ran, tan, plan, tireli,

Avec un gros marchand d'oignons
A six liards le quarteron.

Doktor Carfax konnte sich seine Pfeife anzünden; es war nicht der Augenblick, seine Nachforschungen fortzusetzen, aber es hatte ihn allzu jäh an den armen Ledru erinnert. Der junge Bretone hatte unter Tregentils Hut gute Fortschritte im Englischen gemacht, wie aber stand es mit Tregentil selbst? War es ihm gelungen, Ortsnamen zu bestimmen? Denn das war ihm außer der Beobachtung der Krähen vorgeschrieben worden. Carfax mußte daran denken, sich bei ihm zu erkundigen. Aber nicht jetzt.

»Erzähl uns eine Geschichte, Amyot«, bat Johnny.

»Ja, erzähl uns eine Geschichte«, sagte auch Mrs. Bosanko. »Aber sie muß lustig sein, sonst machen die Kinder nachts kein Auge zu.«

Johnny schmiegte sich an Amyot, der leise an den Saiten zupfte und begann:

»Hinter dem Land, wo ich lebte, als ich so alt war wie Johnny, gab es einen Wald... und hinter dem Wald kam man an einen See mit einer Insel in der Mitte und mit Schwänen, die hier brüteten... ja, ja, das ist wahr und wahrhaftig; die alten Leute bei uns haben davon berichtet... nun, und dahinter war eine Quelle mit einem steinernen Becken, aus dem der See gespeist wurde. Der See, daran erinnere ich mich, hieß Louc'h Rouan, was soviel bedeutet wie der See der Königin. Das Wasser war klar und grün und so tief, daß man, ob es gleich in einer Mulde lag, nicht bis auf den Grund sehen konnte. Die alten Leute behaupteten, wenn einer eine Heugabel hineintauchte und die Gabel nachher in den roten Sand steckte, würde ein Gewittersturm aus dem Wald hervorbrechen und der Wind würde alle Blätter von den Bäumen streifen. Dann aber würde er vergehn, und die Vögel kämen und würden von den kahlen Zweigen singen. Das habe ich nie zu tun gewagt – ich war noch sehr jung; aber von der Quelle führte ein Pfad im Zickzack zwischen den Bäumen, und dort rauschten Wasserfälle... und jetzt erzähl weiter, Johnny.«

»Das ist alles wahr«, sagte Johnny eifrig. »Gestern bin ich diesen Weg gegangen, an Milltown vorbei. Mutter hatte mich in ein Tuch gewickelt und mir gesagt, ich solle jetzt schlafen, wie sich das für einen braven Jungen schickt. Aber als sie fort war, bin ich aufgestanden und an Milltown vorüber –«

»Er macht sich wichtig«, warf Mary, insgeheim eifersüchtig, ein. »Mir sind Lügen zuwider!«

»Es sind keine Lügen«, wehrte sich Johnny. »Es ist ein Traum, wenn du willst... nun, zuerst kam ich zu dem Viadukt, wo die Züge über einem rumpeln; und dann war dort Billy Tregenza und nahm eine Heuschrecke aus dem Röhricht und aß sie –«

»Das ist eine verdammte Lüge!« protestierte der alte Tregenza. »So was hab' ich mein Lebtag nicht getan!«

»Ihr wart so wirklich, wie man nur wirklich sein kann«, versicherte Johnny. »Und hinter Euch stieg der Pfad zwischen den Bäumen aufwärts – wie nennt Ihr sie? Lärchen? Ja, Billy Tregenza sagte mir, daß es Lärchen waren...«

»Das hab' ich nie getan.«

»Wär's nicht besser, diesen – diesen Zwerg ins Bett zu stecken?« sagte Mary zu ihrer Mutter.

»Nein, nein, laßt ihn nur reden«, widersprach Doktor Carfax. »Es ist eine ganz merkwürdige Geschichte. Und mich interessiert sie.«

»Nach und nach«, fuhr Johnny fort, »erblickte ich oben einen nackten Jungen, und unter ihm floß das Wasser hinunter. Ich kann euch gar nicht sagen, wie nackt er war –«

»Mary hat recht«, meinte Mrs. Bosanko. »Du solltest lieber ins Bett, und das auf der Stelle!«

»Er war so nackt«, erzählte Johnny weiter und schmiegte sich enger an Amyot, »daß ich mich mit ihm raufen wollte. Und dann stellte sich heraus, daß er ganz aus Stein war und in einem Brunnen stand; Goldfische waren darin, und auf der andern Seite, neben einer dunklen Hecke, ging eine Dame...«

»Was für eine Dame?« fragte seine Schwester.

»Du dummes Ding! Eine Dame ist eine Dame! Das merkt man immer!«

»Aber wie hat sie ausgesehen?«

»Wie sie ausgesehen hat? Genau wie Mrs. Lewarne.«

Denn in diesem Augenblick kam Linnet längs der Hekke auf sie zu. Sie trug ihr Reitkleid, dessen lange Schleppe sie über den Arm gelegt hatte.

»Sie kommen gerade zur rechten Zeit«, sagte der Farmer, sprang auf und begrüßte sie. »Wollen Sie eine Tasse Tee mit uns trinken?«

»Nein, danke«, erwiderte Linnet. »Ich bin bei der Schmiede in Castle Dor gewesen und habe Merlin dort gelassen; er muß frisch beschlagen werden. Da sagte man mir, heute abend werde die letzte Fuhre Heu eingebracht, und da bin ich heruntergewandert, um Euch Glück zu wünschen.«

»Dort drüben steht sie«, sagte der Farmer und wies auf den Wagen. »Und nun braucht's nur eine Maid, die oben drauf sitzen soll. Schirr an, Junge!« rief er Amyot zu. »Und hol die Leiter! Mary, Kind, hast du nicht Lust, als Erntekönigin oben drauf zu sitzen?«

Aber Mary, die beim Erzählen von Geschichten von ihrem Bruder ausgestochen worden war, schmollte.

»Ein andres Mal, Vater«, sagte sie. »Ich habe immer bei der Getreideernte heimfahren dürfen.«

»Gut, gut! Hinauf mit Ihnen, Mrs. Lewarne, also.« Dann machte er eine Pause und setzte mit einem Lächeln hinzu: »Aber eigentlich sollte es eine Maid sein.«

»Macht nichts«, fuhr Mrs. Bosanko mit einem scharfen Blick auf Linnet dazwischen, die im Nu rot geworden war. »Es wird uns eine Ehre sein, wenn Mrs. Lewarne Lust hat, hinaufzusteigen.«

Linnet kletterte auf der kurzen Leiter, die Amyot geholt hatte, hinauf. Dann spannte er Lion und Pleasant an.

Der Wagen wurde durch die Zauntür gelenkt, dann über eine schmale Straße zur Rechten – so schmal, daß die Büsche zu beiden Seiten noch Heu von den früheren Fuhren trugen. Die Arbeiter folgten ihnen, summten Lieder oder stimmten Chorgesänge an. Bei einer Biegung der Straße beleuchteten die letzten Sonnenstrahlen Linnet, die hoch oben auf dem Heu saß, und der Stiel der Heugabel, die sie hielt, wurde zu einem goldenen Stab.

Einmal schaute Amyot auf. Sie saß oberhalb von ihm und hob sich hell vom Himmel ab. Sie blickte auf ihn hinunter, sah seine kräftigen Schultern und die geschickten Gesten, mit denen er die zwei Pferde lenkte.

Nun hielten sie vor der großen Scheuer. Das war das Ziel der Fahrt, und sie konnte hinuntersteigen.

Und da in der Hast von einem halben Dutzend Sekunden geschah das Unglück und war vorüber. Nachher erinnerte Linnet sich nur daran, daß Amyot zu ihr aufgeschaut hatte, sein Kragen stand offen, sein Hals war entblößt und mit Heu besprenkelt. Im nächsten Augenblick, als sie versuchte abzusteigen, verfing sich ihr Absatz im Reitrock, und sie hielt sich am Stiel der Heugabel fest. Doch die Heugabel gab nach... Amyot fing sie auf und warf sie fort, als die Zinken sich gerade in Linnets Seite bohren wollten. Linnet aber taumelte in Amyots Arme, der sie umfing. Dann löste sich ein Teil des Heus, gelockert, weil die Gabel ihn nicht mehr hielt, fiel und bedeckte die beiden.

»Ausgezeichnet manövriert!« brummte Doktor Carfax.

«Ein süßes Heu, wenn's je eines gegeben hat!« rief der Farmer scherzend. »Aber das hast du gut gemacht, Junge!«

Er zog das Heu von den Schultern des Paars. Linnets Wangen waren heiß und rot; Amyot war leichenblaß, wie ein Mensch, der eben ein Gespenst gesehen hat. Kein Wunder, denn es war nahe daran gewesen. Wirr schaute er um sich, dann nach der Heugabel, die er fortgeschleudert hatte, und deren tödliche Zinken im Heu verborgen waren.

XII

»ERFRISCH MICH MIT ÄPFELN!«

Der nächste Tag war ein Sonntag, und der Kuckuck sang laut durch die Juniwälder.

Linnet hatte sich von ihrer Magd Deborah bei voller Flut den Fluß aufwärts rudern lassen; der Vorwand war, daß sie dem Abendgottesdienst in St. Winnow beiwohnen wollte. Sie hatten einen Korb mitgenommen, darein Deborah eine Feldflasche getan hatte.

Sie fuhren an der Kirche vorbei, eine gute Stunde,

bevor die Glocken riefen, ruderten in einen Flußarm hinein und kamen beinahe zu den Bögen des Viadukts hinter Lantyan. Hier landeten sie, suchten höher gelegenen Grund, wo Linnet sich setzen konnte, während Deborah trockenes Holz und Blätter sammelte, um ein Feuer anzuzünden. Dann stellte sie den Kessel darüber.

Kaum hatte er begonnen zu summen, als Amyot kam, um seine Pferde zu tränken – das hatten die Frauen wohl gewußt.

Er machte halt, denn er war überrascht, als er die Frauen erblickte. Die Geige hatte er über den Rücken geschlungen.

»Ich komme abends her, um zu üben«, entschuldigte er sich. »Und das Plätschern des Wassers hilft mir dabei – man kann nicht erklären wie.«

»Nun, leg sie beiseite und trink Tee mit uns.«

Sie tranken, und Deborah, die eine mächtige Ladung Blätter auf das Feuer geschüttet hatte, verzog sich in den Wald und war verschwunden.

Über den Viadukt polterte ein Zug.

»Das ist der Abendzug«, sagte Linnet. »Er hält in Plymouth; und nachher kann man in ein anderes Leben versinken und in London aufwachen.«

»Das hängt davon ab«, erwiderte Amyot ernst, »ob man sich ein anderes Leben wünscht. Tut Ihr's?«

»Törichter Junge! Natürlich tu ich's!« Linnet lehnte sich zurück und hob ihr Gesicht zu dem Bogen des Viadukts. »Ich komme so oft hierher, wie die Flut es erlaubt; aber ich bin nicht dazu geboren. Diese Züge... daran zu denken, daß sie alle eine Menge Menschen mit sich zu irgendeinem Leben führen.«

Linnet schraubte die Feldflasche auf, während Amyot dem Pferd Pleasant einen zärtlichen Klaps versetzte und es hieß, mit dem andern Pferd heimzugehn.

Dann kam er wieder und streckte sich mit einem

»Wenn's erlaubt ist, Herrin« neben dem Feuer. In seiner Unschuld hatte er die Geige von der Schulter genommen und über seine Knie gelegt. Vielleicht daß eine Melodie Linnet erfreuen würde.

Sie hatte ein kleines Glas gefüllt und hielt es über das Feuer, dessen schwache Flamme die bernsteinfarbene Flüssigkeit erhellte.

»Gestern abend«, sagte sie, »kam ich absichtlich, um zu erklären... gestern abend auf dem Wagen... ich habe mich absichtlich hinuntergleiten lassen... verstehst du?«

»Das war ein sehr gefährlicher Scherz«, erwiderte er, ohne sie recht zu begreifen. »Ihr wißt gar nicht, wie nahe es daran war, daß die Zinken Euch durchbohrt hätten. Als ich den Stiel packte, waren sie schon knapp an Euch...«, er erschauerte.

»Das, ja, das war natürlich nicht absichtlich. Ich griff nur nach dem Ding, um mich festzuhalten... wenn die Zinken mich durchbohrt hätten, wäre ich wahrscheinlich verblutet... in deinen Armen.«

»Nicht – nicht!«

»Aber ich bin am Leben, wie du siehst, und ich bin gekommen, um dir zu danken. Ja, es ist gut, am Leben zu sein. Trink mir zu, Amyot!«

Er sah sie über die Glut des Feuers hinweg an und nahm das Glas; benommen schaute er in ihre schalkhaften Augen. Nachdem er getrunken hatte, reichte er ihr das Glas, und nun trank sie auch.

Dann sank er zurück und stützte sich auf den Ellbogen. Die Flamme zuckte auf, als Linnet den Bodensatz des Glases auf das glühende Holz schüttete. Auch sie lehnte sich zurück, ihre Schultern lagen auf einem Kissen von Moos. Das sterbende Feuer verblich zwischen ihnen. So schön und verlockend sie war, wagte Amyot dennoch nicht, sie über das Feuer hinweg zu berühren. Das Herz wurde ihm eng, hielt ihn zurück, halb ohnmächtig; er wußte nur, daß dieses Wunder an Schönheit nach ihm begehrte, und daß sie, die ihn begehrte, ihm gehören müsse für immer und ewig.

Der späte Junikuckuck sang seine letzten Töne durch den Wald und verstummte. Als hätte dieses Schweigen den Bann gebrochen, setzte Amyot sich auf, griff nach seiner Geige und begann mit Zeigefinger und Daumen ein Echo der ersterbenden Töne zu zupfen.

»Ich hasse dieses Lied«, sagte Linnet plötzlich. »Es ist so voll von Kummer, als beklagte einer einen Toten.«

Er stand auf, zerbrach die Geige über den Knien und warf sie ins Feuer, das im Nu nach dem Firnis und dem dünnen Holz leckte.

Als ihre Augen einander begegneten, als er zitternd einen halben Schritt machte, um durch das Feuer zu treten und sich über sie zu beugen, da knisterte ein Zweig, und durch den dunklen Wald kam Deborah. Sie betrachtete die beiden Gestalten und das rasch erlöschende Feuer zwischen ihnen.

»Die Flut hat angefangen zu fallen, Herrin. Schon jetzt werdet Ihr es schwer finden, Eure Schuhe nicht in den Lachen zu nässen. Doch hier ist das Boot – halb im Gras, halb im Wasser. Ihr geht, wie Ihr gekommen seid, und wir haben die Kirche und die Predigt versäumt. Fahren wir jetzt heim!«

XIII

MRS. BOSANKO MISCHT SICH EIN

»Gabriel«, bekannte Mrs. Bosanko eines sehr frühen Morgens, »ich bin in Unruhe. Ich habe diese Nacht kaum ein Auge zugetan... Bist du wach?«

»Halbwegs«, erwiderte der Farmer schwerfällig. Dann aber wandte er sich rasch um, zärtlich wie ein Gatte, der von der Stunde der Eheschließung an nie vergessen hat, auch ein Liebhaber zu sein. »Unruhe?« wiederholte er. »Den Kindern fehlt doch nichts?«

»Gott sei Dank – nein.«

»Dann weiß ich nicht... hier, leg deinen Kopf auf meinen Arm, liebes Herz,und sag mir, was deine Unruhe ist.«

»Es geht um Amyot – und Mrs. Lewarne.«

»Ich verstehe den Zusammenhang nicht... du hast geträumt, und da sind dir die Gedanken durcheinandergeraten. Nun, los, mein Kind, was gibt's?«

»Sie hat ihn lieb.«

»Das haben wir doch alle – auch die Kinder.«

»Sie hat ihn lieb. Und das Schlimme ist, daß er sie auch lieb hat. Daß sie etwas für ihn übrig hat, das habe ich von Anfang an gemerkt. Aber er, der so harmlos ist – hast du in der letzten Zeit keine Veränderung an ihm beobachtet?«

»Nur – weil du davon sprichst – daß ich öfters zweimal zu ihm reden muß, bevor er mir eine Antwort gibt. Aber alles in allem – einen flinkern Burschen bei der Arbeit kann man sich gar nicht wünschen.«

»Das ist's, was mit beunruhigt, Lieber«, sagte Mrs. Bosanko. »Wir leben hier in einem Narrenparadies. Die Pferde haben ihn lieb, die Kinder haben ihn lieb. Aber über all dem braut sich etwas Sündhaftes zusammen, und er wird gehn müssen.«

»Etwas Sündhaftes?«

»Natürlich ist es sündhaft. Sie ist doch eine verheiratete Frau!«

»Ja, wenn es so wäre, wie du sagst –«

»Dessen bin ich gewiß.«

»Ja, wenn es so wäre, wie du sagst, was soll man da machen? Wenn der alte Lewarne sich entschlossen hatte, ein halbes Kind zu heiraten, so ist das seine Sache. Uns geht das wohl nichts an.«

»Es geht uns an! Weißt du denn noch immer nicht, daß jede Frau früh oder spät oder über ein gewisses Alter hinaus sich danach sehnt, geliebt zu werden? Weißt du das nicht?«

»Meinetwegen. Aber ich verstehe noch immer nicht –«

»Sei nicht töricht, sondern hör mir zu. Ich habe das schon eine Weile überdacht, während du als rechter Mann geschnarcht hast. Und das Ergebnis ist, daß Amyot gehn muß.«

»Ich hab' mir nie etwas aus Mark Lewarne gemacht; irgendwie konnte ich ihn nie ausstehn«, brummte der Farmer schläfrig. »Und wie's auch sei – angenommen, daß du recht hast – warum kann er nicht selber nach dem Rechten schauen. Ich sehe nicht ein, was wir damit zu schaffen haben. Ich mag den Burschen gern leiden, und du auch; und wenn man ihn wegschickt – welchen Grund sollte ich ihm angeben? Das wüßt' ich gern.«

»Überlaß das mir. Das Reden werde ich besorgen.«

»Das tust du ja immer – Gott sei Dank.«

»Aber zuerst gehe ich nach Troy.«

»Halt, halt!« Mit einem Mal hatte Bosanko sich aufgesetzt. »Das heißt doch nicht, daß du hingehst und Lewarne sagst...?«

»Nein, mein armer dummer Kerl. Leg dich nur wieder nieder... Ich will ins Zollamt gehn und mich erkundigen, ob zufällig gerade ein Schiff gekommen ist. Ich kenne den Zolleinnehmer, aber nur flüchtig. McPhail heißt er, und er gilt für einen freundlichen, wohlgesinnten Mann. Ich will einfach zu ihm gehn und sagen, wie es sich verhält; daß Amyot von einem bretonischen Schiff zu uns gebracht wurde und bei dir gearbeitet hat. Daß er aber Seemann war und wieder zu seinem Beruf zurückkehren möchte.«

»Wenn er es aber nicht will?«

»Er wird schon wollen, sobald ich mit ihm gesprochen habe«, erwiderte Mrs. Bosanko fest. »Doch das, ich muß es zugeben, wird der schwerere Teil der Sache sein. Und Mrs. Lewarne? Ich habe nicht das Geringste gegen sie. Sie tut mir leid, die arme Seele. In gewissem Sinn verstehe ich sie auch. Doch es geht um etwas Grundsätzliches. Und dann geht's um die Kinder... du wirst doch nicht wollen, daß zwei unschuldige Geschöpfe in solche Dinge hineingezogen werden.«

»Nein«, stimmte Mr. Bosanko zu. »Das ist ein Grund! Höre ich sie nicht nebenan plappern?«

»Plappern und zwitschern wie zwei Spatzen.«

»Warum so früh?«

»Weil es Marys vierzehnter Geburtstag ist, und Johnny ist mit seinem Geschenk zu ihr gekommen – und das ist ein schönes Gebetbuch, das ich selber für ihn ausgesucht habe; in Elfenbein gebunden!«

Mrs. Bosanko fuhr mit der Klingelbahn nach Troy und war noch vor drei Uhr zurück. Dadurch hatte sie reichlich Zeit, den Geburtstagskorb zu packen, den Amyot und Zillah an die Stelle tragen sollten, welche die Kinder sich für ihr Picknick ausgesucht hatten – am Fuß des Viadukts, unterhalb des Lärchenwalds.

Sie schickte Zillah an das Tor des Heuschobers und ging selber ins Haus. Als Zillah wiederkam, erwartete Mrs. Bosanko sie auf der Schwelle der Hintertür.

»Er kommt gleich«, meldete Zillah.

»Wer war denn die Frau, die mit ihm geredet hat? Ich habe sie vom Schlafzimmerfenster aus gesehen.«

»Das war die Magd von Mr. Lewarne in Troy. Ich habe sie höchstens zweimal im Leben gesehen. Aber als sie sich verzog, habe ich sie erkannt.«

Die Familie trank den Geburtstagstee unter dem Bogen des Viadukts. Die Kinder wetteiferten dabei, das Feuer vorzubereiten und fegten die Asche eines früheren Feuers zusammen.

»Was ist das da?« fragte Johnny und hielt ein verkohltes Stück Holz in die Höhe.

»Das ist der Hals meiner Geige«, gestand Amyot. »Ich habe gemerkt, daß ich doch nie richtig spielen würde, und da habe ich sie hier verbrannt.«

Die Kinder starrten ihn unglücklich an.

»Und da wird's keine Lieder mehr geben?«

»Und auch keine Geschichten mehr?«

»Doch, doch – eine ganze Menge hoffentlich!« Da sie ihn drängten, erzählte er ihnen eine ungefüge bretonische Version der Geschichte von Rudolph und der Dame von Tripoli – eine jener Geschichten, die in der ganzen Welt umlaufen.

Als man alles wieder eingepackt hatte und zum Aufbruch rüstete, berührte Mrs. Bosanko Amyots Arm.

»Bleib noch, Amyot. Ich möchte ein Wort mit dir reden.«

Amyot zuckte zusammen und schaute sie an.

»Warum, Madame? Habe ich irgend was Unrechtes getan?«

»Ach, das will ich nicht hoffen – nein, gewiß nicht – und wenn nicht, so komme ich noch zurecht.«

»Wenn der Herr sich über meine Arbeit zu beklagen hat –«

»Nein, das hat er nicht. Just heute morgen hat er dich gelobt.«

»Habe ich dann vielleicht Sie selber gekränkt? Ist's etwas, das Sie mir nicht vergeben können?«

»Nichts dergleichen, Amyot. Du hast mich nicht gekränkt. Du weißt, daß wir alle – daß mein Mann und ich und die Kinder dich sehr liebgewonnen haben.« Gott verzeihe mir, dachte sie, daß ich ihn just am Abend von Marys Geburtstag wegschicken muß. Es wird dem Kind fast das Herz brechen.

»Dann weiß ich, was es ist. Sie sind nicht sehr reich, Sie und der Herr; und Sie haben mir viel zuviel Güte und Hilfe erwiesen. Daran hätte ich denken sollen. Wenn das aber alles ist, so braucht der Herr mir keinen Lohn zu zahlen. Was soll ich denn hier mit dem Geld? Und das Essen? Nun, ich kann mich mit sehr wenig begnügen...«

Mitten in ihrer Bedrücktheit hätte Mrs. Bosanko beinahe laut aufgelacht.

»Nein, mein Junge, mit alldem hat's nichts zu tun. Wir haben dich lieb, sage ich dir, und ich habe dich in der letzten Zeit beobachtet, wie eine Mutter ihren Sohn beobachten würde. Und darum sage ich dir, wie ich es meinem Sohn sagen würde, wenn er in deinem Alter wäre: Du mußt fort von hier!«

»Ja, es ist wahr, Sie sind mir die beste Freundin gewesen. Aus lauter Herzensgüte gegen den Fremden, Freundlosen. Habe ich es aber nicht vergolten, so gut ich konnte?«

»Das hast du, mein lieber Junge.«

»Dann sagen Sie mir doch wenigstens das Einzige, was ich wissen möchte: Was ist meine Sünde?«

»Du bist verliebt.«

Er senkte die Blicke, dann aber sah er Mrs. Bosanko lang und fest an.

»Das ist wahr. Aber ist das ein Verbrechen?«

»Du bist in eine verheiratete Frau verliebt, Amyot – Linnet Lewarne. Sie schickt dir durch ihre Magd Botschaften. Gerade heute abend war sie hier gewesen. Ist das nicht wahr?«

»Ja, Madame. Aber ›verheiratet‹ sagen Sie?«

Mrs. Bosanko war in Verlegenheit. »Was hat sie dir gesagt?«

»Sie hat mir eigentlich gar nichts gesagt, Madame. Aber ich muß mir ebenso meine Gedanken machen wie Sie. Vielleicht ist es noch notwendiger. Aber Sie sind klüger als ich. Und was denken Sie?«

»Vor Gottes Auge sind sie und ihr Gatte eins«, sagte Mrs. Bosanko. »Versteh mich, Amyot. Ich spreche wirklich zu dir, wie ich zu meinem eigenen Sohn spräche ... du mußt noch heute abend fort ... und aus dieser Kinderliebe wirst du zum Mann erwachsen.«

Und dennoch wußte Mrs. Bosanko die ganze Zeit über, daß sie zu keinem Knaben redete, sondern zu einem Mann – einem zum Mann gewordenen Knaben. Dazu hatte die Liebe ihn gemacht.

»Ich war in Troy«, fuhr sie fort, »und du kannst dich morgen früh auf dem Dampfer ›Downshire‹ einschiffen; du wirst gut bezahlt. Heute abend bringst du deine Sachen an Bord. Das Schiff hat seine Fracht aufgenommen und sticht morgen sehr früh in See. Nach Rio Grande. Komm später wieder: aber jetzt geh und sieh dir die Welt an, Junge, und vergiß!«

»Vergessen? Vielleicht in den Armen einer andern Frau? Wird das vor Gottes Auge gefällig sein?«

»Ach, Amyot, tu das nicht! Nie! Ich hätte nicht geglaubt, daß es so schwer sein würde, mit dir zu reden.«

»Das brauchen Sie nicht zu befürchten; nichts kann mich von jener Sünde fortlocken, die Sie fürchten – nichts und niemals. So wie nichts die Erinnerung an Ihre Güte aus meinem Gedächtnis wischen kann. Ich gehe jetzt heim und schnüre sogleich mein Bündel.«

Er nahm die Körbe auf und war in der wachsenden Dämmerung verschwunden.

Jetzt frage ich mich, dachte Mrs. Bosanko, ob ich auch recht getan habe!

Langsam ging sie den Hügel hinauf. Wie sollte sie den Kindern die Nachricht beibringen.

Mary und Johnny spielten im Hof vor dem Stall. Mrs. Bosanko blieb stehen, beobachtete sie einige Minuten lang und versuchte, sich darüber klar zu werden, was sie ihnen beim Abendessen sagen sollte. Doch sie hätte sich diese Sorge ersparen können.

Als sie ins Haus trat, fand sie zwei Päckchen auf dem Tisch in der Halle und dazwischen ein zusammengefaltetes Blatt Papier. Sie hatte Amyot gelehrt, englisch zu schreiben, und selbst jetzt, von Ahnungen bedrängt, bemerkte sie, wie sauber er, in all seiner Hast, die Worte geformt hatte:

Lieber Herr und liebe Herrin. Ich habe ein paar Schilling mitgenommen. Den Rest meines Lohnes finden Sie in den zwei Päckchen. Das kleinere ist für Zillah; ich habe es für besser gehalten, weder von ihr noch von sonst jemandem Abschied zu nehmen. Das hätte ich nicht ertragen. Nur mit den Pferden habe ich gesprochen. Bitte, grüßen Sie Miß Mary und den jungen Master John herzlich und sagen Sie ihnen, daß ich immer an sie denken werde. Und bitte, entschuldigen Sie mich auch bei dem guten Mr. Tregentil. Für all Ihre Güte segne ich dieses Haus noch auf der Schwelle, die ich jetzt verlasse, wie ich beten werde, daß Gottes Friede immer darauf ruhen möge.

Amyot

Das Abendessen war aufgetragen, und auf dem Tisch standen die knusprigen Kuchen, die Mrs. Bosanko mit umflorten Augen gebacken hatte. Die Kinder jauchzten.

»Warum kommt denn Amyot so spät?« fragte Johnny.

Die Mutter straffte sich, um diesem schlimmen Augenblick gewachsen zu sein.

»Amyot ist nicht hier, Kinder. Er läßt euch vielmals grüßen, und dir, Mary, wünscht er noch viele, viele glückliche Geburtstage. Aber er ist abberufen worden, und er ist wieder zur See gegangen, wie er von ihr gekommen ist.«

Dann, vor diesen Kindergesichtern, log Mrs. Bosanko ungefähr zum ersten Mal in ihrem Leben.

»Aber er hat versprochen, daß er bald wiederkommen und euch dann die wunderbarsten Geschichten erzählen wird.«

Und damit war ihre Fassung vorbei.

Auf Johnny wirkte das im Nu; er hatte seine Mutter noch nie weinen gesehen; er sprang vom Stuhl auf und lief zu ihr.

Mary aber stand auf und schaute die beiden an; wie eine kleine Bühnenkönigin stand sie da. Ihre trockenen Augen begegneten den nassen Augen ihrer Mutter, und Mrs. Bosanko wußte, daß sie es von jetzt an mit einer Frau zu tun haben würde – auch dies ein Kind ihres Schoßes, aber nun eine Frau.

Es war ein rascher, kämpferischer Blick, ein erstes Kreuzen von Schwertern. Dann wandte Mary sich zu ihrem Vater:

»Wenn das eure Vorstellung von einem Geburtstag ist – meine ist es nicht.«

Und damit verließ sie das Zimmer und ging ins Dunkel hinaus, wo später ihr Vater sie fand, den Körper verkrampft von unterdrücktem Schluchzen. Er hob die Laterne zu ihrem Gesicht, es war tränenlos.

»Komm ins Haus, mein Kind... komm!«

Sie ließ ihn ihre Hand nehmen, doch dann entriß sie sie ihm wieder.

»Vater, Vater! Ihr hättet nicht so grausam sein dürfen!«

Schließlich gelang es ihm, sie ins Haus und in ihr Schlafzimmer zu führen. Mrs. Bosanko, die sie gehört hatte, wartete eine Weile, und dann traf sie ihren Mann auf dem Treppenabsatz.

»Sie ist jetzt ruhiger«, flüsterte er.

»Ich muß zu ihr gehn und meinen Frieden mit ihr machen«, sagte seine Frau. »Mein Kind! Mein armes Kind!«

XIV

BEGEGNUNG IN CASTLE DOR UND IHRE FOLGEN

Was hatte Deborah Brangwyn Amyot im Heuschober gesagt?

Sie hatte ihm ganz klipp und klar berichtet: »Die Herrin will ein Wort mit dir reden. Um neun Uhr wird sie in Castle Dor sein. Der Herr ist nach St. Austell zu einem Freimaurertreffen gegangen. Er wird spät oder betrunken zurückkommen. Oder wenn er seinen Rausch dort im Wirtshaus ausschläft, erst morgen in der Frühe. Unterdessen werden wir abwechselnd über das Haus wachen.«

»Ich verstehe wohl, was das bedeuten soll. Aber wenn du und sie Schutz brauchen, so muß ich ja nur um Urlaub bitten, und dann komme ich hierher zurück, nachdem das Haus geschlossen ist und ihr beide in Sicherheit seid. Nur kann es ein paar Minuten später werden; heute ist hier ein Festessen zu Ehren von Marys Geburtstag.«

»Ach, du dummer Junge! Muß man dich wirklich alles lehren? Hör – so wie sie, bin ich auch eine Constantine, wenn auch von unehelicher Geburt. Herrgott, Junge! Ich bin ihre Magd – aber auch ich hätte dich lehren können, wenn du gewollt hättest. Und was ich dir zu sagen habe – sie wird um neun Uhr mit einer Botschaft in Castle Dor sein; und was sie will, danach habe ich nicht zu fragen.«

Nun hatte sich dieses Gespräch zwischen Amyot und Deborah abgespielt, bevor man zum Picknick aufgebrochen war. Eine Stunde oder mehr, bevor Mrs. Bosanko Amyot den Abschied gegeben hatte. Seit dem Augenblick dieses Abschieds und seiner Begründung hatte er begriffen, daß Liebe um der Liebe willen leiden muß; daß sie um so mehr leiden muß, je tiefer sie wurzelt; daß alle wahre Liebesleidenschaft in ihrer höchsten Kraft unvermeidlich in Tragödie endet; daß eine Geschichte einer Liebe zwischen Mann und Frau von ihrem Gipfel nie anders als zu tragischem Ende führen kann.

Für Amyot, wie für jeden echten jungen Menschen, der liebt, barg die Welt keine bösen Ahnungen. Er war, wenn ihr wollt, ein Heide, ein Bursche von nirgendwoher, ohne Lehenspflicht gegen die Götter dieses Landes. Er wußte nur, daß der Himmel klarer, jedes Blatt heller, jeder Ton aus Vogelkehlen deutlicher, verständlicher war. Warum hatte er sich je mit dem Bogen über die Saiten seiner Geige gebeugt, warum hatte er versucht, einem hohlen Stück Holz etwas zu entlocken, da doch sein eigener lebendiger Wald, sein Feld ihr Bestes taten, um rund um ihn Seligkeit zu singen?

Warum konnte nicht die ganze Welt sich einen, um glücklich zu sein? Gewiß, es gab böse Dinge darin ... hoch im Norden hatte er rohe Wut des Meeres erlebt und hatte sie irgendwie, sich an sein junges Leben klammernd, tagelang überstanden. Es gab auch häßliche Dinge darin – diesen Schiffer Fouguereau zum Beispiel. Warum aber sollte stets der Gram sich in die Freude einschleichen? Warum sollte dieser Gram eindringen und ihn in diesem teuren, schönen Erdenwinkel entdecken, darein er so geheimnisvoll getrieben worden war? Wo er mit reinster Güte gesund gepflegt, genährt, zu einem Glied der Familie gemacht worden war und das alles mit der einzigen Münze vergolten hatte, die er besaß – mit Dankbarkeit, Hingabe, Dienst, Liebe? Warum hatte Mrs. Bosanko, seine zweite Mutter, ihm ebenso zärtlich zugetan wie den eigenen Kindern, ihn um einer Sünde willen fortgeschickt, die er nie begangen oder zu begehn gedacht hatte? Seine eigene Mutter hatte ihm einst erzählt, sie habe ihn in Kummer geboren und er sei in Kummer getauft worden. Er hatte angenommen, sein Vater sei eines Nachts, kurz bevor er selber das Licht der Welt erblickt hatte, in der Baie des Trépassés ertrunken. Er war mit dem Namen aufgewachsen, den man ihm gegeben hatte, er hatte in der Schule gelernt und war nach der üblichen Zeit zu den Islandfischern gegangen. Ja, und dann hatte das Grauen begonnen. Rund um die gebrechlichen Barken hatten immer wieder furchtbare Stürme getobt, noch furchtbarer, viehischer waren die Leidenschaften, die in den gebrechlichen Barken tobten. Nun, *le bon Dieu* wußte es am besten und hatte ihn eine Zeitlang wunderbar behütet. Jetzt sollte er wieder zur See gehn; er war für die See geboren und war ihr darum nicht böse.

Er ging den Hügel aufwärts, an den Heumieten vorbei, die er selber zu schichten geholfen hatte. Ihr Duft erinnerte ihn an diesem Juliabend an Mary und Johnny – an all die süße Unbefangenheit, die er geteilt hatte, und die er jetzt verlassen mußte; aus der er ausgestoßen wurde, weil er liebte. Bei einer Biegung der aufsteigenden Straße blieb er stehn. Ein Fenster schimmerte tief unten im Tal; und abermals, mit einem Schluchzen, segnete er dieses Haus.

Sobald er an dem Feld vorbei war, das Markes Tor genannt wurde, schlug er den kürzesten Weg ein, um auf die Straße zu gelangen, die unterhalb Castle Dor führte. An der breiten Bresche in dem Erdwall gedachte er Deborahs Botschaft und trat in den dunkelnden Kreis. Hier war niemand. Zweimal machte er die Runde, und dann ging er durch eine Zauntür auf die Landstraße hinaus.

Ein Stück unterhalb der Tür fiel ein breites Band von

Licht quer über die Straße von der Werkstatt des Schmiedes her. Durch dieses Licht kam eine Gestalt, deren Schatten sich bis zu einem Weiher zur Linken streckte. Er glaubte, sie durch ein Feuer schreiten zu sehen.

In der wachsenden Dämmerung traf sie ihn am Zauntor.

»Du bist vor der Zeit gekommen.«

»Zufällig. Ich habe nicht lange gewartet.«

»Zufällig? Was soll dieses Bündel, das du am Stock trägst?«

»Alles, was ich besitze, ist darin. Ich bin entlassen... ich muß nach Troy gehn und morgen sehr früh beim Zollamt sein, um mich auf einem Dampfer einzuschiffen, der ›Downshire‹. Irgendwann am Vormittag sticht sie in See – so sagte mir Mrs. Bosanko, die das alles für mich geordnet hat. So haben wir dieselbe Straße, und ich kann es Euch erklären, wenn ich Euch heimbegleite – falls Ihr das erlaubt.«

Doch während er noch zauderte, beugte sie die Stirn gegen die Zauntür, die er offen hielt, damit sie eintreten konnte.

»Wir können auch hier sprechen. Sie hat dich fortgeschickt? Warum?«

»Weil –« abermals zauderte er... hoffnungslos.

»Ach, ich weiß! O diese kalten, pflichtbewußten Frauen aus dem Norden! So hat Deborah dir meine Botschaft gebracht... und du gehst... Amyot!«

»Herrin!«

»Es ist dunkel, und ich kann deine Augen nicht sehen. Schau mir aber ins Gesicht, und sag mir die Wahrheit: Ist dir in der letzten Zeit etwas zugestoßen?«

Sie gingen nebeneinander und hatten jetzt den Rand der Rundung erreicht.

»Ich weiß nicht – ich weiß nicht.«

Dann, im nächsten Augenblick, waren seine Arme um

sie, und sie schmiegte sich mit einem unterdrückten, glücklichen Lachen an ihn.

»Du gehst nicht... sag, daß du nie gehn wirst! Amyot! Amyot...!«

Sie standen an der Zauntür, und die Sichel des Mondes schien klar und deutlich auf sie herab und hing am Himmel wie ein Krummschwert.

Ein bejahrter Holzfäller, Bewohner eines Häuschens oberhalb einer kleinen Bucht, wie es ihrer eine ganze Reihe gibt, wo das Waldland von Castle Dor zur Küste abfällt, erhob sich am nächsten Morgen von der Seite seiner Frau und machte sich auf, um seine Netze früh, noch vor der Dämmerung herauszuziehen. Er übte verschiedene Berufe aus, war Holzfäller, Hilfsgärtner und Fischer für seinen Herrn dort oben im großen Haus. In der Bucht hatte es eine Woche lang von Meeräschen gewimmelt. Oben im Haus hatte es viele Gäste gegeben, und die Meeräsche ist von allen Fischen vielleicht der köstlichste, wenn man sie frisch aus dem Meer zieht und zum Frühstück bäckt.

Der Fischer – er hieß Eli Rowe – war keineswegs ein Mensch, der Gespenster sah, doch während er an der Arbeit war, hörte er plötzlich ein Aufklatschen, zu nahe an den Felsen, als daß es der Sprung eines Lachses gewesen sein könnte.

Nein... es war ein menschlicher Körper, der hineingesprungen war; denn wenige Sekunden später war das Plätschern eines Schwimmers zu hören, der mit kräftigen Stößen das Wasser teilte.

Der Fischer spähte. Selbst im Mondlicht, mehr als dreihundert Yard entfernt, warf der Schwimmer blasse, schimmernde Wirbel auf, und in den Wirbeln war ein Männerkopf dunkel und deutlich zu sehen.

Dann, gegen das Mondlicht, kam eine andere Gestalt an das Ufer herunter, und diesmal war es die Gestalt einer angekleideten Frau. In der tiefen Stille vermochte der Fischer die Schritte ihrer Füße auf dem Kies zu hören. Sie schien ein leichtes Bündel zu tragen... dann als der Schwimmer sich wieder zum Strand wandte, war die Gestalt der Frau hinter einem vorspringenden Felsen verschwunden.

Eli sah den Schwimmer an Land steigen und längs des Strandes laufen. Nun, es war eine komische Welt, und Menschen zeigten sich an Stellen, wo man sie am wenigsten vermutet hätte; doch das ging ihn nichts an.

Später aber, nachdem er sein Boot an den Strand gezogen und seinen Fang ausgeladen hatte und an seiner Gartentür stand, glaubte er eine Frauengestalt zu sehen, die sich auf dem Fußpfad landeinwärts bewegte – einsam und niedergeschlagen, meinte er. Der andere aber – der Mann – war verschwunden.

Linnet und Amyot waren durch den Wald an den Strand hinuntergegangen, auf dem Pfad, den subtropische Büsche und Minze und Thymian säumten – jede Pflanze strahlte in der warmen Nacht ihren Duft aus, und die Düfte mischten sich und umschwebten das Paar, das durch seinen Traum wandelte. In der tiefen Stille regten sich dann und wann kleine Waldgeschöpfe, krochen, huschten über den weichen Boden.

»Du gehst nicht!«

»Ich muß... ich muß... ich habe mein Wort gegeben.«

»Was bedeutet das? Was ist ein Wort, verglichen mit Liebe? Liebe ist eine Tat... ein Dokument, gezeichnet und besiegelt.«

»Besiegelt für immer und ewig.«

»Und dennoch kannst du gehn? Du könntest dich in dem Wald oberhalb von Lantyan verbergen, kein Mensch würde dich suchen, und wir würden uns treffen.«

»Ich hab's versprochen. Kann ich ein Ehrenwort brechen? Menschen, die so gut zu mir waren? Aber eines Tages komme ich wieder und treffe dich bei Lantyan. Das schwöre ich. O Liebste, wie sollte ich nicht wiederkommen?«

»Das schwören Männer immer; ich hab's oft gehört... wer bewegt sich dort hinter den Bäumen?«

»Nur Schatten. Hier ist kein Mensch.«

Später öffnete er eine Zauntür über dem kleinen mondhellen Strand, und mit einem Mal schlug ihnen ein starker Salzgeruch entgegen, besiegte, verdrängte die Düfte von Busch und Gras. Über dem weißen Kies tastete lässig die Flut sich ihren Weg aufwärts. Auf einem Klippenpfad stiegen sie hinunter.

»Bleib hier«, sagte Amyot. »Ich muß schwimmen. Kannst du schwimmen?«

»Ach nein.«

»Eines Tages werde ich's dich lehren... mein Gott, welch ein Unterricht wird das, wenn meine Hand deinen süßen Leib hält!«

»Eines Tages! Ach, das ist lang – lang. Das ist das Wort, das alle Männer verheißen.«

Doch die Liebe hatte, nach der ersten kurzen Betäubung, Amyot stark gemacht; hatte den Knaben zum Mann, zum Meister gewandelt.

»Setz dich hierher«, befahl er; und sie glitt zwischen seinen Armen auf den Kies, lag mit Kopf und Körper entspannt unter seinen Küssen und liebte den neuen Ton in seiner Stimme.

Mit einem Kuß, der gleichsam alles aus ihr herauszog, sprang er auf, lief an den Strand hinunter, entkleidete sich im Schatten einer Klippe kletterte sie hinauf und sprang...

Wie im Traum hörte sie das Aufklatschen, das auch der Fischer gehört hatte, hörte das Plätschern des Schwimmens; es erstarb jäh in tiefer Stille... er hatte sich auf den

Rücken gedreht, lag da und schaute nach dem leuchtenden Himmel, der sich wunderbar weitete.

Und dann ein Schweigen. Sie lauschte, ihr war es, als ertränke er dort draußen. Die ganze furchtbare Lehre, daß Seligkeit vergeht, daß nichts Vollkommenes dauert, überkam sie, während die Flut über den Kies plätscherte.

Sie zog Schuhe und Strümpfe aus. Sie flüsterte. »O mein Lieb! Lebst du? Bist du dort?«

Sie rief es zweimal, und beim dritten Mal lauter. Dann hörte sie die Stöße des Schwimmers, und schon kam er schwimmend, tropfend auf den Strand.

Sie war ihm einige Yard entgegengewatet.

»Liebster, wenn ich schwimmen könnte!«

»Wenn du schwimmen könntest...«

»Dann schwämmen wir hinaus, Seite an Seite, Brust an Brust, bis wir ein Gestade erreichen würden. Ja, und wenn wir untergingen, gäbe es tief unten Grotten, verborgene Grotten im sandigen Boden...«

Sie legte die Hand auf seine nackte, nasse Schulter. Er kniete vor ihr und küßte den weißen Spann ihrer Füße.

»Ich komme wieder... ich schwöre es.«

»Schwöre nichts, Amyot! Schwöre nicht, mein Liebster! Alle Männer tun das, alle sagen das. Und ich will warten und will denken, daß du anders bist...«

»Ich hatte gemeint, Ihr würdet gestern abend um neun etwa hier sein«, sagte Mr. McPhail streng, als Amyot sich beim Zollamt einstellte. »Ich bin auf Mrs. Bosankos Wunsch nach dem Abendessen hierher gekommen, hatte Licht angezündet und Eure Papiere bereit gemacht, und ein Boot hätte Euch an Bord gebracht... nun, die ›Downshire‹ ist bereits in See gestochen. Hat Mrs. Bosanko denn meine Botschaft nicht richtig bestellt? Das sieht der guten Frau nicht ähnlich – jedenfalls habe ich einen andern Eindruck von ihr.«

»Nein, Sir; sie sagte mir, die ›Downshire‹ würde sehr früh segeln.«

»Hat sie auch gesagt, ich würde hier sein und warten?«

»Es tut mir leid, Monsieur.«

»Und Ihr seid zu spät gekommen, nehme ich an; habt die Fenster dunkel und die Tür verschlossen gefunden, wie? Vielleicht habt Ihr getrunken?«

»Nein, Sir, ich bin erst vor fünf Minuten gekommen.«

»Nun, die ›Downshire‹ ist heute früh um sechs gefahren.«

»Ja.«

Bei Sonnenaufgang war Amyot, betäubt von Glück und Weh, auf dem Strand gesessen und hatte einen Dampfer gesehen, der in der Richtung nach dem Kanal fuhr. Zweifellos die ›Downshire‹.

»Habt Ihr also in Lantyan geschlafen?« fragte Mr. McPhail.

»Nein, Monsieur – nein, Sir.«

»Ich verstehe Französisch«, sagte der Zollbeamte. Er schob die Brille auf die Stirn und musterte Amyot; dann zog er sie auf die Nase und musterte ihn abermals; und das wiederholte er noch einmal.

»So hat wohl ein Frauenzimmer Euch erwischt?« meinte er durchaus nicht unfreundlich.

Amyot erschauerte, als er die Anspielung hörte; dann streckte er stolz das Kinn vor. »Das war es nicht, Sir.«

»Nun, nun... ich will nicht weiter drängen; nur weiß ich ein wenig von Seeleuten und von jungen Männern... mehr wollen wir nicht darüber sagen. Aber was soll jetzt geschehen? Ihr gefallt mir, Junge; nur dürft Ihr nicht die Gewohnheit annehmen, Verabredungen nicht einzuhalten. Wie William Shakespeare sagt – ›Der Strom der menschlichen Geschäfte wechselt‹... geht dort ins andre Zimmer und wartet; ich will hinüber zum Hafenamt und mich erkundigen, ob Ankünfte erwartet werden.«

Amyot dankte ihm und trat in ein kleines, niedriges Zimmer, dessen alter Erker beinahe über dem Wasser hing. Natürlich ging er sogleich mit dem Instinkt des Seemanns an das Fenster, um zu sehen, wie es mit der Flut stand, und was für Schiffe eingelaufen waren... seine Hände hoben sich zu den Augen, als wollten sie einen Traum, eine Einbildung verscheuchen... denn dort drüben, am nächsten in der Reihe der Fahrzeuge, lag, die Flagge auf Halbmast, um einen Lotsen anzufordern, ›La jolie Brise‹.

Daran war natürlich nichts besonders Erstaunliches. Der kleine Schoner fuhr regelmäßig nach der bretonischen Küste hinüber und kam mit gemischter Ladung nach Troy – Erdbeeren für Marmelade zu ihrer Zeit, später Aprikosen, Zwiebeln – denn für all das war auf dieser Seite des Kanals gute Nachfrage, seit die Dörröfen, die früher in jeder Bucht von Cornwall gebrannt hatten, außer Gebrauch gekommen waren.

Nein, es war nichts Erstaunliches daran. Doch Amyots Herz krampfte sich beim Anblick des greulichen und doch so reizenden kleinen Schiffs mit seinen schöngeschwungenen Formen zusammen. Ja, da lag es, den Vorderteil nach dem Meer gerichtet, an einer großen Boje festgemacht, neben den Tauen zweier mächtiger Schiffe; neben dem einen sah es wie ein kleines Boot aus.

Ach, wie schön war es doch! Wenn aber der Zollbeamte in seiner Güte versuchen sollte, ihn auf der ›Jolie Brise‹ unterzubringen, dann gäbe es noch vor Ouessant Mord und Totschlag! Amyot war gereift, mit einem Mal fühlte er sich als Mann. Wenn er auf solche Art aus seinem Traum erwachen müßte...

Da stand er, im Erker, und hörte die Schritte des Zollbeamten, der von der Straße her über die Stufen eilte, und hinter ihm tatsächlich die Stimme jenes teuflischen Fougereau, der ihm folgte und schrie:

»Aber er ist ja hier! Hier, in Eurem Amt – das kleine Schwein! Der verwünschte Notar ist tot, mein Freund, und kann sich nicht länger für ihn einsetzen. Ich habe ihn auf der Straße überwacht. Oh – Ihr braucht nicht zu laufen! Ich habe das Gesetz für mich und kann ihn beanspruchen!«

Amyot war jetzt wieder in das andere Zimmer gegangen. Er trat ein wenig zur Seite, als der Zollbeamte über die Schwelle eilte. Dann machte er rasch einen Schritt vorwärts, denn Fouguereau war auf der obersten Stufe stehn geblieben, um sich zu verschnaufen.

»*Vlan!*« knurrte Amyot und schlug zu.

Der Schlag traf Fouguereau in den Kehlkopf; ein zweiter und stärkerer traf ihn unter den Kiefer, und als er sich langsam umdrehte, mit verzerrten Zügen die Hände ausstreckte, nach einer Stütze tastete, traf ein dritter Schlag ihn ins Genick. Der Riese rollte die Stufen hinunter und lag da, zu ihren Füßen, wie ein gefällter Ochse.

»Mein Gott!« rief Mr. McPhail, schob Amyot beiseite und beugte sich über den Körper. »Habt Ihr den Kerl umgebracht?« Doch während er sich bückte, warf er einen Blick auf die Straße und sah, daß zu beiden Seiten, seltsam genug, wie von der Vorsehung angeordnet, alles leer war.

Bis auf einen gurgelnden Laut Fouguereaus nach Amyots erstem Schlag hatte sich alles in unheimlicher Stille vollzogen.

»Mein Gott!« sagte Mr. McPhail noch einmal. »Habt Ihr ihn umgebracht?«

»Ich weiß nicht.« Langsam stieg Amyot die Stufen hinunter. Er atmete schwer und besah seine blutenden Knöchel. Und dann setzte er hinzu: »Mir ist's gleich.«

Eine Frau, die gegenüber einen Gemüseladen führte, hatte von ihrem Fenster aus das Ende der Szene mitangesehen. Jetzt kam sie gelaufen.

»Was ist geschehen? Oh, Mr. McPhail! Was ist geschehen?«

»Still, Frau! Kein Wort!« befahl der Zolleinnehmer. »Der Mann hat einen bösen Fall getan – nichts Schlimmes... er ist betäubt, aber er atmet... und nach dem Geruch des Atems zu schließen, hat er getrunken. In einer Minute etwa wird er wieder zu sich kommen. Wenn Sie sich nützlich machen wollen, so können Sie in die North Street laufen und den Inspektor holen – aber keine großen Geschichten machen! Gehen Sie nur schnell hin und sagen Sie ihm, daß ich ihn binnen fünf Minuten auf dem Zollamt brauche. Verstanden?« Die Frau nickte und ging.

»Und jetzt, Junge! Ihr macht Euch dünn! Und das auf der Stelle! Ihr könnt dort drüben die Leiter hinuntersteigen – die Flut ist vorbei. Und dann geht Ihr ganz gemächlich bis zu Pottery Corner und steigt dort wieder zur Straße hinauf, ganz, als hättet Ihr eben ein Boot festgemacht... Habt Ihr ein Taschentuch? Gut. Wickelt es um Eure Hand. Und wenn ihr jemandem begegnet, so steckt die Hand unbefangen in die Tasche. Nein, ich will keinen Dank – das hat nichts mit meinem Amt zu tun... ein Glück für Euch, daß ich meinem Schreiber für eine Stunde Urlaub gegeben habe. Aber der liebe Gott hat ein Herz für die Narren.«

XV

ZWEI GÄSTE IN ›ROSE UND ANKER‹

Nach etwa zwei Minuten öffnete Fouguereau die Augen und kam halbwegs zur Besinnung.

»Was, zum Teufel!« murrte er. »Hände weg, Ihr da! Was macht Ihr an meiner Kehle?« Das sagte er in französischer Sprache.

Mr. McPhail verstand den Sinn der Worte.

»Ich habe Euer Halstuch gelockert. Ihr habt einen recht bösen Fall getan. Bleibt lieber noch eine Minute liegen.«

Schwerfällig setzte der Riese sich auf, schob ihn zur Seite und sah sich um. Dann zog er sich mit Hilfe des Geländers in die Höhe, spieh Flüche aus und tastete gleichzeitig in seine Taschen.

»Ich habe Euch nicht beraubt, wenn's das ist, was Ihr glaubt«, sagte Mr. McPhail.

»Wohin ist das kleine Biest gelaufen?«

»Er ist kein Biest, und er ist nicht klein; und ich kann mich nicht erinnern, in welche Richtung er gelaufen ist. Er hat Euch meiner Hut überlassen. Ich mußte mich um Euch kümmern, und so habe ich nicht darauf geachtet, was aus ihm geworden ist.«

»Ich schätze, daß Ihr ein Lügner sei«, knurrte Fougereau und spuckte aus.

Der Zollbeamte wurde blaß. »Ich bin kein Lügner«, erwiderte er und bezwang sich. »Doch das sage ich Euch ins Gesicht. Wenn eine Lüge einen anständigen Burschen vor Euresgleichen retten kann, dann würde ich ruhig lügen.«

»Das wird's aber nicht, Ihr sauberer Aktenschmierer. Der Bursche gehört mir! Er ist durchgegangen, und ich habe seine Papiere in meinem Schrank an Bord und drüber eine nette kleine Peitsche – was ihr eine neunschwänzige Katze nennt … jetzt ist's schon zweimal. Zum ersten Mal hat der alte Narr von Notar ihn gerettet. Aber er ist tot, darum schaltet er aus. Die Toten zählen nicht viel. Und dieses zweite Mal habt Ihr ihn fortgeschafft.«

»Das müßtet Ihr erst beweisen.« Mr. McPhail erwog seine Worte. »So wir Ihr beweisen müßt, auf welche Art Ihr hier an den Fuß der Treppe gelangt seid. Ich möchte glauben – das ist natürlich nur eine Annahme – daß er Euch gegeben hat, was Euch gebührt, und daß er dann auf und davon ist.«

»Die kleine Ratte hat mich unversehens angefallen.«

»Ja, natürlich! Genau, wie Ihr ihn packen wolltet! Tätet Ihr nicht am besten, an Bord zu gehn und abzufahren? Der Lotse ist schon bereit.«

»Zum Teufel mit dem Lotsen und mit Euch! Er mag seine Rechnung an die Agenten schicken, wenn ihm die Zeit zu lang wird. Und ich kann meinen Kahn bei jedem Stand der Flut in Euren Hafen steuern und hinaus auch... aber ich will diesen Burschen haben, und wenn ich eine Woche warten müßte.«

»Und wie steht's mit der Überliegezeit?«

»Zum Teufel mit der Überliegezeit! Drei Viertel der Anteile gehören ja mir.«

»Und dann – wie ist's mit dem Hafenmeister? Er verlangt, daß Ihr Euren Platz an der Boje freigebt.«

»Was Ihr nicht einsehen wollt, ist, daß der Kerl durchgegangen ist, und daß Eure Polizei verpflichtet ist, ihn zu finden und mir auszuliefern.«

»Das mögt Ihr selber der Polizei auseinandersetzen; da ist sie schon.«

Der Polizeiinspektor kam in gemessenem Schritt, begleitet von einem jungen Polizisten. Er war ein ernster, hochgewachsener, duldsamer Mann.

»Ich höre, daß Ihr hier irgendwelche kleine Ungelegenheiten habt«, sagte er.

»Ungelegenheiten?« knurrte Fouguereau. »Hier gibt's keine Ungelegenheiten, bis auf das, daß einer meiner Matrosen durchgegangen ist, und Ihr Euch die Ungelegenheiten machen werdet, ihn zu finden.«

Es ist erstaunlich, wie manche Menschen sich jegliche Sympathie verscherzen können, bevor sie auch nur zwanzig Worte gesprochen haben. Der Inspektor musterte den Schiffer gelassen.

»Euer Name?«

»Fouguereau.«

»Ja, richtig; Schiffer des Schoner ›La jolie Brise‹ dort drüben, was? Und der Name des Matrosen?«

»Amyot Tristane, aus Loch Tudy in der Bretagne. Vielleicht heißt er auch Tristane Amyot. Jedenfalls ein Bastard.«

»Bestimmt?«

»Que diable...!«

»Das ist kaum eine Beschreibung, die ich in einen Haftbefehl setzen und von der Behörde ausstellen lassen kann; es müssen Daten sein, nach denen ein Mann sich identifizieren läßt, wenn man ihn verhaften soll. Seid ein wenig deutlicher in Euren Angaben, wenn ich bitten darf.« Der Inspektor hatte sich in langer Erfahrung die Technik des Kreuzverhörs angeeignet. »Der Mann war also an Bord Eures Schoners als Matrose. Zu welcher Stunde hat er, soweit Euch mit Sicherheit bekannt, das Schiff verlassen?«

Fouguereau schwieg.

Mr. McPhail füllte dieses Schweigen mit leisem Lachen aus.

»Seien Sie nicht so streng mit ihm, Inspektor. Da die Geschichte mit der Zeit fast ein Jahr her ist, können Sie nicht erwarten, daß er noch Tag und Stunde weiß.«

»Ich habe seine Papiere, sage ich Euch! Wenn Ihr mit mir an Bord kommen wollt –«

»Das werde ich nicht. Denn es trifft sich so, daß ich auch Eure Akten habe. Und wenn Ihr mit mir zum Polizeikommissariat kommt, will ich sie Euch zeigen. Da liegt eine Anzeige gegen Euch vor, erstattet von einem Herrn aus Eurem Land und von Zeugen unterschrieben.«

»Pah! Der Mann ist tot, und die Anzeige ist veraltet.«

»Ja, gewiß, sie ist veraltet, doch nicht ganz so veraltet wie Euer Anspruch an den jungen Mann. Es gibt auch ein stattliches Paket Akten über Euch in französischer Sprache. Ich selber lese nicht Französisch, vielleicht kommt aber der Zolleinnehmer hier mit uns und übersetzt es.«

»Das ist überflüssig«, meinte Mr. McPhail.

Fouguereau fluchte, und dann schlurfte er davon, überquerte die Straße und ging in ›Rose und Anker‹. Am Schanktisch bestellte er einen doppelten Cognac. Deborah setzte das Glas vor ihn hin und beobachtete ihn schweigend.

Fouguereau schluckte seinen Cognac, dann schob er das Glas über die metallene Fläche des Schanktischs, um es nachfüllen zu lassen. Deborah rückte es zur Seite.

»Ich gebe Euch kein zweites. Ihr seid ohnehin schon betrunken.«

»Na, na, seid ein gutes Mädchen! Noch ein kleines Glas!«

»Keinen Tropfen!«

»Schön, schön!« Er warf ihr einen boshaften Blick zu. »Ich weiß Mut an einem Frauenzimmer zu schätzen – gar wenn sie einen Busen hat wie Ihr. Wißt Ihr, daß ich Euren ganzen verfluchten Schanktisch, samt Gläsern, Flaschen und allem Drum und Dran, mit einem einzigen Schwung meines Arms reinfegen kann?«

»Natürlich weiß ich das.«

»Und Ihr habt keine Angst?«

»Vor Euch? Auch nicht ein bißchen!«

Der Betrunkene musterte sie; dann setzte er hinzu: »Vermutlich rechnet Ihr damit, daß Ihr von irgendwo hinten in der Kneipe Hilfe haben könntet?«

»Keine Spur! Ich würde Hilfe bei der Nachbarschaft holen oder« – sie schaute nach dem Platz hinaus, »– die Polizei rufen. Soll ich?«

»Nein; wartet doch ein wenig. Ich bin gar nicht so betrunken, wie Ihr sagt; gerade nur benommen – und ich versuche nachzudenken.«

»Schön, so denkt nach!«

»Diesen Burschen – Euren Schützling – haltet Ihr und Madame ihn nicht irgendwo im Haus versteckt?«

»Was redet Ihr da? Wollt Ihr jetzt gehn oder soll ich den Herrn herunterrufen und die Polizei holen?«

»*Tiens!* Eure englische Polizei hilft einem ehrenwerten Mann ebensowenig wie Ihr... ich rede von diesem Zwiebelverkäufer, den Ihr seiner Strafe entzogen habt – Ihr und eine saubere Verschwörung. Ist er hier irgendwo?«

»Nein.«

»Nicht bei Euch angestellt? Nicht hier im Haus? *Nein?*«

»Nein, das ist er nicht«, erwiderte Deborah. »Und mehr noch – wenn ich wüßte, wo er zu dieser Stunde ist, würde ich's Euch nicht sagen. Ist das genug?«

Fouguereau erhob sich. »Ja, das ist genug. Und jetzt noch ein Glas Cognac, ja?«

»Wenn Ihr versprecht, daß Ihr dann auf der Stelle geht; Biest, das Ihr seid!«

Sie schenkte ihm ein, er trank und verzog sich.

Im späteren Verlauf des Vormittags stellte sich auch Mr. McPhail in ›Rose und Anker‹ ein, um seine gewohnte Pinte Apfelmost zu trinken. Er zog den Apfelmost dem Bier vor; der Apfelmost war großartig – es war ein Schuß Birnenmost dabei, und er kam aus dem Obstgarten von Mrs. Lewarnes Vater drüben über dem Wasser; guter, sauberer Stoff, von der Farbe hellen Bernsteins. Tag für Tag kam er am Vormittag in ›Rose und Anker‹, schlug dreimal einen Gong und überließ alles Übrige der Einsicht der Hausleute.

Linnet Lewarne erschien mit Kanne, Glas und makellosem Zinnkrug, alles auf einem Tablett bereit. Sie erklärte, als Mr. McPhail sich von seinem Stuhl erhob, um sich für solche Ehrung zu bedanken, daß Deborah ausgegangen sei – auch der Gehilfe, der sich am Abend zuvor den Knöchel verrenkt habe.

»Ich weiß gar nicht, warum Sie sich entschuldigen sollten, Ma'am«, sagte der Zolleinnehmer. »Sie erweisen mir ja eine Ehre. Ja, wenn ein Mann in meinen Jahren dergleichen sagen darf, ohne Sie zu kränken – Sie haben nie besser ausgesehen. Die Ehe schlägt Ihnen gut an, das ist einmal sicher.«

»Vielen Dank, Mr. McPhail.« Linnet preßte die Lippen zusammen und schenkte den Apfelmost mit sorglicher Hand aus der Kanne in das Glas. »Und jetzt halten Sie es gegen das Licht! Und sagen Sie, bevor ich den Most in den Krug gieße, ob ich ihn ebenso gut abgezapft habe wie Deborah.«

»Mindestens ebensogut, Ma'am. Er ist klar wie einer jener kostbaren Steine, von denen man liest, die man aber im Leben nur selten zu Gesicht bekommt.« Er gab ihr das Glas zurück. »Ich freue mich sehr, daß Sie mir den Apfelmost einschenken und nicht Ihre Magd. Denn ich habe Ihnen eine hübsche Geschichte zu erzählen, die sich vorhin zugetragen hat, und die Sie wohl interessieren wird. Sie erinnern sich doch an diesen Burschen, der Zwiebeln verkauft hat? Und den Sie gerettet haben? Nicht viel weniger als ein Jahr ist das her... geben Sie acht, Ma'am, sonst vergießen Sie etwas von dem Most, und dazu ist er zu kostbar.«

»Deborah ist geschickter als ich!« Linnet beherrschte sich und schenkte schnell ein.

»So ist's recht... nun, er kam heute früh zu mir ins Amt, und da – würden Sie's glauben – stieß er auf diesen Fouguereau – oder vielmehr Fouguereau war auf der Jagd nach ihm. Und der Bursche versetzte ihm drei der prächtigsten Hiebe –«

Mr. McPhail erzählte die ganze Geschichte, während er dann und wann die Nase aus dem Krug hob. Linnet lauschte, und ihre heißen Hände tasteten nach dem Türpfosten, um eine Stütze zu finden.

»Aber wo ist er denn?«

»Der Schiffer? Nun, eigentlich sollte er jetzt im Krankenhaus liegen. Aber solche Kerle...«

»Nein, nein, ich meine Amyot!«

Mr. McPhail spähte über den Krug zu ihr hinüber.

»Ich bin kein Polizist. Sie meinen den jungen Bretonen? Ich habe nicht gesehen, wohin er sich verzogen hat. Vielleicht flußaufwärts...«

›La jolie Brise‹ segelte mit der Abendflut, der Maat stand am Steuer, der Schiffer war in seiner Kabine. Er lag ausgestreckt in seiner Koje, erhitzt und mit rotem Gesicht, sein Atem ging schwer... die Cognacflasche auf dem Tisch war unberührt.

XVI

BRIEF AN DIE FEEN

Am Morgen, nachdem Amyot Lantyan verlassen hatte, erwachte Johnny Bosanko mit einem deutlichen Gefühl der Erwartung, doch nach und nach stellte sich die Verzweiflung ein. Im Bett gegenüber war keine Mary, mit der er im Morgengrauen schwatzen und Komplotte schmieden konnte. Mary war im Zimmer der Mutter untergebracht worden, um sich in den Schlaf zu weinen. Amyot, ihr angebeteter Amyot war fort und damit, seine, Johnnys kleine Aussicht auf Seligkeit.

Doch er war ein beherztes Kind, und es fehlte ihm auch nicht an Findigkeit. Da nun der Himmel über ihm und Mary eingestürzt war, war es seine Sache zu handeln. Er schlich im Zwielicht hinunter in Mutters Wohnzimmer, entdeckte dort ein Blatt Papier und schrieb:

Liebe Feen,

findet doch, bitte, Amyot und bringt ihn zurück. Meine

Schwester Mary ist untröstlich über sein Verschwinden, und mir tut sie schrecklich leid. Liebe Freundinnen, wenn Ihr nur wüßtet, was das für uns beide für eine schlimme Geschichte ist.

Hochachtungsvoll
J. Bosanko

Diesen Brief adressierte er:

An die Feen,
irgendwo bei Lantyan
Lostwithiel

und dann steckte er ihn in den Kamin in der Küche, wohin er auch die Briefe an den heiligen Nikolaus zu stecken pflegte.

Dann, als das Haus erwacht war und alles seinen geregelten Gang nahm, lockte Johnny seine Schwester in den Wald hinaus, um Heidelbeeren zu pflücken. Die Mutter packte ihnen ein wenig Proviant in einen Korb, den sie nachher gefüllt zurückbringen sollten. »Ehrlicher Tausch ist kein Raub, und nichts hat euer Vater lieber als Heidelbeerkuchen.« Es war glühend heiß, aber im Wald wären sie der Reichweite der Sonnenstrahlen entzogen.

»Aber jetzt ist alles verdorben«, klagte Mary.

»Keine Spur!« versicherte Johnny ihr mannhaft.

»Ich glaube nicht, daß es etwas auf der Welt gibt, das so herzlos ist wie Buben.«

»Wenn du meinst, daß ich kein Herz habe, so warte nur, bis ich dir etwas finde.«

»Was?«

»Rat einmal!«

»Du bist ja heute so ein Geheimniskrämer!«

»Und du bist voll von schönen Worten. Ich hab' Vater sagen gehört, mit schönen Worten könne man keinen Pastinak buttern. Was er damit gemeint hat, weiß ich nicht; aber es ist etwas, woran du dich nicht gewöhnen solltest.«

»Nun? Und was versprichst du mir? Was willst du finden?«

Johnny zauderte; er erinnerte sich, daß Mary einmal gesagt hatte, Feen seien eine veraltete Geschichte. Das hieß, daß sie nicht an Feen glaubte!

»Ich verspreche gar nicht, daß ich etwas finden werde. Und wenn's ein Brachvogelnest wäre...« Wieder hatte er großgetan. Die Krähen, mit denen Mr. Tregentil sich so viel zu schaffen machte, bauten ihre Nester auf die Bäume, recht sichtbar für jeden Blick. Doch von allen Nestern sind die des Brachvogels ungefähr am schwersten zu finden. »Sein Schrei ist überall, sein Nest ist nirgends.« Amyot hatte einmal gesagt, er wäre erst zufrieden, wenn er eines Tages ein Brachvogelnest für sie gefunden hätte.

Mary schluckte ihren Gram hinunter. Sie begannen, Heidelbeeren zu pflücken.

Nachdem sie genug gepflückt hatten, um einen Kuchen zu füllen, und ihre Münder entsprechend blau waren – ›nur um zu probieren, ob die Heidelbeeren auch gut waren‹, hatte Johnny das ausgelegt – gingen sie bei Woodgets Pyll an den Fluß und wuschen sich dort, so gut sie konnten, die Gesichter im Brackwasser. Dann wanderten sie weiter zu einem verfallenen Häuschen, hinter dem ein verlassener Obstgarten lag. Sie fanden einen Platz innerhalb der Umfriedung aus Dornenhecken, und dort verzehrten sie ihre Mahlzeit. Johnny – wenn er auch von diesem Gefühl nichts in Worte zu kleiden vermocht hätte – war sich zum ersten Mal im Leben jener Freude bewußt, die einen Hintergrund von Kummer braucht. Mary und er hatten ihren geliebten Amyot verloren, und darum war die Welt verödet. Doch abgesehen von der Romantik ihrer Wanderung und der Mahlzeit im Freien, schwoll sein Herz im ersten Aufblühen von Männlichkeit. Mary hatte an seiner Schulter geweint. Das hieß, daß sie – mochte sie ihm auch an Jahren und Kenntnissen überlegen sein –

eben ein Mädchen war, etwas sehr Merkwürdiges; und daß es ihm oblag, sie zu trösten, zu beschützen – eine vorzeitige Ahnung von des Mannes Beruf im Leben. Den ganzen Morgen war er mit einem steigenden Gefühl seiner Wichtigkeit umhergegangen. Und er hatte auch den Glauben!

Während Mary aufräumte, sagte er: »Ich werde mich gar nicht wundern, wenn gerade hier die Stelle wäre, wo man ein Brachvogelnest finden kann... oben auf dieser Mauer zum Beispiel.«

»Du wirst dir den Hals brechen!« rief Mary, als er sich daran machte, hinaufzuklettern. »Ich verbiete es dir! Und wer wird um diese Jahreszeit Brachvogeleier wegnehmen?«

»Ich habe nicht von Brachvogeleiern geredet. Ich habe nur von Nestern geredet...«

Er stieg auf die Lehmmauer hinauf, und nach kurzer Besichtigung rutschte er wieder hinunter. »Da sind keine Nester«, verkündete er.

»Das habe ich ja schon vorher gewußt.«

»Aber auf dem Hügel gibt's einen schönen Baum mit Sommeräpfeln – so versteckt, daß man ihn vom Ufer unten nicht sehen kann.«

Schon war er fort, und als er wiederkam, strahlte sein Gesicht.

»Ich hab's die ganze Zeit gewußt«, flüsterte er. »Ich hab's gewußt –»

»Ja – aber was gibt es denn?«

»Kein ›es‹ gibt es! Er ist's! Rat doch, rat doch! Nein, ich kann nicht warten. Amyot ist es!«

»Kann sein, mein Fräulein –«, selbst in seiner Aufregung konnte Johnny sich nicht zurückhalten, »– kann sein, daß du das nächste Mal nicht gar so genau weißt, ob es so was wie Feen gibt oder nicht.«

»Was redest du da?«

»Es verhält sich nämlich so, daß ich ihnen geschrieben habe. Geschrieben und den Brief auf den Kamin gelegt. Ja, das habe ich getan!«

»Was?! Du hast ja einen Hitzschlag... Amyot?«

»Habe ich dir nicht versprochen, daß ich dir etwas finden würde? Nun, ich bin auf den Baum geklettert, bis zur zweiten Gabelung, aber ich hatte es gar nicht auf Äpfel abgesehen. In Wirklichkeit habe ich nur nach Amyot ausgeschaut, während du hier zusammengepackt hast; und jetzt tätst du besser, wieder auszupacken und nachzusehen, ob noch was übrig ist; denn so wie er aussieht, muß er sehr hungrig sein. Als er den Kopf aus dem Gras hob, in dem er geschlafen hatte –«

»Aber wo ist er denn?«

Johnny trat zu dem verfallenen Eingang und rief:

»Amyot!«

Drei Sekunden später war Amyot bei ihnen; heruntergekommen, abgerissen, geschwächt, und doch stark genug, um Mary in die Arme zu schließen, wenn er auch ein wenig schwankte, als sie entzückt auf ihn zusprang.

»Ich habe eure Stimmen gehört... Dann bin ich hinuntergegangen und habe wohl geschlafen. Aber ich habe eure Stimmen gehört...«

»Amyot!«

Sie drängten ihm die Reste ihres Proviants auf. Er aß gierig, mechanisch, Zärtlichkeit und Verzückung in den Augen; und er schaute die ganze Zeit von der offenen Tür hinauf zu dem friedlichen Wald und nach dem Fluß, der langsam zu ihren Füßen zurückflutete.

»Wir holen dir noch mehr. Ach, bleib doch hier, und wir laufen unterdessen und erzählen es Mutter.«

Die Kinder verließen ihn und eilten davon. Ein Pfad führte durch die junge Eichenpflanzung, und fast als sie die Höhe erreicht hatten, begegneten sie Mrs. Lewarne;

Linnet! Auch sie hatte einen Korb am Arm. Nun mochte Johnny an Feen und solches Zeug glauben, für Mary aber war Mrs. Lewarne der Inbegriff von allem im Leben der Erwachsenen wünschbaren Dingen – Schönheit, Anmut, Haltung, eine süße und doch gebieterische Stimme, der richtige Tonfall, die richtige Kleidung und alles, was zum Wohlstand gehört, kurz, überhaupt alles, wonach sie in ihrer eigenen kleinen Seele strebte. Und doch nicht zu stolz, um einen Korb zu tragen!

»Ist das ein schöner Nachmittag«, sagte die freundliche Dame. »Ich meinte, daß ihr vielleicht hier ein Picknick abhaltet. Und da dachte ich –«

»Ja, ja – wir haben Amyot gefunden! Er ist unten im Häuschen. Wir holen ihm etwas zu essen. Sollen wir Mutter sagen, daß wir Sie getroffen haben?«

Linnet Lewarne zauderte. Dann aber, ganz plötzlich, legte sie die Finger an die Lippen.

»Warte«, sagte sie, »wir wollen einmal zu dritt Rat halten!«

Sie lächelte geheimnisvoll, winkte den Kindern und führte sie zu einer schmalen Mulde hinter den Eichen. Dort setzte sie sich nieder und ließ die Kinder neben ihr sitzen, die vor Neugier brannten.

»Ihr wollt doch gewiß nicht, daß Amyot ein Leid zustößt?«

Die Frage klang so scharf, daß die Kinder erschreckt auffuhren.

»Natürlich nicht«, sagte Mary, und Johnny fügte mannhaft hinzu: »Ich würde für ihn kämpfen, wenn's nötig ist, und wenn dieser französische Schiffer hinter ihm her ist, so brauchten Sie's ja nur Vater zu sagen...«

Doch Mrs. Lewarne schüttelte feierlich den Kopf. »Das ist's gerade«, erwiderte sie. »Euer Vater könnte nichts tun. Es wäre seine Pflicht, Amyot der Polizei anzuzeigen. Dieser französische... Lump ist zurückgekommen, und

Amyot hat mit ihm gekämpft und hat ihn niedergeschlagen; und das bedeutet, daß man ihn festnehmen und wegen dieses Angriffs vor Gericht stellen kann... und ihr wißt, was das heißt.«

»Gefängnis?« hauchte Mary leichenblaß.

Linnet nickte. »Sechs Monate oder mehr«, sagte sie. »Stellt euch das vor! Steine brechen oder Postsäcke nähen, und er könnte versuchen zu fliehen, und dann würde man ihm Bluthunde nachhetzen.«

Die Augen der Kinder weiteten sich vor Grauen.

»Was können wir da tun?« rief Johnny. »Wenn die Polizei herausbringt, daß er hier ist, dann kommt sie und legt ihm Handschellen an und schleppt ihn vor's Gericht.«

»Ganz richtig«, sagte Linnet. »Sie darf ihn eben nicht finden. Und das ist's, weswegen ihr eurem Vater oder eurer Mutter nicht erzählen dürft, daß er hier ist. Das wäre nicht anständig gegen ihn gehandelt.«

Mary und Johnny blickten ernst drein. Sie waren bisher dazu erzogen worden, mit all ihren Sorgen zu den Eltern zu gehn. Wenn sie jetzt heimkämen und lügen müßten, so würde sich das nicht halten. Linnet Lewarne beobachtete sie und ahnte einiges von ihren Problemen.

»Ich verlange nicht von euch, daß ihr sie täuschen sollt«, sagte sie sanft. »Redet nur überhaupt nicht davon, daß ihr ihn getroffen habt. Sie werden euch nicht fragen, sie glauben, daß er längst auf hoher See ist, und sollte die Polizei nach Lantyan kommen, um Nachforschungen anzustellen, nun, dieses Hindernis können wir schon nehmen, wenn es einmal so weit ist.«

Mary, in der Erinnerung an das verdorbene Geburtstagsfest, war es, die der Versuchung zuerst erlag.

»Kein Mensch wird ihn hier suchen«, erklärte sie. »Und für Johnny und mich wird es leicht sein, ihm Brot und Eier zu bringen und allerlei Sachen, die wir von unserm Frühstück und Abendessen aufbewahren können.«

»Ach, was das angeht«, sagte Linnet leichthin, »ist's für mich nicht so schwierig, jederzeit herüberzukommen. Was ich tue, wird nicht bespitzelt. Ich will nur sicher sein, daß ihr ihn nicht verratet.«

»Amyot verraten?!« rief Mary ungestüm. »Nicht um die Welt!«

»Hand aufs Herz und lieber sterben!« gelobte Johnny.

Sie wurden mit einem stahlenden Lächeln und, was ihnen peinlicher war, mit einem Kuß belohnt. Und dann erhob sich die Versucherin.

»So«, sagte sie, »dann sind wir einig. Amyots Versteck ist ein Geheimnis, das nur wir drei kennen. Und wie wär's, wenn ihr beiden jetzt nach Lantyan zurück wandert – ihr laß euch natürlich Zeit und müßt ganz unbefangen sein – während ich daran gehe, die Speisekammer unseres... unseres Gefangenen nachzufüllen.«

Nachher fanden die Kinder, es sei doch wahrhaftig etwas Großes, mit Mrs. Lewarne ein Geheimnis zu teilen. Daß sie erwachsen und verheiratet war, bedeutete natürlich, daß sie auch genau wußte, was sie zu tun hatte. Nie hätte sie diese Heimlichkeiten vorgeschlagen, wenn etwas daran unrecht wäre.

»Wir dürfen unsere Heidelbeeren nicht vergessen«, sagte Mary. »Am Bach ist ein ganzer Korb voll!«

»Und Amyot kann ein Viertel davon haben!« rief Johnny. »Wenn wir ihm mehr geben, würde Mutter vielleicht mißtrauisch werden oder sagen, daß wir sie selber aufgegessen haben.«

Sie gingen ans Ufer zurück, diesmal aber behutsam und Verschwörerblicke wechselnd; und all das Entzücken, mit dem sie Amyot entdeckt hatten, war jetzt von Sorge überschattet. Ein Geheimnis, gewiß, das war sehr aufregend, aber eine Bürde war es auch. Selbst der helle Tag hatte ein wenig von seinem Glanz eingebüßt; im Westen sammelten sich Schäfchenwolken, die einen Wechsel voraussagten. Ein Schwarm schwarzköpfiger Möwen, Vorboten des Herbstes, stieg aus dem Sumpfboden beim Bach auf und flog mit einem einstimmigen, schrillen, warnenden Schrei das Ufer entlang zum nahen Fluß. Ein einsamer Reiher, in seiner gelassenen Suche nach Futter aufgescheucht, flatterte hinter ihnen her.

Von Amyot war nichts zu sehen, doch Linnet, mit einem Blick auf das verfallene Häuschen und seine klaffende Tür, lächelte und sagte:

»Jetzt solltet ihr lieber gehn, Kinder. Um ihn kann ich mich schon kümmern.«

Sie machte eine jähe Geste mit der Hand, wandte sich von ihnen ab, und John und Mary sahen sich verabschiedet, nahmen den Korb mit den Heidelbeeren auf, ohne ein Wort zu sagen, und schlugen den Weg zum Wald ein. Kein einziges Mal wandten sie sich um.

Nur wenige hundert Yard waren sie gegangen, als Johnny stehn blieb.

»Wir haben vergessen, Amyot von den Beeren zu geben«, sagte er. »Soll ich noch einmal zurück zu ihm?«

Mary schüttelte den Kopf.

»Sie brauchen uns nicht«, sagte sie kurz. »Und auch unsere Heidelbeeren nicht.«

Schweigend stapften sie heim. Der Wald sogar, der sie umschloß, schien vom Geheimnis belastet zu sein, und eine brütende Stille füllte die Luft. Und in der Bucht regte sich nichts. Das Häuschen, das seit so vielen Monaten und Jahren leer gewesen war, verschlummerte den Nachmittag, während dann und wann ein Rotkehlchen sein klagendes Lied aus dem verlassenen Obstgarten erhob, dessen Äpfel nie wieder gesammelt und aufgespeichert werden sollten.

XVII

DOKTOR CARFAX IN SORGE

Nachdem Doktor Carfax seine Vormittagsbesuche erledigt und zu Mittag gegessen hatte, war er, da keine Botschaft vorlag, die ihn vor seiner abendlichen Sprechstunde abberufen hätte, entschlossen, sich einen verhältnismäßig ruhigen Nachmittag im Garten zu gönnen; oder, um genauer zu sein, in der kleinen Holzhütte, die er sich am Ende des Pfades neben dem wohlgehaltenen Rasen gebaut hatte. Das Kommen und Gehen der Hochseeschiffe und der Vergnügungsboote, das ganze Leben eines geschäftigen Hafens bot jedem, der mit einem guten Fernglas versehen war, endlose Zerstreuung.

Darum war der Doktor an jenem Augustnachmittag nicht wenig gereizt, als Mona, die brave Frau, die für ihn sorgte – für alle Welt außer für den Doktor Mrs. Welch – ihr rundes Gesicht an dem Fenster der Hütte sehen ließ und meldete, daß die Glocke an der Vordertür geläutet hatte.

»Mag sie nur weiterläuten«, erwiderte der Doktor sehr bestimmt. »Das Baby bei Roberts kommt erst in vierzehn Tagen, den Knöchel Ned Varcoes habe ich heute früh frisch verbunden, und Eliza Hocken hat so viele Pillen für ihre Verdauung, daß sie sich damit umbringen kann, wenn sie Wert darauf legt – überdies wissen meine Patienten, wenn sie mich brauchen, daß sie zur Tür der Ordination kommen sollen. Um Himmels willen, Frau, geht und laßt mich in Frieden!«

Mona ließ nicht locker. Das Läuten an der Haustür hatte sie mitten in ihren nachmittäglichen Waschungen gestört, die ihr ebenso heilig waren wie die Zeit zur Besinnlichkeit ihrem Herrn, und infolgedessen mußten sie eben alle beide leiden.

»Hat keinen Zweck, mich zu schelten, Doktor«, sagte

sie. »Als ich so weit war, daß ich zur Haustür gehn konnte, war er schon hereinspaziert, und ich konnte nicht leugnen, daß Sie daheim sind, denn er hatte über die Gartenmauer hinüber gesehen, wie Sie zu Ihrer Hütte gegangen waren.«

»Der Teufel hol's!« fuhr Doktor Carfax auf. »Nächstens werden die Leute ihre dummen Gesichter durch das Küchenfenster stecken und mich vom Essen wegreißen. Es ist ein Fehler, sein Haus an der Straße zu haben und eine Gartenmauer, die so niedrig ist, daß man keine zwei Minuten Sonnenschein genießen kann, ohne daß sämtliche Patienten es wissen. Heut oder morgen werde ich übersiedeln, das schwöre ich, und mir ein Haus auf dem Moor von Bodmin bauen, und wer dann einen Arzt braucht, mag durch den Sumpf fahren!«

»Ja, Doktor«, seufzte Mona, die all das schon ein Dutzendmal gehört hatte, »unterdessen hat er sich, ohne um Erlaubnis zu fragen, in der Bibliothek eingenistet, und wenn ich den Mann recht kenne, sitzt er schon in Ihrem Lehnstuhl, von dem ich heute früh den Überzug abgenommen hatte, weil ich keinen Besuch erwartete.«

»Verdammt nochmal!« Es folgte noch eine ganze Reihe von Ausbrüchen, die sich nicht für die zarten Ohren seiner Haushälterin eigneten. »Und wer, wenn ich bitten darf, ist denn dieser ungezogene Kerl, der sich in meine Privaträume wagt, die, wie jedermann weiß, meinen Patienten streng verschlossen sind?«

»Mr. Lewarne ist's, Sir; von ›Rose und Anker‹.«

»Lewarne?«

Der Ärger wandelte sich zu Erstaunen, und statt der Flüche entrang sich den Lippen ein erstauntes Pfeifen.

»Und was, in der Welt, will er bei mir? Er ist ja nicht einmal einer meiner Patienten.«

»Das könnte ich nicht sagen. Doktor. Er hat nach Ihnen gefragt, dann ist er einfach an mir vorübergegangen, und damit war's erledigt. Aber ob ich wollte oder nicht – ich habe doch bemerkt, daß er anders aussieht als sonst.«

»Hm...«

Carfax hatte für den Wirt von ›Rose und Anker‹ nicht viel übrig, der sich im Verlauf der Jahre in die Höhe gearbeitet hatte und grob und großmäulig war; aber Lewarne hatte einen ungewöhnlich guten Keller, und zudem war er so glücklich, mit der entzückendsten jungen Frau in Troy verheiratet zu sein. Andernfalls hätte sich der Doktor in seinem Verkehr mit dem Wirt auf einen kühlen Gruß beschränkt. Gewiß, der Keller war von seinem Vorgänger angelegt worden, und Linnet Constantine hatte ihr mittelloser Vater an Lewarne verschachert – immerhin hatte Lewarne in beiden Fällen Urteilsfähigkeit bewiesen. Aber es war etwas Widerliches an einem Mann, der einen Jahrgang nicht vom andern unterscheiden konnte und eine Frau besaß, die noch den Flaum ihrer Mädchenschaft auf den Wangen trug.

»Er hat also nicht gesagt, was er will«, meinte der Doktor nachdenklich, wandte dem Hafen den Rücken und trat auf den Gartenpfad hinaus, denn eine jähe Neugier hatte sein Verlangen nach Einsamkeit und Besinnlichkeit verdrängt. »Nun, das werden wir ja bald erfahren!« Diese Bemerkung machte er mehr zu sich als zu Mona, doch die gute Frau, die hinter ihm hertrottete, hielt es für eine Aufforderung zu einem Zwiegespräch, und da sie mit einem gewissen Scharfblick begabt war, wie sich das für die Haushälterin eines Arztes geziemt, ergriff sie die Gelegenheit, um anzudeuten, daß Mrs. Lewarne vielleicht doch endlich in Hoffnung sein mochte. Dieses ›endlich‹ war, wie der Doktor meinte, ein Hinweis darauf, das der Klatsch von Troy sich bereits mit der Frage beschäftigt hatte, warum unter dem Dach von ›Rose und Anker‹ noch keine Kinderfüße stapften, und diese Verzögerung der Natur würde, wenn er seine Mitbürger richtig beurteilte, sehr bald in das Geflüster von einem Bruch zwischen Mann und Frau umgewandelt werden. Er machte klüglich keine Bemerkung, sondern ließ die Reden Monas schweigend über sich ergehn. Dann stieg er die wenigen Stufen aus dem Garten hinauf und trat durch die Glastür in die Bibliothek. Dadurch würde er den Mann auffahren lassen, und gleichzeitig fiele das Tageslicht auf Mr. Lewarnes Gesicht. Diese Absicht hatte Erfolg. Mark Lewarne richtete sich auf und hatte keine Zeit mehr, seinem Gesicht das gewohnte Aussehen zu verleihen, wenn er dazu imstande gewesen wäre. Mona hatte recht. Der Mann sah nicht aus wie sonst. Ein trauriges Bild, der Kopf zwischen die schlaffen Schultern eingezogen, die Augen eines kranken Hundes, und Hände, die sich linkisch in die Seiten stützten.

»Nun, Lewarne, was kann ich für Euch tun? Ihr seid wohl nicht krank, sonst wärt Ihr ja zwischen sechs und sieben in meine Sprechstunde gekommen.«

Doktor Carfax sagte das sehr brüsk. Höflichkeit war einem Menschen gegenüber, der so offenbar keine Manieren hatte, kaum angezeigt.

Der Wirt war aufgestanden.

»Tut mir leid, daß ich Sie störe, Doktor«, sagte er. »Aber es ist eine rein persönliche Sache und hat nichts mit meiner Gesundheit zu tun. Das heißt nicht unmittelbar. Aber bei den Sorgen, die mich drücken, und bei meiner Schlaflosigkeit wäre ich nicht sehr erstaunt, wenn ich an Gewicht verloren hätte.«

»Das schadet Euch weiter nichts«, fuhr der Doktor ihn an. »An zuviel Gewicht sterben mehr Männer in Euren Jahren als an irgend was anderem. Nun, zur Sache, Mann! Was ist los?«

Mark Lewarne schaute zuerst zur Decke hinauf, dann auf den Fußboden und endlich mit verzweifelten Blicken auf sein Gegenüber.

»Die Frau ist's«, sagte er. »Sie bricht mir das Herz!«

Doktor Carfax ging von der Glastür an den Kamin und blieb, den Rücken zur leeren Feuerstelle, stehn. Er tastete in seiner Tasche nach Pfeife und Zündhölzern. Das gab ihm Zeit, nachzudenken, und dem unwillkommenen Gast die Möglichkeit, sein Gleichgewicht zu erlangen.

»Vor vielen Jahren«, sagte der Doktor und zog an seiner Pfeife, die nur langsam brannte, »schrieb ich – damals war ich noch ein Student – einen Aufsatz über die Natur und das Funktionieren des Herzens. Ich kann Ihnen versichern, und meine Meinung wird von den höchsten medizinischen Autoritäten bekräftigt, daß das fragliche Organ, seiner ganzen Konstruktion nach, überhaupt nicht brechen kann. Oder – wenn ihr zufällig ein Spieler wärt – die Aussichten auf eine solche Möglichkeit stehen etwa eine Million gegen eins.«

Diese Erklärung schien den Wirt keineswegs zu beruhigen.

»Mag sein, Doktor«, erwiderte er hartnäckig. »Ich spreche ja nicht von der medizinischen Seite der Sache. Ich denke an den Druck aufs Gemüt. Und ich bin mit meinen Kräften zu Ende.«

Doktor Carfax seufzte. Der besinnliche Nachmittag, das Fernglas in der Hand, schien unendlich weit entrückt. Er war an vertrauliche Eröffnungen gewöhnt, und diese hier würde, allem Anschein nach, ziemlich lange dauern.

»Setzt Euch denn!« Er schob einen Stuhl zurecht. »Und wenn Ihr rauchen wollt, so legt Euch keinen Zwang auf.«

Mark Lewarne schüttelte den Kopf. Er ließ sich auf den Stuhl sinken und schaute den Arzt ernsthaft an.

»Auf Sie wird sie hören«, meinte er. »Das habe ich mir gesagt. Sie hat vor Ihnen den größten Respekt. Und ein Wort von Ihnen über ihr Benehmen würde alles wieder in Ordnung bringen. Dagegen würde sie nie zu widersprechen wagen.«

Er klopfte sich energisch auf die Knie, während sein Zuhörer unerschütterlich paffte.

»Beklagt Ihr Euch über das Benehmen Eurer Frau?« fragte Doktor Carfax. »Oder bloß darüber, daß sie irgend was tut, das ihrer Gesundheit schädlich sein könnte?«

Es bedurfte einer vollen Minute, bis der Wirt diese Frage voll begriffen hatte. »Mit ihrer Gesundheit steht's ganz gut.« Er runzelte die Stirn. »Nie hat sie besser ausgesehen. Aber die Art, wie sie ihren Gatten behandelt, geht gegen die Natur.«

»Ah!« Es war keineswegs das erste Mal, daß der älteste Arzt von Troy dergleichen Klagen aus dem Mund erzürnter oder enttäuschter Ehemänner hörte, und die Lösung war nicht immer leicht zu finden. Feingefühl und Takt waren von größter Wichtigkeit. »Ihr sollt Euch packen, wenn Ihr gerade in der Laune seid, Euch ihr zu nähern?«

»Packen?« wiederholte der Wirt. »Ich sage Ihnen, Doktor, daß sie überhaupt nichts von mir wissen will. Kaum, daß sie überhaupt zu mir redet. Und habe ich ihr nicht alles gegeben, was gut in der Welt ist? Ein schönes Heim und Kleider und Flitterkram? Alles, was sie haben wollte? Ich kenne keine andere Frau in Troy, die sich das leisten kann. Und alles, was ich dafür ernte, sind kalte Blicke und höhnische Worte. Und nicht nur, wenn wir allein sind, nein, auch vor Gästen. Bald werde ich das Gespött aller meiner Kunden sein und mich in meiner eigenen Wirtsstube nicht mehr zeigen können.«

Der Kummer des Mannes war so heftig, daß ihm Tränen in die Augen stiegen und er nicht einmal mehr stolz genug war, um sie wegzuwischen. Doktor Carfax überdachte, was er gehört hatte, und schaute zum Fenster hinaus; er sah, wie der Fährmann mit vollgeladener Barke sich auf den Weg zum andern Ufer machte. Linnet Lewarne war im Unrecht; kein Zweifel. Sie durfte ihren Mann nicht so behandeln; nicht, wenn sie allein waren, noch vor aller Welt. Sie hatte ihr Gelübde getan und mußte es halten. Der Gatte allerdings – der Mann war zunächst einmal ein Narr gewesen, als er ein Mädchen heiratete, das jung genug war, um seine Enkelin zu sein.

»Hört, Lewarne«, begann er, »ich habe nie den Vermittler gespielt und habe nicht die Absicht, jetzt damit anzufangen. Das müßt Ihr Euch gesagt sein lassen. Was zwischen Euch und Eurer Frau nicht stimmt, ist Eure Sache, nicht meine. Ich mag sie zur Welt gebracht haben und ihr bei ein paar kindlichen Beschwerden geholfen haben, aber das macht noch keinen Beichtvater aus mir. Wenn Ihr wollt, daß ich eine Diagnose Eures Kummers stelle, so kann ich das tun, aber Ihr werdet mir keinen Dank dafür wissen. Und sie lautet: Zwischen Euch beiden sind mehr als vierzig Jahre.«

Nachdem er dieses Urteil gefällt hatte, zündete der Doktor die Pfeife wieder an, die ausgegangen war. Der Wirt schaute ihn noch immer flehend an.

»Das habe ich mir unzählige Male selber gesagt«, erklärte er. »Aber als wir jung verheiratet waren, da war sie süß wie Honig. Ich habe mich für den glücklichsten Mann auf der Welt gehalten. Nein, Doktor, ich will Euch sagen, was es ist.« Lewarne beugte sich vor und senkte die Stimme. »Da ist ein anderer; und wenn ich wüßte, wer es ist, würde ich ihm den Hals umdrehen!«

So also verhielt es sich. Carfax nickte. Nun ... nun ... das bewies nur noch klarer, daß seine Diagnose richtig war. »Und was erwartet Ihr bei all dem von mir?« fragte er. »Das Vertrauen Eurer Frau zu gewinnen und es dann an Euch zu verraten?«

»Nein, Doktor«, erwiderte der Wirt. »Es gibt andere Leute, die das für mich tun werden. Ich möchte, daß Sie ihr eine tüchtige Furcht in die Knochen jagen, damit sie ihren Irrtum begreift, bevor es zu spät ist.«

Carfax stand angewidert auf. Eine Unverschämtheit

von dem Kerl! Sich uneingeladen ins Haus zu drängen, ohne auch nur ein Patient des Doktors zu sein, und dann zu verlangen, er, Carfax, solle sich zum Prediger aufplustern und einer irrenden jungen Frau Vorhaltungen machen, für die er, wenn alles stimmte, nur Sympathie empfand! Nein, das war zuviel!

»Tut mir leid, Lewarne«, sagte er kurz, »aber damit habe ich nichts zu schaffen. Eure Frau ist alt genug, um zu wissen, woran sie ist, und wenn sie sich schlecht beträgt, so müßt Ihr selber das mit ihr ins reine bringen. Guten Tag.« Er ging ohne Umschweife zur Tür und öffnete sie.

Der Wirt von ›Rose und Anker‹ sah ihn niedergeschlagen an.

»Aber wie soll ich damit fertig werden, Doktor?« rief er. »Sie ist imstande, das Eine zu schwören und etwas ganz anderes zu tun. Sie spaziert mit irgendeinem Burschen im Mondschein, mein eigener Schankbursche hat sie gesehen, und ich bin gerade bei einem Freimaureressen; aber als ich sie heute früh zur Rede stellte, da lachte sie verächtlich.«

Carfax zog die Brauen zusammen. Ein Gatte, der auf Klatsch lauschte, hatte nur, was er verdiente. So war Ned Varcoe zu seinem verrenkten Knöchel gekommen; er hatte die Frau seines Arbeitgebers bespitzelt. Lewarne konnte die offene Tür nicht länger unbeachtet lassen und stand widerstrebend auf.

»Na ja, Doktor«, sagte er, »wenn Sie nicht mit ihr reden wollen, kann ich Sie nicht zwingen. Aber ihre flinke Zunge würde mit Ihnen kein so leichtes Spiel haben wie mit mir. ›O ja‹, sagt sie zu mir, ›natürlich bin ich in den Armen eines andern Mannes gelegen. Ich bin bei Bosankos vom Heuwagen gefallen, und wenn sein Knecht mich nicht aufgefangen hätte, so hätte ich mir die Rippen gebrochen. Ich kann also nicht schwören, daß keiner außer dir mich berührt hat. Stimmt's?‹ Und damit lacht sie und wirft mir die Tür vor der Nase zu. Was würden Sie ihr darauf antworten, Doktor?«

»Lebt wohl, Lewarne«, sagte Carfax grimmig.

Der Wirt zauderte, hob die Hand, ließ sie wieder sinken. Im nächsten Augenblick war er im Vorzimmer und aus dem Hause, und der Arzt riß mit einem verächtlichen »Puh!« das Fenster seiner Bibliothek auf, um die Luft zu säubern. Dann kehrte er zur Gartenhütte zurück, doch während der kurzen Zeit, da er fort gewesen war, hatte der Himmel sich umwölkt, und der Geist des Arztes, von dem unwillkommenen Besucher aufgestört, fand nicht mehr zu freundlichen Träumereien zurück. »Ach, verdammt!« murmelte er gereizt. »Linnet Lewarne muß mit ihren Geschichten selber in Ordnung kommen.« Dennoch hatten die letzten Worte des Wirts in ihm die Erinnerung an einen gewissen Vorfall wachgerufen, als Linnet, die Erntekönigin, so plötzlich vom Wagen gestürzt war und sich tatsächlich sehr schlimm zugerichtet hätte, wenn die hilfreichen Arme des Bretonen, der in der Nähe stand, sie nicht aufgefangen hätten.

Absicht oder Zufall – es war geschickt gemacht, dachte der Doktor, und dann blieb er reglos stehn. Plötzlich kam ihm etwas in den Sinn. Hatte nicht vor einem Jahr der arme Ledru genauso einen Vorfall geschildert? Hatte nicht, vor Jahrhunderten, eine Königin auf die gleiche Art ihre Schuld zu verdecken gesucht?

Ja, da will ich doch...! Er verdrängte diese Erwägungen und ging rasch auf sein Haus zu. Erst als er vor seinen Regalen stand, fiel ihm ein, daß alle Bücher, darin dieser Zwischenfall erwähnt war – bestimmt hatte er nichts mit einem Heuwagen zu tun gehabt – sich derzeit und seit mehreren Monaten schon bei Mr. Tregentil befanden.

Was sich ereignet hatte, war ganz offenbar. Tregentil hatte, wie sehr viele Patienten, die an einem Anregungsmittel Geschmack fanden, seine Dosis an Nachforschungen zu sehr gesteigert, hatte die Tristansagen eingehend studiert und sie, was höchst verderblich war, wohl mit größtem Vergnügen an seinen unschuldigen Schüler weitergegeben. Robinson Crusoe – das ging noch. Aber Heldenepen aus dem zwölften Jahrhundert – das war etwas ganz anderes. Es geschähe Tregentil nur recht, wenn man ihn einer andern Behandlung unterzog. Etwa eine Fischdiät mit Milch und Soda. Wie dem auch sein mochte, diese Englischstunden mußten im Keim erstickt werden, bevor weitere Themen dieses Unterrichts gedankenlos in Gegenwart der romantischen Wirtin von ›Rose und Anker‹ erörtert wurden. Als Doktor Carfax auf den Stall zuging, fragte er sich, wer durch diese unerwartete Ausfahrt um drei Uhr nachmittags nach einem geschäftigen Morgen mehr aus der Fassung gebracht wurde – er selber oder sein Gaul Cassandra.

XVIII

DUETT DER LEIDENSCHAFT

»Du bist das Grab, drin tote Liebe lebt,
mit den Trophäen meiner hingeschied'nen Liebsten ...«

›Sag mir – sag mir, wann es zum ersten Mal war, daß ...‹

»Daß ...?«

»... daß es dir bewußt wurde ...«

Es war die unausweichliche Frage, alt wie die Liebe selbst. Amyot lag da, die Schultern im Farnkraut, die Augen halbgeschlossen, und beobachtete die Spiralen einer Lerche, die dort oben sang ... jetzt ließ der Vogel sich niedergleiten.

»Es gab kein erstes Mal, oder doch! Aber gerade nur ein Aufzucken, als du mich an jenem Tag berührt, da du meinen wunden Rücken mit dem Schwamm gewaschen hast.«

»Ja, ja.« Linnet beugte sich über ihn und nickte. Sie nahm die Hand, mit der er sich über die Stirn fuhr, und zog sie an sich. Aber er entzog sie ihr wieder.

»Laß mich nachdenken... und dann später, als Monsieur Ledru zum Hügelrücken hindeutete... damals schien etwas in mir aufzubrechen... hier...«, er berührte wieder seine Stirn. »Es war... wie soll ich sagen? ...es war, als hätte irgendwer eine Flasche mit Düften zerbrochen; doch der Duft war über dem Thymian, den unsere Füße zertreten hatten, und es war eine Musik darin, und eine Berührung von meinem Gesicht und meinem Haar, als ob Finger diese Musik spielten... Und da sprang das Wort aus mir heraus.«

»Welches Wort?«

»Ein Name. Ich hatte ihn vorher nie gehört.«

»Mein Name?«

»Nein, nicht dein Name. Der Name eines Ortes; des Waldes hier über uns – Lantyan.«

Linnet schwieg eine Weile. »Das war ein Wunder«, flüsterte sie; und dann setzte sie laut hinzu: »Doch ich kann's damit aufnehmen. Bevor ich dich je sah – eine Minute vorher etwa – hörte ich einen Namen nennen; und es war dein Name – Amyot. Er flutete durch ein altes Fenster herein, das ich gerade geöffnet hatte. Nein; jetzt, wenn ich daran denke – er flutete nicht, er schwirrte, er zitterte wie eine der Saiten deiner Geige, an denen du gezupft hast. Und mein Herz zitterte darin – und früher als du – ja, früher als du – erwachte ich und war lebendig – ja, bevor meine Finger dich je berührt hatten... damals über dem Schwamm... bevor ich dich gesehn hatte. Doch sag mir – was geschah dann?«

»Was geschah, war, daß im Augenblick, da das Wort mir entsprang, ich einen Wagen über die Straße rasen sah, und ich lief und schrie. Und was für ein Schrei war das! Ich habe meine eigene Stimme darin nicht erkannt.«

»Nein!« Denn in diesem Augenblick wurdest du wiedergeboren; vom Knaben zum Mann geboren. Mit einem Mal – nicht wahr? – konntest du Pferde bemeistern.«

»Nie werde ich wissen, wie das geschehen ist. Versteh mich – ich bin auf einer winzigen Insel aufgewachsen, wo es nie ein Pferd gegeben hat; und wenn man mit der Fähre von Loch Tudy hinüberfuhr – nichts als ein paar armselige Gäule, die unsere Fischkarren zogen.«

»In jenem Augenblick aber wußtest du, daß du Pferde bemeistern kannst.«

»Ich wußte es nicht... ich schrie nur... aber das will ich dir sagen, daß ich seither wirklich die Herrschaft über Pferde habe – ich, der ich niemals geritten bin. Noch jetzt zweifle ich, daß ich ein rassiges Pferd reiten könnte. Aber beherrschen kann ich's, das weiß ich. Ich brauche nur zu flüstern. Mr. Bosanko kann dir das bestätigen. Für mich ist das alles rätselhaft.«

Sie schwiegen; dann wandte Linnet sich wieder zu dem Geliebten.

»Hör! Leg deinen Kopf in die Beuge meines Arms und hör! Und jetzt werde ich dir erzählen. Als der Wagen schwankte und die tollen Pferde auf dich zusprangen, da war ich auf den Tod gefaßt. Ich klammerte mich an das Geländer vor mir und hielt es fest. Ich war aus allen mir bekannten Dingen in das Nichts hinausgeschleudert. Ich hörte deinen Schrei; ich sah eine Gestalt – du warst es – standest schwarz gegen die schimmernde Straße. Man sagt, daß im letzten Augenblick des Ertrinkens allerlei Erinnerungen sich ins Gedächtnis drängen. Amyot, schau auf und gib mir Antwort! Hast du je daran gedacht, daß du und ich schon vorher gelebt haben können – vielleicht viele Male, um wiedergeboren zu werden, um zu küssen, um einander das Herz aus den Lippen zu saugen, zu besitzen, zu sterben? Denk nach, Liebster, und hilf mir, wenn du kannst!«

»Ich kann nicht denken, Linnet, wenn mein Kopf an deiner Brust liegt. Ich staune nur und träume.«

»Träum nur eine kurze Weile, denn ich habe dir viel zu sagen – viel mehr! Erinnerst du dich, wie du nachher auf der Straße lagst? Ich beugte mich über dich und versuchte dich zu wecken; das Blut aus meiner aufgerissenen Braue tropfte auf dich – schneller als der Regen es fortwaschen konnte... und über uns die Wolke wurde vorgezogen wie ein Stück Tuch, als es niedergoß... und ich beugte mich über dich, berührte dich, nahm deinen Kopf zwischen meine Hände. Doch in Wirklichkeit – ja, für mich war es Wirklichkeit – saß ich hoch oben, und du lagst nackt da, Brust und Schenkel entblößt. Es war Sand, darauf du lagst – blutiger Sand. Und dann war es vorüber, und wir waren wieder in Castle Dor, und Doktor Carfax kam, um dich zu verbinden... aber in jener Nacht träumte ich von dir und wachte jäh im Fieber auf. Mir hatte geträumt, ich wäre über eine Brücke von brennenden Planken zu dir gegangen, und irgendwie war mir der Weg versperrt. Ich konnte dich nicht erreichen – ich glaube, daß ich in meiner Angst aufschrie. Und dann war ich hellwach, und ein alter Mann lag neben mir. Und seine Füße waren die brennenden Planken.«

Sie beugte sich über ihn, berührte seine Lippen, und er zog sie zu sich und schaute benommen in ihre verstörten Augen und staunte darüber, daß sie im Traum um seinetwillen gelitten haben sollte.

»Bei mir war es nicht so«, sagte er. »Ich schlief wie ein Toter, und das habe ich seit jenem Tag immer getan. Doch im Wachen bist du bei mir; wo ich auch sein, was ich auch tun mag, ist niemand da als du, und du lächelst mir zu, wie du mir über das Feuer hinweg zugelächelt hast. Wir tranken zusammen – erinnerst du dich? – und ich zerbrach meine Geige über den Knien, denn ich wußte, daß ich von jetzt an alle Kraft der Welt in mir hatte, und daß sie auf geheimnisvollem Wege von dir und von dir allein auf mich überging. Kein Mann, keine Frau, kein Tier hat Macht über mich – das spürte ich, als ich Fouguereau niederschlug. Es ist, als wäre, da wir mitsammen tranken, ein Zauber in mich eingedrungen, und durch diesen Zauber leben wir, du und ich. Ohne ihn wären wir nichts als gewöhnliche Sterbliche, blind und taub und stumm. Küß mich wieder, Linnet!«

»Ich versichere Ihnen, daß ich keinen Hauch von Ihren Anweisungen abgewichen bin«, sagte die Stimme Mr. Tregentils, die sich von Penquite her der Bucht näherte, und sie tönte schrill und verdrossen. »Ich habe mich ganz getreulich an Robinson Crusoe gehalten, und es wäre mir nie in den Sinn gekommen, dem jungen Mann die Notizen vorzulesen, die Sie mir gegeben, oder die Bücher, die Sie mir geliehen haben. Noch weniger, mit ihm über ihren Inhalt zu reden. Überdies hätte er ja gar nicht den Verstand, um sie zu begreifen.« Er sprach offenbar zu Doktor Carfax. »Und die junge Frau, die Sie erwähnen? Kaum zwei Worte habe ich mit ihr gesprochen. Übrigens haben Ihre Anweisungen ohnehin ein Ende gefunden, denn, soviel ich weiß, ist Amyot von Bosanko entlassen worden und hat sich heute früh in Troy eingeschifft. Aber ich weiß nicht recht, warum das ein Grund für Sie sein sollte, mich auf eine Diät von gekochtem Fisch und Milch mit Soda zu setzen... das ist ja alles sehr ärgerlich, gerade jetzt, da die Krähen und die Dohlen sich so geschäftig scharen und ich darauf gerechnet habe, daß er, wenn möglich, feststellen würde, wie sich die Suche nach Futter bei den beiden Arten voneinander unterscheidet. – Passen Sie auf! Hier gibt es plötzlich eine Vertiefung, wo wir den Bach überqueren... ah! Mrs. Lewarne!«

Amyot war im Gehölz verschwunden. Linnet saß auf einem kleinen Hügel in der Lichtung, blaß, gesammelt, trotzig, die Arme leichthin um die Knie geschlungen.

XIX

BEGEGNUNG IN PENQUITE

Wenn ich nicht wüßte, daß Tregentil ein sehr moralischer Mann ist und, seiner ganzen Anlage nach, unfähig, eine heimliche Liebesgeschichte zu erleben, dachte Doktor Carfax, dann würde ich mir sagen, daß ich ihn auf frischer Tat ertappt habe. Denn der Besitzer von Penquite war tatsächlich, für einen Mann, der seit langem an der Leber litt, erstaunlich rot geworden, und die reizende junge Wirtin von ›Rose und Anker‹ war weit genug von ihrem Pflichtenkreis in dem Gasthof in Troy entfernt, damit man annehmen konnte, sie sei mit voller Absicht an diesen entlegenen Fleck gekommen; ja, jeder Mensch mit einem Körnchen Verstand müßte an eine Verabredung denken.

Doktor Carfax hatte eine mißgestimmte Cassandra in gleichmäßigem Trab die zweieinhalb Meilen nach Penquite gelenkt, und als er ankam, wurde ihm bedeutet, der Herr des Hauses sei ausgegangen und man habe ihn zuletzt den Weg nach Woodget Pyll einschlagen sehen. Der Doktor ließ Pferd und Wagen in der Hut des Kutschers Dingle und machte sich zu Fuß auf die Jagd nach seinem Patienten, den er schließlich entdeckte, als Mr. Tregentil gerade auf das Ende der Bucht zuging.

Mr. Tregentil nahm an, sein Gast sei herübergekommen, um die Vögel zu beobachten und nachher eine Tasse Tee mit ihm zu trinken, und so war er überrascht und ziemlich verstimmt, als er merkte, daß er selber das unmittelbare Ziel eines Angriffs war, denn der Arzt hatte nicht die Gewohnheit, ein Blatt vor den Mund zu nehmen; und sein Patient hatte sich gerade erbittert völlig unschuldig erklärt, als sie auf die junge Frau stießen, deren Name eben auf beider Lippen gewesen war. Die Beschuldigung, er habe die privaten Notizen des Arztes dem Burschen aus der Bretagne gezeigt, war schon schlimm genug; daß dieser Anklage aber noch die Andeutung folgte, er habe die verwerflichen Liebesabenteuer Tristans und Isoldes mit der Frau des Gastwirts besprochen, war eine Beleidigung von Mr. Tregentils Würde. Kein Wunder, daß er die Farbe gewechselt hatte und, unter dem Blick des Doktors, unbeholfen einen Weg aus dem Dilemma suchte.

»Welch angenehme Überraschung... es ist sehr ungewöhnlich, daß man in Woodget Pyll einen Menschen findet... aber die Heidelbeeren sind in diesem Jahr sehr reichlich vorhanden. Ich sehe, daß Sie einen Korb mitgebracht haben; zweifellos wollten Sie selber ihn füllen! Nun, wer hätte das gedacht! Ich sagte gerade zu Doktor Carfax...«

Mr. Tregentil ließ den Satz unvollendet, denn er fürchtete, was immer er sagen konnte, würde nur dazu dienen, seine Schuld noch deutlicher zu machen, und so schlug er mit seinem Stock in das Unterholz. Das ermöglichte ihm, beiden, Carfax und der jungen Frau, den Rücken zu kehren, und so ersparte er es sich zu erröten, und sühnte gleichzeitig Jahrhunderte der Vernachlässigung.

Linnet Lewarne schaute mit kaum merklicher Verachtung von Doktor Carfax' Patienten fort und zu der hohen Gestalt Doktor Carfax' hinauf, dessen spöttischer Ausdruck sie nur zu gut an jene längst vergangene Zeit erinnerte, da sie versucht hatte, einen Ausschlag vor ihm zu verbergen, einen Ausschlag, der, wie sie behauptete, von Erdbeeren herrührte, während sie beide sehr gut wußten, daß bei ihr die Masern ausgebrochen waren.

»Ein schöner Nachmittag für einsame Beschaulichkeit«,

sagte der Doktor und sah sich um. »Und nichts kann dem Mann – oder auch der Frau – besser als eine verschlammte Bucht den Sinn für das Maß geben. Die Ebbe enthüllt weite Räume und verrät dem Blick all die verborgenen häßlichen Dinge, die man vergessen oder tot geglaubt hatte. Ich sehe kein Boot und kein Pferd; Sie sind also zu Fuß gekommen. Sind Sie eine so begeisterte Fußgängerin?«

Linnet hörte die Spitze in seinen Worten sehr gut heraus. War es nicht Krieg, so kam es ihm doch sehr nahe. Doktor Carfax hatte einen Verdacht... doch worauf?

»Ja, das bin ich wirklich«, erwiderte sie kühl. »Und nachdem ich die Leute besucht hatte, die in meinem Geburtshaus wohnen, der Schmiede von Castle Dor, entschloß ich mich, hierher zu kommen. Wie Sie sagen – es ist ein schöner Nachmittag für einsame Beschaulichkeit.«

»Obgleich es nach Regen aussieht«, bemerkte ihr Gegner. »Noch vor dem Abend. Und darum täten Sie gut daran, mit uns nach Penquite zurückzugehn und sich von mir heimfahren zu lassen.«

Linnet zauderte und warf einen verstohlenen Blick nach dem verfallenen Häuschen im Hintergrund, und der Arzt, dessen scharfen Augen nichts entging, fragte sich, warum die Einsamkeit dieser fast völlig zusammengebrochenen Wohnstatt, bei aller romantischen Lage, seiner Gesellschaft im Wagen vorgezogen werden sollte. Am Ende hatte er doch wohl recht, und wenn man Tregentil ausschalten konnte, so war sie hierhergekommen, um einen andern Mann zu treffen.

Linnet mußte seinen Gedanken erraten haben, denn sie stand langsam auf, nahm ihren Korb und streifte die Blätter vom Kleid.

»Vielen Dank«, sagte sie leidlich unbefangen, und dann hob sie die Stimme, vielleicht um die Aufmerksamkeit Mr. Tregentils auf sich zu lenken, der noch immer im Gestrüpp beschäftigt war. »Es mag wohl vorsichtiger sein, Ihrem Rat zu folgen und mit Ihnen nach Troy heimzufahren. Meine Heidelbeeren kann ich auch morgen pflücken, wenn das Wetter günstig ist.«

Mit diesen Worten wandte sie sich zu den Steinen bei der Quelle des Baches, und ihre Stimme hatte Mr. Tregentil zweifellos erreicht, denn mit einem unbehaglichen Blick auf den Doktor tauchte er aus dem Gewirr von Dornen und Nesseln auf, das ihn umgab, und wies auf den Weg, der durch die Hecke zu seinem Besitz führte.

»Geben Sie acht«, sagte er nervös, »die Böschung ist ein wenig steil. Nehmen Sie, bitte, meinen Arm...«

Doch Linnet hatte sich schon erhoben und ging, bevor Mr. Tregentil etwas zu tun vermochte, um ihr zu helfen. Sie wartete, bis beide Männer sie eingeholt hatten, und dann schenkte sie, am Doktor vorbei, seinem Patienten ein warmes, einladendes Lächeln.

»Wie weit Sie hier all den Anfechtungen und Plackereien der Welt entrückt sind!« rief sie. »Ich wundere mich gar nicht, daß Sie selten von hier fortgehen. Fühlen Sie sich aber nie einsam?«

Solche Wellen von Mitgefühl, meinte der Doktor, müßten das Herz des eingefleischtesten Weiberfeinds schmelzen! Was, zum Teufel, aber hatte sie im Sinn, wenn sie ihre Macht an Tregentil versuchte? Sollte da wirklich keine Absicht dahinter stecken?

»Einsam! Mein Gott, nein... das heißt, sehr selten; ich habe ja so viele Steckenpferde!« Carfax' Patient war verwirrt und wußte nicht, ob er als Führer vorangehn oder bei diesem unverhofften Gast bleiben sollte, denn er war es nicht gewöhnt, mit Personen des andern Geschlechts – von Mrs. Bosanko abgesehen – zu verkehren. »Die Beobachtung der Vögel, der Schmetterlinge, das Buchbinden, und jetzt habe ich noch Doktor Carfax' Papiere zu ordnen... mit einem Wort, ich bin vom Morgen bis zum Abend beschäftigt.«

Ängstlich spähte Mr. Tregentil zum Arzt hinüber und wurde sich bewußt, daß er in übergroßer Nervosität das Thema berührt hatte, das tabu war; ja, wegen dieser Papiere war doch sein ärztlicher Berater vor zehn Minuten zornig über ihn hergefallen. Carfax sagte nichts, noch ließ sich seinem Ausdruck etwas entnehmen. Mrs. Lewarne dagegen war so behend hinter der Spur her wie ein Jagdhund hinter einem Hasen.

»Papiere ordnen?« fragte sie. »Nichts tue ich lieber. Wir hatten in früheren Zeiten so viele daheim, die ohne mich wahrscheinlich vernichtet worden wären. Wenn Sie je eine Hilfe brauchen, Mr. Tregentil, so würde ich mich Ihnen mit Begeisterung als Assistentin anbieten, denn, ganz offen gestanden, oft lastet mir die Zeit in ›Rose und Anker‹ schwer auf den Händen, zumal nachmittags, wenn die Wirtsstube geschlossen ist.«

Ein nicht sehr melodisches Geräusch hinter ihnen brachte beiden, Linnet und ihrem Gastfreund, zu Bewußtsein, daß Doktor Carfax leise vor sich hinsummte, eine Gewohnheit von ihm, wenn er in Gedanken versunken war, und der er sich häufig überließ, wenn der Zustand eines Patienten einen drastischen Behandlungswechsel nötig machte. Mr. Tregentil erkannte das Signal, und bei allem Grauen vor der Diät von Milch mit Soda, die seine unmittelbare Zukunft bedrohte, kämpfte er mannhaft, um Festigkeit mit Höflichkeit zu vereinen. »Ungemein gütig von Ihnen... ja, ungemein gütig... ich bin geradezu überwältigt«, stammelte er, und seine ohnehin grünliche Haut wurde noch um einen Schatten stärker olivefarben. »Es ist nur... ich habe mein eigenes System in der Ordnung... Jahre der Erfahrung in Indien... keiner außer mir könnte sich da auskennen.« Er entblößte die langen Zähne zu etwas, das er vergebens für ein entschuldigendes Lächeln hielt. Doktor Carfax' Patient wirkte völlig wie ein ausgehungerter Wolf, der gestellt worden ist.

»Überdies«, fuhr er fort, »die Bienen könnten schwärmen. Manchmal tun sie das, müssen Sie wissen, erst im August... wenn die Sonne scheint... und wenn die Bienen schwärmen, lasse ich alles andere liegen und laufe... und es wäre nicht sicher. Selbst die Leute im Gartenhaus bleiben bei so einer Gelegenheit hinter verschlossenen Türen.«

Das Summen hinter ihnen war zu einem Knurren geworden, und als Linnet mißtrauisch über ihre Schulter nach dem Mann sah, der sie zur Welt gebracht hatte, bemerkte sie, daß er mit seinen Schuhbändern Schwierigkeiten hatte und sich bückte, um sie zu binden. Als er den Kopf hob, fing sie seinen Blick auf. Darin war ein Übermaß an Heiterkeit zu erkennen, wie sich das für einen Mann in seinen Jahren nicht geziemte.

»Wir haben auch Bienen gezüchtet«, sagte sie ruhig, ohne ihren Blick vom Arzt abzuwenden. »Im ›Rose und Anker‹ habe ich noch immer meinen Schleier und meine Handschuhe. Mein Vater ist häufig gestochen worden, ich – nie!«

Mr. Tregentil ging schweigsam voran, und seine beiden Besucher hatten Mühe, seinen langen Schritten zu folgen. Er war nur von dem einen Gedanken besessen, sich von Mrs. Lewarne zu verabschieden, bevor sie ihn dazu überlisten könnte, sie in sein Haus einzuladen. Wenn ihr das in Gegenwart des Doktors gelänge, würde er mindestens für drei Wochen auf Gefängniskost gesetzt werden. Als sie bei der irgendwie abschreckenden Vorderfront von Penquite angelangt waren, dessen beste Zimmer wohl einen prächtigen Ausblick boten, der aber dadurch benachteiligt wurde, daß sie gegen Norden und somit ständig im Schatten lagen, nahm Mr. Tregentil die offene Glastür seines Wohnzimmers nicht zur Kenntnis, die immerhin auf die Bequemlichkeit von Lehnstühlen und einem gedeckten Teetisch deuten konnte, sondern eilte zu der Anfahrt, wo

Cassandra geduldig ihren Herrn erwartete. Und seine Gäste mußten ihm folgen, ob sie wollten oder nicht.

»Vielen Dank, Dingle, vielen Dank«, sagte der Besitzer von Penquite zu seinem Kutscher. »Doktor Carfax und Mrs. Lewarne wollen jetzt fort. Ja –«, er wandte sich zu den beiden, »– es wird wirklich binnen einer Stunde zu regnen anfangen, und da es ohnehin dem Abend zugeht, dürfte es am besten sein, keine Zeit mehr zu verlieren.« Er streckte seine Hand Linnet hin, der nichts übrig blieb, als sie zu nehmen und dann in den Wagen des Doktors zu steigen.

»Nicht so schnell«, meinte der Arzt. »Es wäre noch eine Kleinigkeit zu erörtern, die Ihre Behandlung betrifft. Ich denke daran, meine Anweisungen abzuändern.«

»Natürlich... natürlich...«, der Patient schaute sich hastig um. »Mrs. Lewarne wird uns sicher für ein paar Minuten entschuldigen... mein verwünschter Zustand...«, und mit gesenktem Kopf eilte Mr. Tregentil auf das Haus zu, als wäre ein Schwarm seiner eigenen Bienen hinter ihm her. Einmal in der Sicherheit seines Arbeitszimmers, brach er in dem zunächststehenden Stuhl zusammen und legte stöhnend die Hand auf das Herz. »Sie sehen, wie es steht«, keuchte er. »Ich fühle mich tatsächlich sehr unwohl. Ihre Beschuldigungen haben mich aufgeregt... daß diese junge Frau keinen Grund hatte, im Pyll zu lauern und Heidelbeeren zu suchen... ich versichere Ihnen, daß ich selber sehr überrascht war, als ich sie dort entdeckte. Und daß sie mir beim Ordnen der Bücher und Papiere helfen sollte... was für eine schreckliche Vorstellung! Ich bin mit meinen Nerven völlig durcheinander... ich bitte Sie, Carfax, bringen Sie sie auf der Stelle von hier fort, bevor sie noch weitere Unannehmlichkeiten verursachen kann.«

Doktor Carfax beachtete seinen Patienten nicht. Er war an den Tisch getreten, darauf eine Anzahl von Akten und

Dokumenten sich stapelten und daneben, wohlgeordnet, keltische und bretonische Zeitschriften. Er griff aufs Geratewohl eine heraus und begann darin zu blättern.

»Hm«, machte er. »Penquite, Penquoit, die frühe Form von Pencoose oder ›das Ende des Waldes‹, im östlichen Cornwall gebräuchlich. Es muß zwischen hier und Truro mindestens ein Dutzend Orte dieses Namens geben. Das könnte wohl die Grenze eines Waldes sein, der sich damals vom Fluß Fal bis zum Fluß Fowey streckte. Was sagen meine Notizen aus dem Béroul darüber? Daß die Liebenden sich in dem Wald von Morroi oder Morrois verbargen... ja, das glaube ich wohl, und der alte Name von St. Clements am Fal lautete Morosk. Vielleicht ein wenig weit hergeholt, an einen Wald Morroi zu denken, der achtundzwanzig Meilen bedeckte und hier endete... ich frage mich...«

Sein Patient war entzückt darüber, daß die Gedanken des Doktors abschweiften und sich nicht länger mit der Diät von Milch mit Soda und dem verhaßten gekochten Fisch beschäftigten; er vergaß das Seitenstechen und sprang auf.

»Entschuldigen Sie, Carfax«, unterbrach er den Doktor. »Ich habe mir die Freiheit genommen, die Widersprüche in den verschiedenen Zeitschriften zu notieren. Es herrscht große Verwirrung zwischen den walisischen, cornwallischen und bretonischen Namen, und was die Geschichte von Tristan und Isolde betrifft, an der Sie, Ihren Aufzeichnungen zufolge, solches Interesse haben, nun – da gibt es so viele verschiedene Fassungen, daß es ganz unmöglich ist, die eine völlig von der andern abzugrenzen. Ich bekenne, daß ich vor einem Rätsel stehe.«

Doktor Carfax legte das Buch, nach dem er gegriffen hatte, wieder auf den Tisch und tastete in seiner Brusttasche nach dem gefürchteten Notizbuch und dem Bleistift.

»Da sind Sie nicht der Erste«, sagte er trocken. »Dieses

Rätsel hat die Menschen seit Jahrhunderten in die Irre geführt. Nun, überlegen wir einmal – überreizte Nerven, Kurzatmigkeit – vierundzwanzig Stunden im Bett werden Ihnen nicht schaden. Den Fisch wollen wir fallen lassen, ein Hühnerflügel kann Ihnen nur gut tun und auch ein Zitronensoufflé – kann Ihre Köchin ein Soufflé machen? Keinen Kaffee natürlich; trinken Sie sonst, was Sie wollen, aber um Sie von der Beobachtung Ihrer Leiden abzulenken, schlage ich vor, daß Sie einige dieser Papiere mit hinaufnehmen und mir die wichtigsten Unterschiede zwischen Gottfried von Straßburgs Version der Dichtung des Thomas und der Dichtung Bérouls herausschreiben; irgendwo in meinen Notizen finden Sie alles.«

»Ja, ja, ganz wie Sie wollen«, sagte der Patient eifrig. »Sie haben den Wald von Morrois eben jetzt erwähnt; bei Béroul findet sich dieser Wald, doch in Gottfrieds Fassung verbirgt sich die Königin mit ihrem Liebhaber in einer Grotte eines gebirgigen Gebiets, höchstwahrscheinlich in Wales, und das folgt der schmählichen Beteuerung der Dame ...«

»Ich weiß, ich weiß.« Der Doktor war offenbar ungeduldig. Er sah auf seine Uhr. »Notieren Sie so viele Widersprüche, wie Sie nur wollen, verschonen Sie mich aber mit Ihren eigenen Vermutungen.« Er ging auf das Vorzimmer zu. »In der einen Fassung – ich weiß nicht mehr, in welcher – erschlägt Tristan einen Riesen«, fügte er hinzu, »und in der andern ist es der Zwerg, der getötet wird. Frocin, wenn ich mich recht erinnere.«

Mr. Tregentil, der noch kaum fassen konnte, daß er der gefürchteten Diät entronnen war, vermochte sich wieder völlig zu beherrschen und war froh, daß seine Gäste endlich aufbrachen. Auch war er auf seine neuerrungenen Kenntnisse stolz.

»Béroul nannte den Zwerg Frocin«, erklärte er, als sie über die Anfahrt zum Wagen gingen, »doch in Gottfrieds

Fassung heißt er Melot. Eines oder das andere ist offenbar falsch. Doch eines ist sicher. Die Liebenden wurden im Mondschein beisammen gesehen und ...« er senkte seine schrille Stimme ein wenig zu spät, »– der Mann, der sie dem Gatten der Dame verriet, war ein Diener ... Mrs. Lewarne, ich fürchte, wir haben Sie lange warten lassen ...«

Ihre Augen, die ihm vorher einen warmen Blick gegönnt hatten, waren jetzt eiskalt. »Das macht nichts«, sagte sie und schaute vor sich hin.

Doktor Carfax stieg neben sie in den Wagen und griff nach den Zügeln.

»Nicht vergessen, Tregentil«, sagte er. »Vierundzwanzig Stunden im Bett! Leben Sie wohl!«

Cassandra setzte sich in Trab, als hätte die Peitsche ihr an die Ohren geknallt. Nicht einmal ein Stück Zucker hatte der Kutscher ihr angeboten! Erst als der Wagen in die Straße eingebogen war und alle Zauntüren hinter sich gelassen hatte, merkte Doktor Carfax, daß seine Gefährtin ungewöhnlich schweigsam war. Er warf einen Blick auf sie; ihr Gesicht war blaß, und die Lippen preßten sich aneinander.

»Ist irgendwas nicht in Ordnung?« fragte er.

Da wandte Linnet sich zu ihm. Ihre Augen sprühten Glut.

»Wie können Sie es wagen«, sagte sie, »mit Mr. Tregentil über meine Privatangelegenheiten zu sprechen?!«

XX

DONNER IN CASTLE DOR

Doktor Carfax, dessen unorthodoxe Behandlungsmethoden seine Patienten so häufig erschreckten, zumal wenn diese Patienten im Grunde Simulanten waren, sah sich jetzt in seiner eigenen Falle gefangen, und die Überraschung über diesen brüsken Angriff rüttelte ihn derart auf, daß er nicht bemerkte, wie Cassandra, von ihrem langen, futterlosen Warten vor dem Tor von Penquite gereizt, ihr Gebiß zwischen die Zähne nahm und, statt in die Landstraße einzubiegen, wie es ihre Pflicht gewesen wäre, um ihren Herrn und dessen Passagierin auf dem kürzesten, wenn auch mühsamen Weg heimzubringen, die Straße nach Castle Dor einschlug. Sie tat das sehr wohl überlegt, denn sie wußte ganz genau, daß der Schmied auf der Höhe des Hügels einen Vorrat an saftigen Äpfeln für Tiere wie sie hatte, die solcher Aufmerksamkeit benötigen, und deren Nachmittag in höchst ungehöriger Langeweile verstrichen war.

Einige Minuten verstrichen, bevor ihr Herr sie wieder fest in der Hand hatte, doch unterdessen war der Schaden nun einmal geschehen; das unverkennbare Klappern verriet, daß sie im Begriff war, ein Hufeisen zu verlieren. Der Doktor fluchte halblaut. »Da hilft nichts, ich muß zur Schmiede«, sagte er grimmig. »Wenn ich mich wegen dieses Temperamentsausbruchs meines Tieres entschuldige, werden Sie vielleicht den Anstand haben, dasselbe zu tun, und die Bemerkung zurücknehmen, die Ihnen entschlüpft ist, bevor Cassandra diese Straße eingeschlagen hatte.«

Linnet Lewarne schaute noch immer vor sich hin. Cassandras Galopp hatte wohl Farbe in die Wangen der jungen Frau getrieben, doch ihre Haltung blieb unverändert.

»Ich nehme nichts zurück«, sagte sie, »wenn Sie mir nicht eine Aufklärung geben.«

»Aufklärung?« rief der Doktor mit einer Stimme, die Cassandra veranlassen sollte, die Ohren zurückzulegen. »Was, in Himmels Namen, soll ich aufklären?«

»Ach, gehen Sie, Doktor!« Linnet zuckte die Achseln.

»Es hat keinen Zweck zu tun, als wüßten Sie nicht, was ich meine. Ich habe, gegen meinen Willen, hören müssen, was Mr. Tregentil eben gesagt hatte, obgleich er versuchte, leise zu reden. Ich wußte, daß Troy ein Treibhaus für Klatsch ist, aber ich muß zugeben, daß es mich überrascht und angewidert hat, zu erfahren, daß meine Privatangelegenheiten so ohne Scheu draußen auf dem Land besprochen werden.«

Doktor Carfax hatte Cassandra zu einem vernünftigen Tempo gebracht, und nun gab er nicht gleich eine Antwort.

Gewiß, Tregentil hatte etwas vom Zwerg Frocin oder Melot gesagt, oder wie sonst der Mann hieß, der Isolde und Tristan dem König verriet, und der Doktor und sein Patient waren so weit von den Alltäglichkeiten und dem Geschwätz von Troy entfernt gewesen, daß sie nicht ein einziges Mal ein lebendes Wesen erwähnt hatten. Es wäre denn...

»Sie sind vermutlich gerufen worden, um Ned Varcoes verrenkten Knöchel zu besichtigen«, fuhr Linnet verächtlich fort, »und da war er so unverschämt gewesen, Ihnen zu erzählen, wie er es meinem Mann erzählte, daß er mich um Mitternacht unter den Sternen spazieren gesehen hatte. Das nächste Mal, daß dieser bucklige Schankbursche sich erlaubt, den Spion zu spielen, wozu er wahrhaftig nicht berufen ist, dürfte er sich das Genick brechen und nicht den Knöchel!«

Der Doktor war, wenn er nicht gereizt wurde, ein ruhiger, gelassener Mann und jähen Stimmungswechseln nicht unterworfen. Jetzt spürte er plötzlich einen kühlen Hauch. Er erinnerte sich an eine Zeit vor vielen Jahren, als er noch jung war und sich in seiner Diagnose geirrt hatte. Der Patient, ein Seemann, sehr dem Trunk ergeben, hatte alle üblichen Symptome dieses Zustands gezeigt, und der Doktor hatte ihm ziemlich scharf geraten, seine Kopfschmerzen auszuschlafen. Es stellte sich heraus, daß der Mann einen Gehirntumor hatte, und der beste Arzt von Plymouth hatte ihn auch nicht zu retten vermocht... jetzt empfand Carfax das gleiche Gefühl der Verstörtheit und des Unbehagens, unter dem er seinerzeit gelitten hatte. Damit allerdings war die Ähnlichkeit erschöpft. Worauf er hier gestolpert war, trug keinen Namen in der medizinischen Welt, sondern gehört ganz gewiß zu einer andern Dimension außerhalb der Zeit, und als Wissenschaftler lehnte er es ab, sich damit zu befassen.

»Ja, es trifft zu«, sagte er schließlich, »und es war töricht von mir, daß ich das nicht gleich gemerkt hatte. Ned Varcoe ist von seiner Geburt her ein mißgestalteter, unglücklicher Bursche, und nach seinem zehnten Jahr ist er nicht mehr gewachsen. Das muß ihn zweifellos bitter gemacht haben.«

Die Wirtin von ›Rose und Anker‹ zog ihr Tuch fester um sich. Vielleicht spürte auch sie die Kühle, die sich von Castle Dor herabsenkte.

»Sie geben es also zu«, sagte sie. »Sie haben sich gegen alle Regeln Ihres Berufs vergangen und den Vorfall mit einem Patienten besprochen?«

Doktor Carfax zog sachte an den Zügeln. Cassandra bedurfte einer ebenso taktvollen Behandlung wie Linnet.

»Meine Liebe«, erwiderte er, »wenn ich Ihnen sage, daß Tregentil und ich von einer Königin sprachen, die vor etwa dreizehnhundert Jahren, wahrscheinlich noch früher, gestorben ist, werden Sie es mir nicht glauben. Ja, allerdings, ich habe mich eines höchst unprofessionellen Benehmens schuldig gemacht. Wir haben ganz gewiß über Ihre Angelegenheiten gesprochen. Aber ich versichere Ihnen, daß ich die Geschichte nicht von Ned Varcoe vernommen habe.«

»Von wem sonst?« fuhr Linnet ihn an.

Der Doktor überlegte. Es war natürlich ein Mißverständnis gewesen, das ihn zunächst in solcher Eile nach Penquite getrieben hatte. Möglicherweise war jetzt die Zeit gekommen, den Spieß gegen die junge Frau umzudrehen, die dieses Mißverständnis verschuldet hatte.

»Erinnern Sie sich an den Erntetee in Lantyan?« fragte er aufs Geratewohl.

»Sehr gut.«

»Nun, dann können Sie mir vielleicht sagen, warum Sie so wohlüberlegt vom Wagen in die Arme jenes bretonischen Burschen bei Bosankos gefallen sind?«

Touché... das Schweigen, das folgte, bewies, daß der Hieb gesessen hatte. Sie näherten sich der Höhe, während der Doktor seine Frage gestellt hatte, und Cassandra erkannte vertraute Wahrzeichen und beschleunigte ihren Gang. Die Schmiede lag zur Rechten, und der Wagen hielt davor, ohne daß Linnet die Zeit zu einer Antwort gefunden hätte. Der Schmied stand vor der Werkstatt, hob die Hand zum Gruß und ging auf den Wagen zu.

»Guten Tag, Doktor! Cassandra ist in Schwierigkeiten geraten, sehe ich. Nur ruhig – gleich bekommt sie einen Apfel! Guten Tag, Ma'am. Sie sind ja fast eine Fremde geworden. Erst gestern hab' ich zu meiner Frau gesagt, wie lange es her ist, daß wir Mrs. Lewarne nicht mehr gesehen haben. Schade, daß meine Frau heute nach St. Austell mußte und nicht vor dem Abend zurück sein wird.«

Der Doktor bemühte sich angelegentlich, seine Gefährtin nicht anzusehen, als sie jetzt ein paar Worte des Bedauerns murmelte. Die Behauptung, daß sie an diesem Nachmittag bereits in der Schmiede gewesen war, stimmte also nicht mit der Wahrheit zusammen. O welch ein wirr Gewebe weben wir, dachte er, als er Linnet aus dem Wagen half und wartete, während der Schmied und sein Sohn eine gutwillige Cassandra in die Schmiede führten.

Linnet folgte ihnen und blieb sekundenlang auf der

Schwelle stehn, den Blick in das jäh auflodernde Feuer gerichtet, und Vater und Sohn bewegten sich in ihren Lederschürzen durch das Halbdunkel wie seltsame Geister, und die Funken versengten beinahe ihr Haar.

Doktor Carfax trat näher, um sich mit dem Schmied zu unterhalten, der Cassandras Huf schon in die richtige Lage gebracht und das lose Hufeisen abgenommen hatte. Als der Arzt aber über die Schulter zurück schaute, war der Schatten vom Eingang der Schmiede verschwunden. Linnet war nicht mehr da.

Der Doktor brummte eine Entschuldigung und ging auf die Straße hinaus. Seine Gefährtin war nicht zu sehen. Er spähte nach rechts und nach links, er rief laut, doch keine Antwort folgte. Er ging zum Haus des Schmiedes; vielleicht hatte sie beschlossen, dort zu warten, aber auch hier war sie nicht.

Ja, was zum Teufel... sagte er zu sich selber und schaute zum Himmel hinauf, denn die Wolken sammelten sich schnell, und hier auf der Höhe raschelte der Wind in den Hecken. Im Westen bildete sich schon ein Regenschleier.

»Sie ist dort drüben!« Das rußige Gesicht eines der Kinder des Schmiedes schaute aus einem Fenster oberhalb der Werkstatt heraus. Das Kind wies nach einem Feld. »Grade jetzt habe ich sie dort gesehen; wo die Schweine sind.«

Der Doktor fluchte, aber er öffnete eine Zauntür und schlug die Richtung ein, die der grinsende Balg am Fenster ihm gewiesen hatte. Er hatte keinen Stock bei sich, und weniges war Carfax so zuwider wie sich den Weg zumal über holprigem Boden ohne den geliebten Kirschholzstock bahnen zu müssen. Der Teufel hol's! Dort war sie, einige hundert Yard von ihm entfernt, unterwegs nach dem wirren Gestrüpp der alten Siedlung. Er legte die Hände an den Mund und schrie:

»Linnet... Linnet Lewarne, kommen Sie zurück!«

Sie drehte sich wenigstens um, doch statt seiner Aufforderung nachzukommen, winkte sie ihm ab. Und dann begann es zu regnen. Die ersten Tropfen waren nur eine Warnung, doch schnell strömte es dicht und heftig aus einer wandernden Wolke, die einen ausgefransten, rauchschwarzen Saum hinter sich herzog. Ein einziger Donnerschlag zersplitterte die Luft. Fluchend und stolpernd, vom Regen halb geblendet, holte er Linnet ein, als sie sich atemlos in den äußern Graben der alten Siedlung rettete und an der tropfenden Steineiche Schutz suchte, deren wuchernde Zweige in das Dornengebüsch ragten. Carfax beugte sich, schützte sie mit ausgesteckten Armen, und sie kauerten zusammen im Graben, während der Regen schräg herabstürzte und die Landschaft verbarg.

»Was fällt Ihnen ein?« schrie der Doktor. »Sind Sie von Sinnen?« Sie sah lachend zu ihm auf; Gesicht und Haar vom Regen triefend.

»Ich bin von Sinnen gewesen, seit ich vom Heuwagen gesprungen bin«, sagte sie. »Und mir ist's gleich, wenn Sie es wissen. Sie haben ohnehin schon zu viel gesehen.«

Ein zweiter Donnerschlag dröhnte zu ihrer Linken, und Linnet, statt sich instinktiv unter das Blattwerk zu dukken, trat vor, so daß der Regen ihr über das aufwärts gewandte Gesicht strömte.

»Mag es seine Keller überfluten und alle beiden ersäufen«, sagte sie, »dann wäre ich mit gutem Gewissen allen Verdruß los!«

Ob sie diese Bemerkung an ihn richtete, konnte er nicht entscheiden, doch ihre jähe Wut wetteiferte mit der Wut des Unwetters. Er riß sie in den Schutz an die Böschung zurück, und dabei löste er einen Sturz von Erde und Steinen aus, und um sie war der Schutt von Jahrhunderten, darunter die Scherben eines Topfs, verfaulendes Holz und ein Stück eines lang vergrabenen Knochens.

»Hätt' ich gewußt, daß so eine Wilde aus Ihnen werden konnte«, sagte er, »so hätte ich Sie vor neunzehn Jahren nicht ins Leben geklopft!«

»Es ist auch schade, daß Sie's getan haben«, erwiderte sie. »Ich bringe ja nur Unheil, wohin ich gehe. Hören Sie diesen Donner. Mit diesem Regen, der zum Fluß hinunterstürzt, werden die in Lantyan fortgespült werden.«

Der rohe Klang in ihrer Stimme reizte ihn, denn warum sollte es sie freuen, wenn der Hof Bosankos überschwemmt würde und die guten Menschen in Not gerieten, die sie oft genug freundlich behandelt hatten?

»Was Ihren Mann angeht«, sagte er, »nun, meinetwegen ersäufen Sie ihn und seinen Knecht dazu. Schonen Sie aber Ihre Freunde!«

Da drehte sie sich erbost zu ihm und schlug ihn auf die Schulter.

»Ich habe keine Freunde!« schrie sie. »Sie sind alle Spitzel! Jeder einzelne von ihnen. Sie stellen uns Fallen, um uns zu fangen, aber das wird ihnen nicht gelingen. Und Sie, Sie sind ebenso schlecht wie die andern. Mark hat Sie heute hinter mir hergeschickt, und das können Sie nicht leugnen.«

»Er hat nichts dergleichen getan«, sagte Carfax und packte ihr Handgelenk, »obgleich er sich über Ihr Benehmen bei mir beschwert hat, und jetzt, da ich Sie toben höre, kann ich nicht sagen, daß ich ihm einen Vorwurf daraus mache.«

Mit einem Mal beugte er sich vor und lauschte, um durch Wind und Regen ein Echo zu hören.

»Was war das? Haben Sie's gehört?«

»Ich habe nichts gehört. Der Donner verhallt.«

»Es klang wie ein Horn... ja, jetzt ist es wieder da...«

Und deutlich tönte an seine Ohren der dünne Klang, nicht der Ruf einer Trompete, noch sonst ein bekannter Klang von der Straße hinter der Siedlung her, sondern als hätte jemand über ihnen, auf einem unsichtbaren Hügelrücken, ein Horn an die Lippen geführt und geblasen. Carfax war sich eines steigenden Zornes bewußt, eines so unzügelbaren Zornes, daß er ihn gar nicht als seinen eigenen erkennen konnte, denn von diesem Kind und ihrem Liebhaber zum Narren gehalten zu werden, schien ihm plötzlich über alle Maßen niederträchtig. Noch immer hielt er ihr Gelenk, und jetzt riß er es in die Höhe, so daß sie vor Schmerz aufschrie.

»Sie betrügen mich!« schrie er. »Da ist etwas im Gange, um mich ebenso lächerlich zu machen wie Ihren Mann! Gestehen Sie!« Doch selbst während er sie bedrohte, überkam ihn, unglaublich und furchtbar, das Gefühl, daß das, was sich jetzt begab, sich hundertmal zuvor begeben hatte, daß die Szene zwischen ihnen eine beklemmende Wiederholung von andern, nur zu gut bekannten war, daß er in Wahrheit selber jener Gatte war, den der Abstand der Jahre zwischen ihm und seiner Gattin durch eifersüchtige Wut an den Rand des Wahnsinns brachte. Nicht einmal, zweimal, dreimal, nein, ein Dutzendmal war sie ihm untreu gewesen, doch stets kehrte sich der Beweis der Schuld gegen ihn, und er, der Ankläger, schien als Angeklagter dazustehn.

»Wer würde einen alten Mann nicht betrügen?« rief sie verächtlich. »Wenn eine Frau jung ist, gebietet ihr der Instinkt zu lieben, nicht die Pflicht. Und der erste Betrug war der beste, als meine eigene Magd in der Brautnacht meinen Platz einnahm und zwischen den Decken bei dem Bräutigam lag, der so betrunken war, daß er den Unterschied zwischen uns nie wahrnahm... Und jetzt, da ich weiß, was Liebe ist, will ich fortfahren, Sie und die ganze Welt zu betrügen, um das zu bewahren, was ich errungen habe. Was es mich auch kosten mag!«

Dann, ebenso plötzlich, wie er begonnen hatte, hörte der Regen auf, der Dunst verzog sich. Alles war stumm.

Carfax gab Linnets Gelenk frei, denn er fragte sich verwirrt, warum er es überhaupt gehalten hatte, und das Tönen in seinen Ohren warnte ihn; der zweite Donnerschlag mußte unbehaglich nahe gewesen sein, denn er hatte den Doktor zeitweilig taub gemacht. Linnet machte sich mit ihrem tropfenden Haar zu schaffen, das sich seinen Nadeln entzogen hatte.

»Wir sind noch davongekommen«, sagte der Doktor. »Es war nie mein besonders heißer Wunsch, von einem Gewitter draußen auf dem Land erwischt zu werden.«

»Es tut mir leid«, sagte Linnet. »Ich weiß gar nicht, was mich in der Schmiede überkommen hatte, aber der Geruch des Feuers und des Metalls hatte sich mir auf den Magen geschlagen. Ich fühlte, daß ich Luft brauchte, sonst wäre ich gestorben. Ich liebe diese Stelle; hier kann man atmen, wenn man im Tal erstickt.«

Sie traten aus ihrer Deckung, und Linnet, die in dem Geröll scharrte, bückte sich, um etwas aufzuheben.

»Sehen Sie doch«, sagte sie. »Was für ein seltsamer Stein! In der Mitte ist er ganz durchgewetzt; wie ein Ring.«

Carfax nahm den Gegenstand und musterte ihn.

»Es ist ein Armreif«, sagte er langsam. »Wahrscheinlich Tonschiefer und Jahrhunderte alt. Er mag gerade hier ausgearbeitet worden sein. Ich will ihn von einem Sachverständigen prüfen und sein Alter feststellen lassen.«

»Nein!« Linnet entriß ihm den Stein. »Was liegt an dem Alter? Ich behalte ihn lieber. Ich möchte ihn heute um einen Männerarm legen.«

Sie stiegen aus dem Graben auf das Feld, und der Dampf des durchnäßten Grases wehte ihnen ins Gesicht. Gegen Liskeard zu polterte das Gewitter seinen Weg weiter. Carfax schüttelte den Kopf, um sein Gehör wieder in Ordnung zu bringen. Er war noch immer benommen. »Cassandra mag das Donnern ebenso wenig wie ich«, sagte er, während sie über das Feld auf die Schmiede zugingen. »Ich kann nur hoffen, daß man mit ihr fertig werden konnte. Wovon haben wir gesprochen, bevor all das sich zugetragen hat?«

»Ach, von nichts Wichtigem«, meinte Linnet mit einem Achselzucken. »Ich hatte Kopfschmerzen, aber sie sind vergangen. Ganz wie das Donnern.«

Als sie bei der Schmiede ankamen, sahen sie, daß Cassandra beschlagen worden war, und daß die Äpfel beruhigend auf ihre Nerven gewirkt hatten. Der Schmied und sein Sohn sahen es als selbstverständlich an, daß Doktor Carfax und seine Gefährtin im Haus hinter der Werkstatt Schutz gesucht hatten.

Die Fahrt auf der Hauptstraße nach Troy war ereignislos. Linnet plauderte von ihrer Kindheit in dem Hof jenseits des Wassers, und der Doktor brachte das Gespräch nicht auf ihre heutigen ehelichen Mißhelligkeiten. Vor Cassandras Stall trennten sie sich, der Doktor, um die Stute zu versorgen, bevor er seine abendliche Sprechstunde begann, und die Wirtin von ›Rose und Anker‹, um ihre Hausfrauenpflichten in der Wirtsstube aufzunehmen.

»Lassen Sie mich wissen«, sagte der Arzt, dessen besinnlicher Nachmittag um ihretwillen so rauh gestört worden war, »wenn ich, wann immer, etwas für Sie tun kann.«

Sie reichte ihm die Hand und lächelte.

»Ich bin selten krank; sollte es aber einmal dazu kommen, will ich lieber in Ihren Händen sein als in andern.«

Und damit ging sie den Hügel hinunter, und der Doktor schaute ihr verdutzt nach.

Etwa eine halbe Stunde später trat Carfax in sein Haus und sah, daß dort zwei Besucher im Vorzimmer auf ihn warteten. Es waren der Zolleinnehmer und der Polizeiinspektor.

»Guten Abend, meine Herren«, sagte er. »Welch übler Wind bläst Sie zu dieser Zeit hierher? Hat irgendein Gesetzesbrecher sich den Hals gebrochen, als er versuchte, die Regierung Ihrer Majestät an der Nase herumzuführen?«

Die beiden Männer standen auf. »In gewissem Sinn schon«, erwiderte der Inspektor, »aber es war nicht sein Genick, es war sein Kiefer. Es ist der Schiffer des Schoners ›Jolie Brise‹, der sich am hellen Morgen in eine Rauferei eingelassen hat und mit der Nachmittagsflut fortgesegelt ist; um die Wahrheit zu sagen, kein angenehmer Bursche. Wir waren froh, als wir ihn loswaren. Doch es handelt sich jetzt darum, daß seine Mannschaft das Schiff vor einer Stunde wieder in den Hafen gebracht hat, und der Schiffer ist tot. Und ich möchte, daß Sie einen Totenschein ausstellen, wenn Sie so freundlich sein wollen, an Bord zu kommen und zu unterzeichnen.«

Das war ein anstrengender Tag! Carfax griff nach dem Hut, den er im Vorzimmer hingelegt hatte.

»Ist er an dem Schlag gestorben, den er erhalten hat?« fragte er.

»Es scheint so«, meinte der Inspektor. »Aber das müssen Sie beurteilen. Jedenfalls hatte er sich, nach Aussage der Mannschaft, nicht davon erholt. Das Schlimme ist, daß der junge Mensch, der es getan hat, sich noch in Freiheit befindet, und hätte Mr. McPhail gewußt, daß es so ausgehn würde, so hätte er ihn nicht fortgelassen. Es ist der junge Bretone, der vor einigen Monaten auf der ›Jolie Brise‹ Matrose gewesen war.«

Doktor Carfax runzelte die Stirn. »Der junge Bretone?« wiederholte er. »Aber ich habe doch aus guter Quelle, daß er mit der ›Downshire‹ gesegelt ist und jetzt schon weit im Kanal sein müßte.«

Der Zolleinnehmer schüttelte den Kopf und lächelte ein wenig verlegen.

»So ist es eben nicht, Doktor«, sagte er. »Die ›Downshire‹ ist ohne ihn gesegelt. Der Bursche ist zu spät gekommen. Und da entspann sich die Rauferei mit dem

Schiffer. Es war wie der Kampf zwischen David und Goliath, und der Riesenkerl ist zusammengebrochen wie ein Ochse. Ich sehe wohl ein, daß ich unrecht hatte, den Jungen laufen zu lassen, denn jetzt ist der Schiffer tot und...«, er warf einen Blick auf den Inspektor. »Nun, es kann sein, daß der Bursche eines Mordes angeklagt wird. Ist's nicht so?«

Mr. Tregentil saß in seinem Bett, neben sich auf dem Tisch ein Glas und eine Flasche Graves, stöberte in einem Stapel von Notizen auf seiner Decke und ging daran, ihren Inhalt mit dünnen Spinnenfingern auf einem Blatt Papier zusammenzufassen.

›Nach Gottfried von Straßburg‹, schrieb er, ›begegnete Tristan dem Riesen Urgan li vilus auf einer Brücke, nachdem er ihm vorher die Hand abgeschlagen und beide Augen geblendet hatte, und warf ihn über die Brücke auf die Felsen darunter, wo der Riese seinen Tod fand. Zum Lohn dafür, daß er das Land von diesem Ungeheuer befreit hatte, schenkte sein Freund Gilan ihm das Hündchen Petit-Criu, das Tristan unverzüglich seiner geliebten Dame, der Königin Isolde, brachte. Nach diesem Geschehnis war es, daß König Marke, fast toll vor Eifersucht, die Liebenden verbannte. Der Dichter Béroul‹, setzte er in einer Fußnote hinzu, ›erwähnt den Zwischenfall mit dem Riesen nicht, noch das Geschenk des Hundes, sondern schildert nur die Flucht der Liebenden nach dem Wald von Morrois, wo sie bei einem Einsiedler Ogrin Schutz finden. Es könnte sein, daß die Namen Urgan und Ogrin durcheinander geraten sind... Bezeichnend ist es, daß die Dichtung Bérouls so primitive, barbarische Geschichten enthält – in einem Fall skalpiert Tristan einen Feind – und man könnte daraus schließen, daß die sogenannte mittelalterliche Sage von Tristan und Isolde sich auf eine viel ältere, rohere Schilderung gründet, die ihren Ursprung in prähistorischen Zeiten haben mag.‹

XXI

»Des Hündchens Petit Criu wegen
Fiel Urgan unter meinen Schlägen.«

»Die Kinder waren heute abend ganz ungewöhnlich still«, bemerkte Mr. Bosanko zu seiner Frau, als er, die Kerze in der Hand, zum Schlafzimmer hinaufging. »Hätten wir hier nicht schon etliche Dutzendmal Donner und Blitz hier gehabt, so würde ich sagen, daß das Gewitter sie aufgeregt hat.«

Sekundenlang kam keine Antwort, denn Mrs. Bosanko war vor der Tür der Kinder stehn geblieben; dann, als sie kein Geräusch hörte, folgte sie ihrem Mann in das Schlafzimmer.

»Es ist um Amyots willen«, sagte sie ruhig. »Sie trauern ihm nach.«

Der Farmer kratzte sich die Wange und zog die Stirn kraus. »Das ist recht schön und gut«, sagte er. »Ich habe den Burschen selber gern gehabt, aber nie war mir in den Sinn gekommen, daß er dauernd bei uns bleiben würde. Früher oder später wäre er jedenfalls fortgegangen, auch wenn es kein dummes Geliebel zwischen ihm und Mrs. Lewarne gegeben hätte, wie du sagst. Und wenn sein Gefühl bei ihm so eine große Rolle gespielt hat, wie bei den meisten Franzosen, dann ist es, meiner Ansicht nach, gar nicht schlecht, daß er fort ist; jetzt, da unsere Kleine heranwächst!«

Mrs. Bosanko schaute ihren Gatten entrüstet an. »Aber, Gabriel!« schalt sie ihn. »Was ist das für eine Idee! Mary ist ja eben erst vierzehn geworden und spielt noch mit Puppen!«

»Dem sei, wie es wolle.« Mr. Bosanko stellte die Kerze auf den Toilettentisch. »Hättest du sie aber gesehen, wie ich sie gestern abend gesehen habe! Da hat sie sich im

Stall das Herz aus dem Leib geweint! Man hätte meinen können, ein Mädchen von mehr als sechzehn Jahren mit dem Kummer der ersten Liebe. Es ist schon merkwürdig – eine Frau wird sich seltsame Gedanken über seltsame Beziehungen zwischen Leuten aller Art machen und blind wie eine Fledermaus sein, wenn sich's um die eigenen Kinder handelt.«

Mrs. Bosanko kämpfte mit den widerspenstigen Häkchen und Hafteln ihres Miederleibchens und schwieg. Sie dachte an Marys Gesicht, das sich ans Fenster preßte, während der Regen fiel und die Blitze flammten, und an den eigentümlich gezwungenen Ton, mit dem sie gefragt hatte: ›Haben schon viele Leute bei Gewittern das Leben verloren?‹

Sie hatte an Amyot gedacht, das war gewiß, doch die »Downshire« mußte ja jetzt schon viele Meilen zurückgelegt und – Gott gebe es! – schönes Wetter haben... das Schlafzimmer jenseits des Treppenabsatzes mochte still gewesen sein, doch trotz Mrs. Bosankos Zuversicht, bedeutete Stille noch nicht, daß die Kinder schliefen. Weit entfernt! Sie packten einen Korb mit Vorräten aus der Speisekammer ihrer Mutter.

»Wenn man uns fragt«, flüsterte Mary mit einer ihr bisher unbekannten Schamlosigkeit, »müssen wir sagen, wir hätten nur auskundschaften wollen, ob nicht ein Dieb ums Haus schleicht.«

»Ich bin ganz zufrieden, daß ich hungrig geblieben bin«, erwiderte Johnny, der den Vorhang zur Seite gezogen hatte, um nach dem Himmel zu schauen. »Die Hälfte meines Abendessens ist ohnehin in meinen Taschen verschwunden. Sieh nur, es hellt sich auf, und die Sterne sind draußen. Ich schlage vor, daß wir jetzt gehn, solange es noch möglich ist.«

»Wir warten lieber bis zu den ersten Morgenstunden«, meinte die praktischer denkende Schwester. »Wenn dann etwas nicht klappt, und wenn man bemerkt, daß wir fort sind, können wir sagen, daß wir früh aufgestanden sind, um Schwämme zu suchen.«

Und um zu beweisen, daß sie keinen Wecker brauchte, schlang Mary eine Schnur um ihre große Zehe und an den Bettpfosten. Falls sie sich im Bett umdrehte, würde der Schmerz sie wecken. Hätte ihr Vater sie gesehen, so wäre er von der Richtigkeit seiner Theorie von der ersten Liebe überzeugt gewesen.

Johnny war es, der, ohne die Hilfe einer Schnur, die Augen zuerst öffnete und das fahle Morgengrauen durch das Fenster kriechen sah; er schlüpfte aus dem Bett und sah auf Marys Geburtstagsuhr, daß nur noch wenige Minuten zu fünf fehlten. Er schaute von dem vollen Korb auf das schlafende Gesicht seiner Schwester, und der Plan, der ihm am Abend zuvor in seinem Geist nur in Umrissen vorgeschwebt und jetzt durch den Traum volle Gestalt gewonnen hatte, besaß die ganze Herrlichkeit, den strahlenden Glanz des großen Abenteuers. Und das war nicht mehr und nicht weniger, als daß er und Amyot miteinander durchbrennen und ihr Glück suchen sollten. Amyot sollte der Ritter sein und er der Knappe, und sie würden zu zweit die Wälder von Cornwall durchstreifen – nun, wenn es keine Wälder gab, so gab es doch die Moore dort bei Brown Willy – und sie würden jagen und wilde Vögel in Netzen fangen – obgleich das grausam war; und Forellen in den kleinen Bächen angeln. All das wäre unmöglich, wenn Mary sie begleitete, denn es ist ja allgemein bekannt, daß Mädchen bei solchen Gelegenheiten nur eine Belästigung sind. Das einzig erlaubte Mädchen war ein Fräulein in Nöten, und Mary war noch kein Fräulein, noch war sie in Nöten.

Rasch und lautlos kleidete Johnny sich an, stahl sich, den Korb am Arm, aus dem Zimmer, die Treppe hinunter, immer noch die Schuhe in der Hand, und so war er im Nu durch die Hintertür draußen und in der scharfen, kühlen Morgenluft, da das erste Licht auf die Bäume hinter dem Haus fiel. Daß er nicht gleich den Feldweg einschlug, der ihn durch den Wald schließlich nach Woodgets und zu seinem Freund brächte, sondern statt dessen den Hof überquerte, die Tür zu einem nicht verwendeten Schweinekoben öffnete und dort in dem frischen Stroh kniete, gehörte auch zu seinem Plan; einem Plan, der derart mit seinem Traum verwoben war, daß er nur wußte, er folge einem Drang, stärker als jeglicher Befehl. Er holte, nicht ohne Schwierigkeit, einen Gegenstand aus dem Stroh und damit wie mit dem vollen Korb beladen, setzte er seine einsame Sendung fort, Amyot Trestane beizustehn.

Merkwürdig, dachte er, daß ich gar keine Angst habe. Da würde doch jeder sich fürchten, wenn er allein diesen Weg geht und nichts sich rührt. Ich könnte auch Angst haben, wenn's nicht um diesen Traum wäre... Und wie lebhaft erschien ihm jetzt das Traumbild, wie er und Amyot, Seite an Seite, lachend gegen die drei verruchten Barone kämpften, die gegen sie ansprengten, und wie alle drei einem einzigen Schlag von Johnnys Schwert erlagen. Die Barone hatten eine so unverkennbare Ähnlichkeit mit Mr. McPhail, dem Zolleinnehmer in Troy, mit dem Polizeiinspektor und dessen Polizisten, daß, wären sie jetzt, Speere und Kriegsbeile schwingend, aus dem Unterholz hervorgetreten, Johnny sich nicht vor ihnen gefürchtet hätte. Wie dicht die Bäume in diesem Morgenlicht standen, wie die Zweige sich verflochten und verschlangen, wie die mächtigen, gekrönten Häupter in den Himmel ragten! Nein, so war es gestern nicht gewesen! Eine Dachsspur zog sich zur Linken hin. Oder war es die Spur eines Bären? Dummes Zeug! Es gab in England keine Bären mehr und auch keine Drachen, obgleich niemand sagen konnte, was mit all den Leibern geschehen war; vielleicht lagen sie unter den Wurzeln der Bäume begraben oder in unentdeckten Höhlen. Wo waren sie alle hingekommen, die langen zweihändigen Schwerter und das Gold und die Ringe von den Fingern der Damen und die Armbänder und die Edelsteine? So viel Glanz verschwand! Nein, niemand, nicht einmal sein Vater, wußte darauf eine Antwort.

Das ist aber merkwürdig, dachte Johnny, als er auf das höhere Gelände gestiegen war und jetzt durch ein Zauntor westwärts zu den gewellten Hügeln dahinter schaute. Man könnte glauben, dort wären Lagerfeuer, oben bei Castle Dor, und Rittersleute und hinter ihnen Jagdhunde, groß wie Hirsche! Doch es war natürlich nur ein Spiel des Lichtes, als jetzt der Tag sich hob und die wenigen verkrüppelten Bäume am Horizont zu unwahrscheinlichen Gestalten umformte. Er schlug sich quer durch den Wald, und schon konnte er das Glitzern des Wassers und einen weißen Dunst im Tal sehen. Noch schlief die Welt, und Johnny allein war lebendig – oder so schien es wenigstens – und bahnte sich seinen Weg zwischen den jungen Eichen. Völlig lautlos traten seine Füße auf die vom Gewitter des Abends durchweichten Blätter. Dann, als er endlich das verfallene Haus erreichte, das im Dunst schwebte, hielt er vor Staunen den Atem an; denn tatsächlich war hier ein Mann in der Bucht, der ein Flachboot an den Rand des Grases zog. Arme und Beine waren bloß, und das lange Haar fiel auf die Schultern.

»Amyot!« rief Johnny. »Amyot!« Dann begann er zu laufen, dachte gar nicht daran, wie schwer er beladen war, und so verfing sich sein Fuß in der Wurzel, die sich über den Pfad streckte, und er krachte längelang in ein Brombeergebüsch. Der gezackte Rand, daran seine Schläfe schlug, war kein Stein, sondern der zerbrochene Rand eines Steinkrugs, der vor Gott weiß wie vielen Jahrhunderten fortgeworfen worden war, um hier, unsichtbar und unbeklagt, zu vermodern, bis ein so unerschrockener und unbedachter Wanderer in der Zeit wie Johnny Bosanko darauf fallen und seltsam still liegen bleiben sollte.

Auch Linnet Lewarne war an jenem Morgen sehr früh wach. In Wahrheit hatte sie nachts kaum ein Auge zugetan. Das Gespräch in der Schenke hatte sich nur um die Rückkehr der ›Jolie Brise‹ mit dem toten Schiffer an Bord gedreht.

»Der Schlag ist's gewesen, der das fertiggebracht hat«, verkündete Tim Udy mit all der Autorität eines Mannes, dessen ältester Sohn im Zollamt Stempelmarken lecken durfte. »Richtig betäubt war der Kerl und hat sich nicht wieder erholt. Nach allem, was man hört, war er halbblind, als er von Troy absegelte, und das Blut ist ihm ins Gehirn geronnen.«

»Halbblind vielleicht«, erwiderte Deborah und stellte einen Krug Bier auf den Schanktisch. »Und wenn er es war, so hat's der Schnaps getan, und nicht unser Schnaps, sondern der aus dem ›König von Preußen‹ am Bollwerk. Ich hab ihn vor die Tür gesetzt.«

Sie warf einen Blick auf ihre Herrin, die zwischen dem Schankraum und der Wirtsstube stolz abseits stand und keinen Anteil an der Unterhaltung nahm. Der Wirt dagegen wandte sich mit Interesse zu Deborah.

»Du hast ihn also bedient?« fragte er. »Und nachher hat er den Schlag erhalten? Wenn ich mich nicht irre, wird das Gericht dich als Zeugin vorladen.«

Deborah zuckte die Achseln.

»Ich bin bereit, und ich schwöre auch, daß der Schiffer überdies zum Raufen aufgelegt gewesen ist.«

»Das ist alles schön und gut«, fuhr Mark Lewarne fort. »Du magst das glauben, aber der Schiffer hat, nach allen Berichten, an den Wirkungen des Schlags gelitten. Es wäre doch höchst seltsam, daß er so plötzlich krank geworden und binnen wenigen Stunden gestorben sein sollte. Da gibt's keinen Zweifel, den Mann, der das getan hat, wird man verhaften, und er wird wegen Totschlags angeklagt werden, wenn nicht wegen noch Schlimmerem.«

Da trat Linnet vor, ohne auf die Gäste zu achten, die ihre blitzenden Augen und die geröteten Wangen wahrnehmen konnten.

»Und wie kommt's, daß du des Tatbestands so sicher bist?« fragte sie. »Falls du in deiner Jugend die Gesetzeskunde studiert haben solltest, ist das jedenfalls das erste Mal, daß ich davon höre. Bevor wir uns nur umdrehen, wird man aus dir einen Friedensrichter machen.«

Ein Kichern wurde hinten in der Stube laut, das aber sehr rasch verstummte, als der Wirt einen finstern Blick auf seine Gegnerin warf.

»Man könnte wohl auch Ärgeres tun«, sagte er langsam und musterte seine Frau. »Ich würde darauf sehen, daß überall das Recht herrschen sollte. Heutzutage kommen Leute mit allerlei Dingen gut davon, die sie nicht tun dürften.«

Die Neugier regte sich. Alle Augen waren auf sie gerichtet. Es wäre also nicht nur der Tod des Schiffers, über den man an jenem Abend nach der Sperrstunde sprach, sondern auch der Umstand, daß der Wirt von ›Rose und Anker‹ und seine schöne junge Frau vor allen Leuten aneinandergerieten.

Ben Tabb, seit fast zwanzig Jahren Steuermann des Rettungsboots und von Natur aus ein friedlicher Mann, versuchte Öl auf die wilden Wogen zu gießen.

»Na ja«, sagte er, »es ist nur natürlich, daß Frauen sich für einen Menschen in Not einsetzen. Der Schiffer von der ›Jolie Brise‹ ist kein großer Verlust, Gott hab' ihn selig, und ich darf wohl sagen, daß er alles selber provoziert hat. Keine Sorge, Wirtin, man wird ihn sicher freisprechen.«

»Ihn freisprechen?« wiederholte Linnet mit gehobenen Brauen. »Erst müßte man ihn ja finden.« Und dann wandte sie sich mit raschelnden Röcken zur Tür und überließ es den Männern, die Diskussion fortzusetzen, doch nicht bevor sie einen forschenden Blick im Auge ihres Gatten aufgefangen hatte und das schlaue Lächeln im verzerrten Gesicht des kleinen Ned Varcoe, der, den verrenkten Knöchel verbunden, am Ende des Schanktischs saß und Gläser putzte.

Ihr Temperamentsausbruch hatte weder Amyot noch ihr selber genützt. Aus Mutmaßung und Argwohn konnte Gewißheit werden, und nun konnte man dem angeblichen Liebhaber, der mit ihr im Mondschein spazieren sollte, einen Namen geben. Ob es dazu kam oder nicht, eines war ganz offenbar – Amyot war in Gefahr. Nicht durch ihren Gatten Mark Lewarne noch durch seinen Spitzel Ned Varcoe, sondern durch die geballte Macht des Gesetzes selbst.

Die letzte Nachricht aber brachte Deborah, die kurz bevor das Gasthaus geschlossen wurde, gelaufen kam, um ihrer Herrin zu melden, was ein später Gast, der jüngere der beiden Polizisten von Troy, allzu redselig zu erzählen gewußt hatte.

»Gleich morgen, in aller Frühe, gehen sie nach Lantyan«, flüsterte sie durch den Türspalt. »Und wenn Mr. Bosanko ihnen keine Auskunft geben kann, so werden sie die Gegend absuchen. Sie nehmen natürlich die Straße und wollen vor sieben Uhr dort sein.«

Linnet überlegte schnell. Das bedeutete, daß man Amyot verhaften und ausfragen wollte, und der Grund dafür war, daß der Tod des Schiffers schließlich doch durch den Schlag auf den Kopf herbeigeführt worden sein mochte.

»Um wieviel Uhr ist Flut?« fragte sie leise.

»Ungefähr um sieben, Herrin. Habt keine Angst. Ich

weiß, was Ihr von mir wollt. Um fünf wird ein Boot für Euch an der Treppe bereitliegen...«

Und so geschah es, daß kurz nachdem Johnny Bosanko aus seinem Bett in Lantyan gekrochen war, zwei junge Frauen im Zwielicht den Hafen von Troy hinauf ruderten; vorüber an der Totenkammer, wo am Abend zuvor der Befund Doktor Carfax' an dem Schiffer Fouguereau die Macht der Obrigkeit in Bewegung gesetzt hatte; vorüber an den stillen Schiffen, die an den Molen ihre Zeit abwarteten, und so flußaufwärts mit der Flut in eine schlummernde, vom Dunst verhüllte Landschaft, wo das Farnkraut gürtelhoch am Rand des Wassers stand.

Anderthalb Stunden brauchten sie sogar mit der Flut, um Woodgets Pyll zu erreichen, und bis dahin kämpfte schon eine blasse Sonne, um den bleiernen Himmel zu durchbrechen, und Penquite, auf dem Hügel, mit den geschlossenen Fenstern wirkte ganz wie eine Festung, die von einem Gipfel her ihre stumme Wacht über die Bucht darunter halten sollte.

Linnet und Deborah ließen das Boot mit der Strömung vom Hauptfluß fort zwischen sumpfigen Ufern zu dem Ende der Bucht treiben. Ein leichter Rauch vom Häuschen her bewies, daß dort ein Feuer brannte und Amyot seine Kleider trocknete, die in dem Unwetter des Abends durchnäßt worden waren.

»Hier!« befahl Linnet und zog ihre Ruder ein, so daß der Bug des Bootes die vorspringende Küste berührte. »Warte, bis ich zurück bin, und wenn wir zu zweit kommen, so weißt du, wo du uns am andern Ufer des Flusses an Land setzen sollst. Dann mußt du den Mund halten – mag draus werden, was da will!«

Deborah Brangwyn sah ihre Herrin ernst an.

»Habt Ihr bedacht, was das bedeutet?« sagte sie. »Wenn es herauskommt, daß Ihr mit ihm gegangen seid und die Polizei hinter Euch her ist? Da gibt's kein Verschweigen.

Es wird in den Zeitungen stehn, und Ihr seid gebrandmarkt!«

»Mir ist's gleich«, erwiderte Linnet; »wenn er dafür leiden muß, was er getan hat, so will ich mit ihm leiden. Da gibt's kein Zurück mehr.«

»Was andres ist die Liebe mit geheimen Begegnungen, ohne daß die Welt davon weiß«, meinte Deborah düster, »und was andres, wenn man kein Geld hat und kein Dach über dem Kopf und die Leute mit den Fingern auf einen zeigen und sie eine Ehebrecherin nennen.«

»Sie sollen mich nennen, wie sie wollen«, sagte Linnet. »Wir sind aneinander gebunden, er und ich, bis ans Ende unserer Tage. Und das mag die Welt nur wissen!«

Sie raffte ihre Röcke und sprang auf den Strand, während zwei Schwäne, die auf einem Grasstreifen ihr Gefieder putzten, bei diesem jähen Überfall zu zischen begannen, ins Wasser watschelten und stromabwärts glitten.

Linnet drängte sich, ohne auf Dornen zu achten, durch das Unterholz und stieß auf Amyot, der hinter dem Haus auf dem Boden kauerte und sein schwelendes Feuer schürte. Er war bis zum Gürtel nackt, Hemd, Rock und Socken lagen auf dem Farnkraut ausgebreitet und trockneten bei der schwachen Flamme, so gut sie konnten.

»Amyot!« rief sie halblaut. »Amyot, Liebster!«

Als er aufsprang und barfuß auf sie zuging, den krummen Zweig wegwarf, mit dem er das Feuer geschürt hatte, da schien es Linnet, daß gerade seine Blöße ihn größer, entrückter wirken ließ, und sein wirres Haar verlieh ihm ein ganz überraschendes, wildes Aussehen, während der Ast, den er achtlos über die Schulter geworfen, ein Speer sein konnte, keineswegs eine unbenützte, verrostete Waffe, sondern vom getrockneten Blut eines erschlagenen Feindes befleckt. Im nächsten Augenblick lagen sie sich in den Armen, und seine Küsse, seine Glut bewiesen ihr, daß er wirklich Amyot war, den sie kannte, den sie liebte, und nicht ein Fremder.

»Dein Gatte hat dich schlecht behandelt, ja?« fragte Amyot. »Und du bist zu mir gekommen, Schutz zu suchen? Wenn er dir folgen sollte – ich bin bereit.«

Linnet legte ihm die Hand auf den Mund. »Still! Nicht so laut! Nein, Liebster, nicht um meinetwillen bin ich gekommen! Um deinetwillen! Der Schiffer der ›Jolie Brise‹ ist tot. Er ist an dem Schlag gestorben, den du ihm versetzt hast. Die Polizei kommt noch heute, in aller Frühe, um dich in Lantyan zu suchen. Es ist keine Minute zu verlieren.«

Amyot starrte sie fassungslos an. »Fouguereau tot?« wiederholte er. »Nun, auch wenn er es ist – das hatte ich nie beabsichtigt. Wenn die Polizei es hören will, werde ich ihr alles berichten und sehr bereitwillig.«

»Du verstehst nicht«, drängte Linnet. »Nach dem englischen Gesetz kann man dich verhaften. Und hat man dich einmal, so läßt man dich vielleicht nicht mehr los. Wenn's ganz schlimm kommt, kann man dir einen Prozeß wegen Totschlags machen. Und dann bist du Monate, Jahre im Gefängnis ... ich weiß nicht, so genau kenne ich das Gesetz nicht. Ich weiß nur, daß du auf der Stelle fort mußt, und ich gehe mit dir!«

Schon hatte sie sich seinen Armen entzogen, hatte die zum Trocknen ausgelegten Kleidungsstücke zusammengerafft und stieß in das schwelende Feuer, um es auszulöschen.

»Wenn das, was du sagst, wahr ist«, erwiderte Amyot, »dann sind wir vor dem Gesetz flüchtig, und auf meinen Kopf steht ein Preis. Gott weiß, daß ich dich bei mir haben möchte, aber ich bin völlig mittellos.«

»Ich habe Geld genug für uns beide. Darum brauchst du dich nicht zu sorgen. Und flüchtig? Wir nehmen einen Zug und verlieren uns in London, wo schon so mancher Verfolgte vor uns eine Freistatt gefunden hat.«

Das alles habe sie schon vorgesehen, sagte sie; wie sie durch das Land kämen. Sie brauchten nur den ersten Wagen auf der Straße nach Liskeard anzuhalten und den Morgenzug nach Plymouth zu nehmen und dann weiter. Erst wenn sie schon viele Meilen fern wären, würde der Rummel losgehn. Wie sie die Polizeimethoden von Troy kannte, würde man den Fall über dem Frühstückstisch bei Bosankos erörtern, während sie schon längst im Zug säßen.

»Warte«, sagte Linnet, als er sein noch immer feuchtes Hemd anziehen wollte. »Das ist für dich; es kam mir gestern abend in die Hände. Ich werde dir davon erzählen.«

Sie holte aus den Tiefen der Börse, die an ihrem Gürtel hing, den Armreif hervor.

»Siehst du?« Sie lächelte und zog ihm den Reif über den Arm. »Er paßt dir ganz genau. Würden wir je durch die Macht der Umstände getrennt, so kannst du ihn mir schicken, und ich komme zu dir. Er bindet uns, wie ein Ring Eheleute bindet, aber es fehlt ihm das Gelübde in der Kirche.«

Er nahm ihr Gesicht zwischen die Hände und küßte ihre Lippen.

»Wir brauchen kein Gelübde, du und ich«, sagte er, »noch Gold oder Eisen. Was wir einander sind, wird bis ins Grab dauern und darüber hinaus.«

Schon wollten sie zu dem Boot und zu der wartenden Deborah, doch da wandte Amyot den Kopf nach dem Waldpfad oberhalb des verfallenen Häuschens.

»Hast du das gehört?« fragte er. »Er klang wie ein Hilferuf.«

»Das ist nichts«, meinte Linnet ungeduldig. »Ein Lamm vielleicht, das sich von der Herde verlaufen hat. Was liegt daran?«

Doch da tönte es wieder, und diesmal unverkennbar.

Nicht das Blöken eines Lamms, sondern der schwache Ruf eines Kindes:

»Amyot... Amyot!«

Linnets Geliebter befreite sich aus den Armen, die ihn zurückhalten wollten.

»Das ist Johnny! Darauf kann ich schwören. Er muß hier im Wald sein, und es ist ihm vielleicht etwas zugestoßen. Wir müssen zu ihm.«

Linnet sah nach dem Wasser; schon setzte die Ebbe ein. Sie mußten fort!

»Ich will Deborah rufen. Deborah kann zu ihm gehn und ihn nach Lantyan bringen; und wir nehmen das Boot und fahren über den Fluß hinüber nach St. Winnow. Das ist unser Weg.«

»Nein«, sagte Amyot. »Nein...«

Schon hatte er sich losgerissen und lief über den Pfad dorthin, von wo er den Schrei gehört hatte. Linnet folgte ihm, fast schluchzte sie vor Erregung, denn wenn sie noch viel länger zauderten, wäre ihr Plan unausführbar. Die Leute wären wach, und die Flut würde nicht auf sie warten.

Sie stieg den Waldhang hinauf, und da kniete Amyot und hielt die schlaffe Gestalt Johnnys in den Armen. Aus einer Wunde an der Stirne des Kindes rann Blut, und Gesicht und Lippen waren blau.

»Er hat sich schlimm zugerichtet«, sagte Amyot. »Wir müssen ihn heimbringen.«

Neben dem Pfad lag umgestürzt ein Korb, dessen Inhalt auf dem Boden verstreut war.

»Siehst du nicht?« sagte Amyot. »Er hat mir Proviant gebracht. Er ist hierhergekommen; allein! Um meinetwillen. Gott weiß, wie lange er schon hier liegt.«

Irgendwas regte sich im Unterholz. Ein schwaches Jaulen, wie ein Echo von des Kindes Schrei, tönte aus dem Blattwerk. Und da kämpfte sich ein kleines Ding hervor, schüttelte sich, trottete auf sie zu. Es war bestimmt der kleinste Hund, den Linnet in ihrem Leben gesehen hatte, und was seine Rolle bei Johnny Bosankos Unfall gewesen sein mochte, ließ sich kaum erraten.

Linnet bückte sich, ihr Herz war schwer und stumpf geworden, und mechanisch legte sie, eines nach dem andern, die Lebensmittel in den Korb zurück.

»Du weißt, was das bedeutet«, sagte sie. »Für dich ist's jetzt vorbei. Da gibt es kein Entrinnen mehr.«

»Ich weiß«, sagte Amyot. »Man wird um meinetwillen nach Lantyan kommen. Und wenn man mich ins Gefängnis steckt, so habe ich's verdient. Nicht um dessentwillen, was ich Fouguereau, nein, aber um dessentwillen, was ich Johnny angetan habe.«

Er sah auf den Knaben in seinen Armen hinunter, und als er »Johnny« sagte, öffnete der Kleine zum ersten Mal die Augen und lächelte Amyot zu.

»Ich hab' dir den Hund mitgebracht«, flüsterte er. »Du hast ihn ausgesucht! Erinnerst du dich? Den kleinsten vom Wurf, aber den besten.«

Amyot versuchte das Blut zu stillen, das noch immer über die Wange des Kindes rieselte.

»Ja«, sagte er sanft. »Ich erinnere mich.«

Das Hündchen begann mit Linnets Rock zu spielen; sie setzte den Korb nieder und überließ ihm ihre Hand.

»Er wird nie irgendwem was zuleide tun«, flüsterte Johnny. »Er ist ein Zauberhund und bringt Glück!«

Wieder lächelte er Amyot zu, bevor er die Augen schloß.

»Ich bin froh, daß du gegen den Riesen gekämpft hast«, sagte er. »Hoffentlich hast du ihn auch gut zugerichtet. Richtig, ich hab's vergessen... der Hund heißt Pettigrew.«

Schon wurden Stimmen laut, und Schritte stapften durch das knisternde Unterholz auf sie zu.

DRITTES BUCH

Und dennoch weiß ich gar zu wohl,
daß wen'ge nur des Tristans Sage kennen.

XXII

Die Not kann uns're Leiber trennen,
doch uns're Liebe scheidet nichts.

Als Doktor Carfax im Oktober von der Verhandlung in Bodmin mit Mr. McPhail als Gefährten zurückkam, erwies er sich nicht gerade als sehr unterhaltender Gesellschafter. Der Zolleinnehmer fand, daß der Arzt langsam sein Alter merken zu lassen begann, und wenn die ein wenig verdrießliche Art, in der er während des Verhörs im Prozeß gegen den ausländischen Seemann Amyot Trestane ausgesagt hatte, einen Schluß zuließ, so hatte auch seine Reizbarkeit sich gesteigert. Der Doktor schien es geradezu als persönliche Beleidigung anzusehen, daß der Schiffer der ›Jolie Brise‹ auf diese Weise den Tod gefunden und ihn gezwungen hatte, als Todesursache einen Bluterguß im Gehirn als Folge eines Sturzes festzustellen. Gewiß, der Doktor tat nur seine Pflicht, als er den Totenschein unterschrieb, und er, McPhail, hatte zögernd das gleiche, als Zeuge der Rauferei auf den Stufen des Zollamts und jenes verhängnisvollen Schlages, getan, der zweifellos unprovoziert und daher vor dem Gesetz unentschuldbar war; doch die ganze Geschichte, von der Totenschau vor fast drei Monaten und dem ersten Verhör vor den Behörden, die entschieden hatte, es läge ein Rechtsfall vor und der junge Trestane müsse bei der nächsten Session des Schwurgerichts wegen Totschlags angeklagt werden, hatte anscheinend auf den Doktor eine merkwürdig starke Wirkung ausgeübt, und er war sichtlich gealtert.

»Merkwürdig«, hatte McPhail damals zu seiner Frau gesagt, »daß Doktor Carfax Hunderte von Menschen aus diesem oder jenem Grund sterben gesehen hat, Menschen, die seine Patienten und ihm wohlbekannt gewesen waren, und aus diesem Fall, da ein Franzose von einem schmutzigen Schoner von einem andern halb so großen ›Froschesser‹ kriegt, was er verdient, ein richtiges Drama macht.«

Mrs. McPhail zeigte frauliches Mitgefühl mit dem Doktor. »Wenn es seine Aussage ist, die den jungen Menschen ins Gefängnis schickte, kannst du dich darüber doch kaum wundern. Übrigens ein netter, höflicher junger Mensch, daran erinnere ich mich, denn ich habe einmal bei ihm Zwiebeln um ein Viertel des Preises gekauft, den man hier im Ort verlangt. Aber Pflicht ist Pflicht, und wir können nicht alle in unseren Betten ermordet werden.«

Dergleichen hatte ihr Gatte nie angeregt, doch er erinnerte sich, daß seine Frau diese Bemerkung gemacht hatte, als einer der Gerichtsbeamten nach dem ersten Verhör gesagt hatte: »Wir können nicht dulden, daß Ausländer sich in unserer ehrbaren Stadt aufführen wie in ihren eigenen Hintergassen und straflos davonkommen. Irgendwo muß eine Grenze gezogen werden.«

Und bei Amyot Trestane war diese Grenze gezogen worden; man hatte ihn zunächst zehn Wochen lang eingesperrt, und da hätte er wahrscheinlich Zeit gehabt, nachzudenken, welch schwere Folgen sich für ihn daraus ergaben, daß er seine Selbstbeherrschung verloren und einen Landsmann totgeschlagen hatte. Die guten Leute von Troy, deren Interesse zeitweilig durch die nichtsnutzige Matrosenbalgerei geweckt worden war, die mit dem Tod eines der Teilnehmer geendet hatte, waren geneigt, dieser amtlichen Ansicht beizustimmen.

»Da muß einmal ein Exempel statuiert werden? Das ist's, was ich sage!«

»Man soll ihn dorthin schicken, wo er hingehört. Wir können es nicht brauchen, daß er und seinesgleichen unter unsern Fenstern Schlägereien anfangen. Das nächste Mal werden die Kerle mit Messern aufeinander losgehen.«

»Nach allem, was man hört, ist der Bursche ja der reine Heide. Von Beeren hat er gelebt, als man ihn erwischte; hat sich im Wald versteckt gehalten! Nur gut, daß er jetzt hinter Schloß und Riegel sitzt!«

Es war ein gutes Zeichen für die Verschwiegenheit des Polizeiinspektors von Troy und seines jungen Polizisten, daß im Ort nichts von der unerklärlichen Anwesenheit der Wirtin von ›Rose und Anker‹ am Morgen der Verhaftung Amyot Trestanes im Wald von Lantyan durchsickerte. Es wurde angenommen, wenn nicht ausdrücklich festgestellt, daß Mrs. Lewarne und ihre Magd Deborah früh aufgestanden waren, um Heidelbeeren oder Schwämme oder beides zu pflücken, und daß ihre Aufmerksamkeit durch den Schrei eines Kindes erregt worden war. Daß sie bei dieser Gelegenheit auf den Flüchtigen stießen, der das Kind nach Lantyan trug, war reiner Zufall.

Eines war sicher, und das mußten, wenn auch widerstrebend, selbst jene strengen Gemüter zugeben, die dafür waren, daß man den Schuldigen möglichst rasch nach der Teufelsinsel schickte – der junge Seemann hatte keinen Versuch gemacht, sich der Verhaftung zu entziehen. Statt dessen war er, dadurch, daß er das Kind den Eltern zurückbrachte, den Hütern des Gesetztes geradezu in die Arme gelaufen. Dieser mildernde Umstand, den der Farmer Bosanko aus Lantyan mit größter Wärme betonte, war es dann auch, der Amyot Trestane vor dem Schwurgericht in Bodmin gerettet hatte.

»So, Doktor«, sagte Mr. McPhail, entschlossen, das Schweigen zu brechen, das während der vollen zehn Meilen von Bodmin nach Troy zu herrschen drohte, »Ende gut, alles gut, und ich darf wohl sagen, Sie sind ebenso froh darüber wie ich, daß der junge Mensch freigelassen wurde und schließlich keine lange Strafe absitzen muß.«

Doktor Carfax, der Cassandra mühsam aus der engen Stadt auf die Landstraße gelenkt hatte, knurrte nur, und dann trieb er die Stute zu lebhafterem Trab an.

»Ich gebe nicht gern eine Erklärung über irgendeine Frage ab, wenn ich der Umstände nicht völlig sicher bin«, sagte er schließlich, »denn woher wollen wir wissen, daß wirklich alles gut geendet hat? Der junge Trestane ist in Freiheit, gewiß, aber jetzt muß er sich friedlich verhalten, und solange wir nicht wissen, wie er sich aufführen wird, können wir auch nicht mit Bestimmtheit sagen, daß alles gut geendet hat.«

»Ach, ich bitte Sie, Doktor«, meinte der Zolleinnehmer, »daß etwas geschieht, was den Tod eines Menschen herbeiführt, wird sich kaum wiederholen. Der Bursche hat jetzt eine Lektion erhalten. Und Sie haben ja gehört, was Mr. Bosanko gesagt hat. Er hat sich selber für den jungen Trestane verbürgt.«

Diese Bemerkung weckte keine andere Antwort als ein unverbindliches »Hm!« aus dem Mund des Wagenlenkers, und diesem Laut folgte nach einer Weile eine so unerfreuliche Betrachtung, daß Mr. McPhail völlig verblüfft war.

»Für Amyot Trestane und alle Beteiligten«, sagte Doktor Carfax, »wäre es besser gewesen, wenn man ihn deportiert hätte.« Und als müßte er diese Erklärung noch kräftiger unterstreichen, ließ er die Peitsche knallen, woraufhin Cassandra zu galoppieren begann. Der Zolleinnehmer wurde heftig durchgerüttelt, mußte mit einer Hand seinen Hut und mit der andern das Geländer halten, um nicht hinunterzufallen.

»Meinen Sie vielleicht, daß er verbrecherische Neigungen hat?« fragte er, als er wieder in der Lage war zu sprechen.

»Nein«, fuhr der Arzt ihn an. »Das glaube ich nicht.«

»Ja, dann...?«

»Da gibt's kein ›ja, dann‹! Der junge Mensch wäre besser in seinem eigenen Land untergebracht, wo er unter seinesgleichen heiraten und sich niederlassen könnte, als von der Gutmütigkeit von Mr. und Mrs. Bosanko abzuhängen. Solche Dinge tun nicht gut, und eines Tages werden sie's auch bereuen.«

Und das bewies, wie Mr. McPhail später am Abend zu seiner Frau sagte, wie leicht es war, den Charakter eines Menschen falsch zu beurteilen; Doktor Carfax, der vor dem Schwurgericht in Bodmin so lebhaften Anteil an dem Schicksal des Gefangenen genommen hatte, als ob es sein eigener Neffe wäre, wandte sich jetzt, da der Bursche freigesprochen worden war, von ihm ab und erklärte, man hätte ihn lieber deportieren sollen!

»Der alte Teufel ist hart wie Feuerstein; darüber soll man sich nicht täuschen«, erklärte der Zolleinnehmer vor einem dampfenden Glas Grog, denn auf der Höhe bei Castle Dor war ein scharfer Wind aufgekommen, und die Fahrt im offenen Wagen hatte sich als höchst unvergnüglich erwiesen. »Und wenn du oder ich im kommenden Winter krank werden sollte, meine Liebe, so bin ich dafür, daß wir den jungen Doktor aus St. Blazey nehmen, der sanft ist wie ein Lamm und – so sagen die Leute – nie einem Patienten widerspricht.«

Doktor Carfax, ohne zu ahnen, daß seine schlechte Laune die endlose Liste seiner Patienten um zwei Namen gekürzt haben konnte, ging nicht gleich in sein Haus zurück, nachdem er das Pferd in den Stall gebracht hatte, sondern wanderte statt dessen hügelabwärts in den Ort. Er hatte eine peinliche Mission zu erfüllen, und der Gedanke daran hatte ihn möglicherweise auf der Fahrt von

Bodmin nach Troy zu einem so ungeselligen Gefährten gemacht.

Die Springflut des Oktobers war mit einem kräftigen Südweststurm zusammengefallen, und als der Arzt über den Pfad durch den Kirchhof ging, bemerkte er aufgeregte Ansammlungen und hörte in der sinkenden Dämmerung das Gelächter der jungen Leute. Offenbar war der Kai überschwemmt und das Wasser drang über den Kirchplatz bis in die Fore Street ein. Die Abenteuerlustigeren wateten schon knietief darin, und lautes Gelächter begrüßte eine junge Frau, die ihre Röcke zu ungeahnten Höhen heben mußte und dabei ein Paar recht sehenswerter Beine enthüllte.

»Noch ein Stückchen höher, Deb!« schrie ein Zuschauer, der mit einer Schar Gesinnungsgenossen einen günstigen Beobachtungsplatz auf der Mauer des Kirchhofs gefunden hatte. »Wir warten alle atemlos darauf, was jetzt kommen wird!«

Doch das junge Frauenzimmer ließ sich nicht einschüchtern; sie hielt mit einer Hand ihre Röcke fest und bespritzte mit der anderen das höhnende Publikum.

»Wenn's Salzwasser ist, was ihr braucht – hier gibt's genug davon!« rief sie. »Und ein kaltes Bad ist gerade das, was du und deine ganze Bande verdient!«

Begeisterte Zurufe begrüßten ihre Ankunft auf trockenem Boden neben ›Rose und Anker‹, und als sie zur Hintertür des Gasthauses eilte, stieß sie mit keinem geringern als Doktor Carfax selbst zusammen, der, aus bestimmten Gründen, zufrieden damit war, daß sein Kommen sich der allgemeinen Aufmerksamkeit entzogen hatte.

»Ach, Doktor!« rief Deborah.»Ich hab' gar nicht gesehen, daß Sie es sind! So viele Burschen haben zu mir herüber gegafft!«

Er trat zur Seite und ließ sie vorüber, nicht ohne sich zu erkundigen, ob die Wirtin daheim sei.

»Zuletzt hab' ich sie oben gesehen, Sir. Ich war gerade hinausgelaufen, um zu hören, ob's was Neues gibt und...« Deborah unterbrach sich, denn die einzige Neuigkeit, die für die Wirtin von ›Rose und Anker‹ heute von Interesse sein konnte, war, was sich vor dem Schwurgericht in Bodmin begeben hatte.

»Und seid bei dieser Gelegenheit naß geworden«, setzte der Doktor fort. »Wenn Ihr vernünftig seid, so zieht Ihr Euch gleich um; vorher aber führt mich zu Eurer Herrin, denn ich habe eine Botschaft für sie.«

»Ja, Doktor.«

Deborah führte ihn zu dem besten Schlafzimmer, von dem aus man die Aussicht auf den Platz hatte – dem – selben Zimmer, darin der unglückliche Notar Ledru vor einem Jahr verschieden war – klopfte an die Tür und meldete: »Doktor Carfax möchte Euch sprechen.« Und dann verzog sie sich, doch nicht bevor der Besuch einen Blickwechsel zwischen den beiden jungen Frauen und ein fast unmerkliches Nicken der Magd beobachtet hatte. Es war ziemlich einfach, Frage und Antwort zu erraten. Das Nicken bedeutete, daß Amyot Trestane freigesprochen worden war.

»Guten Abend, Linnet«, sagte der Doktor. »Ich bitte um Verzeihung, wenn ich ein wenig plötzlich hier einbreche, aber da ich weiß, daß Ihr Mann um diese Zeit meist unten beschäftigt ist, meinte ich, ich würde Sie allein antreffen.«

Linnet trat vom Fenster fort, von wo aus sie die Szene unten beobachtet hatte, und in dem Zwielicht schien es dem Doktor, als hätte ihre Schönheit, deren er sich immer bewußt war, zum ersten Mal etwas seltsam Unheimliches an sich, gewissermaßen wie eine in einem Traum erschaute Vision, die nur noch undeutlich in der Erinnerung haftet, während das leicht spöttische Lächeln, mit dem sie ihn begrüßte, auch Unruhe und Unbehagen ausstrahlte.

»Sie haben Ihre Stunde gut gewählt«, erwiderte sie,

und ihr Tonfall war ebenso spöttisch wie ihr Lächeln. »Bei all dem dummen Zeug, das da unten vorgeht, wird uns hier keiner stören. Warum müssen Männer sich wie Kinder benehmen, nur weil das Wasser, das sie täglich sehen, einmal in der Zeit ihre Knöchel benetzt?«

Ja, dachte der Doktor, und wenn das Wasser bis zur Höhe des Fensterbretts stiege und sie um ihr Leben kämpfen müßten, könnte ich sehen, wie du das Fenster aufreißt und dich über ihr Gestrampel amüsierst und jenem den Preis zuwirfst, der am besten schwimmt!

Dann bemerkte er, daß sie in einer Hand einen unglaublich kleinen Hund trug, einen Hund mit einer grotesken Schelle um den Hals; und jetzt setzte sie das Tierchen auf den Boden und ging daran, die Lampe anzuzünden.

»Das ist ein neues Schoßhündchen, nicht?« fragte er.

»Nicht gar so neu«, gab sie zur Antwort. »Ich habe ihn schon seit zehn Wochen oder länger.«

Und jetzt, als sie sich mit der Lampe beschäftigte, sah er, daß Linnet sehr blaß war, und er bemerkte auch beunruhigt, wie mager sie geworden war, seit er sie zum letzten Mal gesehen hatte.

»Wir haben in diesen Tagen so wenig Gäste, daß ich mich daran gewöhnt habe, dieses Zimmer für mich zu benützen«, sagte sie. »Wo ich früher war, habe ich schlecht geschlafen. Setzen Sie sich doch.« Nirgends etwas von Mark Lewarnes Sachen im Zimmer zu sehen, stellte der Doktor fest, und das bedeutete... nun was es eben bedeutete.

»Ich komme gleich auf den Zweck meines Besuchs«, begann er. »Mrs. Bosanko schickt mich zu Ihnen. Ich war bei der Verhandlung in Bodmin, und sie wollte Sie davon benachrichtigen, daß der junge Amyot Trestane von Totschlag freigesprochen wurde. Er muß sich verpflichten, Frieden zu halten, und Bosanko hat sich für ihn verbürgt.«

»Ja«, sagte Linnet. Er spürte den Triumph in ihrer Stimme.

»Das bedeutet, daß er mindestens sechs Monate unmittelbar unter der Aufsicht der beiden Bosankos bleiben muß«, fuhr der Arzt fort. »Ohne sich außerhalb des Farmhauses bewegen zu dürfen, wenn sie ihm nicht ausdrücklich die Erlaubnis dazu erteilen. Mrs. Bosanko meinte, Sie würden gewiß die genauen Bedingungen seiner Freilassung erfahren wollen.«

Das Schweigen, mit dem seine Mitteilung aufgenommen wurde, war ein Beweis dafür, welches Gewicht sie für die Hörerin hatte. Sie hatte das Wort Freiheit zweifellos anders ausgelegt.

»Ich habe nur einige Worte mit dem jungen Mann gesprochen«, setzte der Doktor hinzu. »Er hat begriffen, daß er, ohne das Eingreifen seines Brotgebers, möglicherweise deportiert worden wäre. Mit Tränen in den Augen versicherte er mir, daß er alles tun wolle, um an Bosankos bald wieder gutzumachen, was er ihnen an Aufregungen verursacht hat. Ich glaube, wenn es nicht der Kinder wegen gewesen wäre, hätten sie sich nicht so eingesetzt.«

Linnet hatte sich gebückt, um den Hund aufzuheben, der mit gespitzten Ohren, die scharfen Augen auf den Gast gerichtet, neben ihr kauerte.

»Amyot hat sich Johnnys Unfall zum Vorwurf gemacht«, sagte sie. »Man hätte sich all diesen Lärm ersparen können, wenn Amyot rechtzeitig geflüchtet wäre.«

»Und es hätte noch einen zweiten Toten gegeben«, warf der Doktor trocken ein. »Johnny Bosanko wäre verblutet, wenn man ihn im Wald liegengelassen hätte. Die Narbe an der Schläfe wird er sein ganzes Leben lang behalten. Amyot Trestane wird gut daran tun, wenn er sich die nächsten Monate ausschließlich dem Knaben und dessen Eltern widmet.«

Doktor Carfax stand auf.

»Ich will Sie jetzt nicht länger behelligen«, sagte er. »Nur eine letzte Botschaft habe ich Ihnen von Mrs. Bosanko zu bestellen. Sie bedauert, daß sie Ihnen unter den gegenwärtigen Umständen keine Gastfreundschaft in Lantyan bieten kann.«

Linnet Lewarne ging an die Tür, doch bevor sie sie öffnete, blieb sie noch sekundenlang stehn und betrachtete den Arzt mit einem so unauslotbaren Blick, daß er nicht wußte, ob sie in ihm einen Feind oder einen Freund sah.

»Ich verlange von keinem Menschen Gastfreundschaft«, sagte sie. »Zuletzt von Mrs. Bosanko. Das eine aber sage ich Ihnen. Jeder, der versucht, sich zwischen mich und den Mann zu stellen, den ich liebe, wird es zu büßen haben.«

Die Uhr am Kirchturm schlug sieben, als Doktor Carfax seinen Mantel zuknöpfte, um sich gegen das schlechte Wetter zu schützen, ›Rose und Anker‹ verließ und den Heimweg hügelaufwärts antrat; das erregte Geschrei jener, die noch immer die steigende Flut beobachteten, tönte wie ein Echo der Glockenschläge, und das Bild der jungen Frau, von der er sich eben getrennt hatte, wirkte in seinem Geist ebenso unbarmherzig wie die Wellen, die dort drüben über die verödete Anlegestelle schlugen.

XXIII

MARY FINDET EINEN RITTER, UND MR. TREGENTIL TRINKT TEE IN LANTYAN

»Johnny, willst du gleich von der Mauer herunterkommen!«

»Nein, mein Fräulein, das will ich nicht.«

»Johnny, wenn du mir nicht folgst, wirst du fallen und

dir wieder den Kopf aufschlagen; und diesmal wird man mir die Schuld daran geben – noch schlimmer als beim ersten Mal. Und man wird mich in eine Besserungsanstalt schicken.«

Das war eine Drohung, die Johnny Bosanko veranlaßte, in seiner Kletterei zwischen Kuhstall und Scheune einzuhalten, wo er versuchte, durch das Loch im Schieferdach dem Stallknecht seines Vaters Körner auf den kahlen Kopf zu streuen; widerwillig schwang er die Beine etwa zwölf Zoll näher zum festen Boden und zur Sicherheit. Und seine Schwester betrachtete er mit erhabener Leutseligkeit.

»Schön«, sagte er, »aber jetzt bin ich zu hoch oben, um zu springen; Amyot muß kommen und mich hinunterheben.«

Daraus erhellte, daß Johnny, durch den Unfall, den er im August erlitten hatte, keineswegs bescheidener gemacht, ganz im Gegenteil, dank der ungerechtfertigten Verwöhnung, die seine Eltern ihm zuteil werden ließen, auf bestem Weg war, sich zu einem Tyrannen zu entwikkeln. Mary zuckte die Achseln und ging Amyot holen, obgleich sie sehr wohl wußte, daß er gerade dabei war, Lion und Pleasant, nach einer harten Tagesarbeit vor dem Pflug, in den Stall zu bringen.

Das Stampfen, das sie hörte, bewies, daß sie recht gehabt hatte, und sie beugte sich durch die offene Halbtür, während ihr Liebling Heu in Lions Krippe warf und dazu dem Pferd ein seltsames französisches Liedchen vorsang, das Mary schon häufig von ihm gehört hatte.

»Du solltest lieber kommen«, sagte sie düster. »Er ist schon wieder dabei!«

Amyot fuhr auf, drehte sich um, doch als er Mary erblickte, lächelte er und legte die Heugabel zur Seite.

»Du hast mich erschreckt«, sagte er. »Ich bin gerade jetzt viele Meilen entfernt gewesen.«

»In der Bretagne?« fragte sie, und ihre Freude war, ohne rechten Grund, verblaßt.

»Weder in der Bretagne noch in Cornwall, sondern in einer Traumwelt zwischen den beiden«, erwiderte er. »Das kommt davon, wenn man all die Wochen müßig gewesen war. Zu viel Zeit und zu wenig Arbeit! Was gibt's denn? Wieder einmal Johnny?«

Sie nickte, und er folgte ihr dorthin, wo ihr Bruder keck und triumphierend saß und mit den Füßen gegen die zehn Fuß hohe Mauer trommelte. Ohne ein Wort zu sagen, hob Amyot die Hände, drehte ihm den Rücken, und der Knabe schlüpfte auf Amyots Schultern hinunter.

»So, mein Pferdchen, Galopp!« befahl Johnny mit all der Überheblichkeit eines Leidenden, dessen Wort Gesetz ist; Amyot aber lächelte, zur geheimen Genugtuung Marys, nur und stellte den Knaben auf den Boden.

»Nein«, sagte er, »du wirst für mich arbeiten, nicht ich für dich. Komm die Pferde füttern, und später hilfst du mir, das Geschirr zu putzen. Waffenbrüder müssen ihre Waffen auch richtig schimmern lassen.«

Es war seltsam, dachte Mary, welches Verständnis er für ihren Bruder und dessen kindische Spiele hatte; fast als glaubte er selbst daran, während doch, wie alle Erwachsenen wußten, all die Helden und Ritter und Schlachten zu einer Welt der Phantasie gehörten, die mit dem harten Alltag des Lebens wenig zu tun hatte.

Der Zwischenfall, der im Gesicht ihres Bruders eine Spur hinterlassen hatte, nicht aber in seinem Wesen, war von erheblich tieferer Wirkung auf die vierzehnjährige Mary geblieben, die, in ihrer wachen Empfindsamkeit und als Beute all der neuen Gefühle, sich selbst die Schuld an der ganzen Geschichte gab. Hätte sie an jenem verhängnisvollen Morgen nicht so fest geschlafen, so hätte sie all die Aufregungen verhüten können und dazu auch Amyots Verhaftung. So aber konnte nicht einmal Johnnys

Genesung und Amyots Freilassung die Angst jenes Morgens aus ihrer Erinnerung bannen, da ihre kühne Behauptung, Johnny müsse früh ausgegangen sein, um Schwämme zu suchen, sich so rasch als Lüge enthüllte, als die Polizei auf der Suche nach Amyot erschien, als die Männer, mit dem Vater als Führer, in den Wald aufbrachen und mit dem bewußtlosen Johnny in den Armen Amyots zurückkehrten. Und welch eine böse Rückkehr! Was am Abend zuvor so wagemutig und aufregend geschienen hatte, war beinahe zu einem Drama geworden, und der Schrei ihrer Mutter beim Anblick des blutenden Johnny »Ist er tot?! Mein Gott, ist er tot?!« war eine so erschütternde Offenbarung der Hilflosigkeit Erwachsener im Angesicht der Gefahr gewesen und überdies aus dem Mund jener Frau, die alle Sicherheit des Lebens in ihren festen Händen zu halten schien, daß für die beobachtende Tochter die ganze Überlegenheit der Großen im Nu verschwand.

Die Menschen, die bisher die Macht ausgeübt hatten und geliebt worden waren, erwiesen sich als ebenso verwundbar wie sie, Mary, selbst. Auch eine so selbstsichere und Achtung einflößende Frau wie Mrs. Lewarne, die zufällig im Wald gewesen war, hatte alle Haltung, alle Sicherheit verloren. Sie sprach kaum ein Wort, gönnte Mary keinen Blick, die doch den ganzen Abend lang ihre Verbündete gewesen war, sondern stand nur blaß und gespannt im Hintergrund und hielt das Kleinste von Bess' Wurf fest im Arm.

Instinktiv fühlte Mary, daß Mrs. Lewarne Amyot mit ihrem Besuch im Wald geschadet hatte, daß irgendwie das Geheimnis seiner Anwesenheit in Woodget Pyll, wovon nur sie drei wußten, über Nacht ein anderes Aussehen gewonnen hatte; die Gründe dafür, daß er sich versteckt hatte, sein brüskes Verlassen der Farm hingen plötzlich vor allem mit Mrs. Lewarne zusammen, und vielleicht gedachte die Polizei Amyot nicht bloß wegen des Totschlags zu beschuldigen, sondern ihm auch allerlei Täuschungen zur Last zu legen. Sie konnte zu keinem Menschen mehr Vertrauen haben. Ihre Mutter hatte, an Johnnys Bett, nur an ihn gedacht, und ihr Vater, in seinem Entsetzen darüber, daß der Bursche, den er bei sich aufgenommen hatte, eines Totschlags wegen vor Gericht kommen sollte, war viel zu sehr mit seinen eigenen Sorgen beschäftigt, um auf seine Tochter zu achten. Und so ging Mary Bosanko mit sich selber zu Rate, da sie nun älter und durch Erfahrung klüger geworden war, und als Amyot, freigelassen, nach Lantyan zurückkehrte, wurde ihre Freude über seine Ankunft durch den Entschluß gedämpft, ihn vor weiterem Verdruß zu bewahren; und Verdruß bedeutete, obgleich auch ihr selber nicht ganz klar bewußt, Mrs. Lewarne.

An jenem Nachmittag folgte sie Amyot und ihrem Bruder zum Stall, setzte sich auf die Leiter und sah zu, wie die beiden die Pferde besorgten und schließlich das Geschirr putzten.

»Und jetzt, Sir«, sagte Johnny mit all der Unbefangenheit eines Kindes gegenüber einem heiklen Problem, »sind wir bereit, alle beide, ins Feld zu reiten und unsere Ehre gegen die Macht der Feinde zu verteidigen.«

Er legte einen Lederriemen beiseite, auf den er mit großem Behagen gespuckt hatte. »Doch nun stellt sich die Frage, wessen Ritter Ihr lieber sein wollt? Marys oder Mrs. Lewarnes in Troy?«

Mary, feuerrot vor Verlegenheit, nicht um ihrer selbst, sondern auch um Amyots willen, mischte sich sofort ein.

»Sei nicht so albern, Johnny. Amyot will niemandens Ritter sein.«

Und damit sprang sie von der Leiter und wischte die Halme von ihrem Rock.

»Aber du willst doch, nicht wahr, Amyot?« drängte der

Knabe ungebändigt seinen Freund. »Alle Ritter schwören dieser oder jener Dame Treue und tragen ihr Band! Das ist doch für sie ein Grund zu kämpfen!«

Zu Marys großer Erleichterung lächelte Amyot dem Knaben zu.

»Ganz gewiß tun sie das«, sagte er, »aber in der Hitze des Gefechts erinnern sie sich nicht immer daran. Wenn Mary will, bin ich gern bereit, ihr Ritter zu sein.«

»Dann ist alles in schönster Ordnung!« rief Johnny entzückt. »Gib ihm ein Stück von deinem Band, Mary, damit er's im Knopfloch tragen kann!«

Und nichts konnte ihm genügen, bevor seine Schwester ihr scharlachfarbenes Haarband gelöst hatte, das Amyot mit seinem eigenen Messer entzweischnitt. Dann steckte der Ritter das Band mit dem entsprechenden Ernst in sein oberstes Knopfloch.

»Das ist natürlich nur ein Spiel«, flüsterte Mary ihm hastig zu, denn sie wollte Amyot, gerade Amyot, beweisen, daß sie das Alter erreicht hatte, in dem solche Spiele als töricht angesehen wurden.

Doch entweder hatte er ihre Absicht mißverstanden oder wollte ihren Bruder zufriedenstellen, denn er sah sie ernst an und sagte: »Ich würde willig mein Leben für euch beide hergeben; das ist zwischen uns dreien ausgemacht!«

Gerade da ließ sich die Stimme der Mutter hören; Mr. Tregentil sei zum Tee gekommen, und die Kinder sollten sich doch Gesicht und Hände waschen und sich zeigen; und Amyot auch. Johnny war blitzschnell verschwunden, denn seit jenem Unfall hatte der Besitzer von Penquite die angenehme Eigenschaft entwickelt, bei seinen Besuchen im Farmhaus kleine Geschenke mitzubringen, etliche Buntspechteier, die er in seiner Jugend ausgeblasen hatte, zwei Schmetterlinge, die nicht mehr daran denken konnten, den Tamar zu überfliegen, sondern die er viele Jahre vorher, als seine Augen noch schärfer gewesen waren, auf

Stecknadeln gespießt hatte, und schließlich ein vollgetakeltes Schiff in einer Flasche, das Mr. Tregentils hornige Finger viele lange Abende beschäftigt hatte, als er einst auf der Veranda seines indischen Bungalows gesessen war.

»Wir sind ihm nicht mehr wichtig«, lachte Amyot. »Das Geschenk von heute lockt ihn mehr als die Schlachten von morgen. Aber mein Band werde ich trotzdem tragen«, und er berührte das Band im Knopfloch.

Das war das Schwierige, dachte Mary, während sie sich die Hände wusch, daß man nicht recht wußte, ob Amyot, eben noch ein Knabe wie Johnny und gleich darauf ein erwachsener Mann, wirklich ernst meinte, was er sagte. Das Stückchen Band war ein Scherz, das hatte sie ihm doch gesagt, und vielleicht hatte sein Träger auch schon vergessen, was es bedeuten sollte, doch Amyots Knopfloch spielte jetzt in Marys Bewußtsein eine so große Rolle, daß das Band, als sie jetzt in die Küche schlüpfte und ihren Platz am Tisch einnahm, zu einer Fahne zu wachsen schien.

»... und so scheint's, daß ich mit meinen Mutmaßungen völlig im Recht bin und Sie von einer langen Reihe von Königen abstammen.«

Mr. Tregentil erklärte das triumphierend, seine hohen Backenknochen röteten sich, gleichzeitig aber weiteten sich auch seine Augen, als ihm ein sehr großes Stück des heimgebackenen, sehr geschätzten Safrankuchens auf den Teller gelegt wurde.

»Ach, du meine Güte!« sagte Mrs. Bosanko behaglich und achtete, wie gewöhnlich, mehr auf den Appetit ihres Gastes als auf seine Reden, denn wenn Mr. Tregentil so unversehens erschien, mußte er sich mit dem zufriedengeben, was gerade vorhanden war, und konnte keinen feierlichen Tee im Wohnzimmer erwarten. Zum Glück hatte Gabriel seine Jacke an und Amyot auch, und Johnny war mit der kleinen geschnitzten Gestalt, die der Gast ihm mitgebracht hatte, so beschäftigt, daß er nicht versuchte, das Kätzchen mit Krümeln vom Tisch zu füttern.

»Du meine Güte«, wiederholte sie. »Und was wird das Nächste sein?! Die große rosa Tasse für Mr. Tregentil, Mary, nicht die mit dem Sprung... ja, da müssen wir alle uns doch sehr geschmeichelt fühlen und unsere Manieren danach einrichten. Gabriel, du könntest gleich den Anfang machen, deinen Tee nicht in die Untertasse gießen und darauf blasen!« Mit zusammengezogenen Brauen nickte sie dem Gast zu, der das nicht beachtete.

»Meine Liebe«, erwiderte ihr Gatte, »ich habe jetzt seit mindestens vierzig Jahren den Tee in die Untertasse gegossen und werde diese Gewohnheit für alles blaue Blut der Christenheit nicht ändern. Sie werden mich entschuldigen, Mr. Tregentil, aber was haben Sie denn eigentlich über meine Vorfahren herausgebracht?«

»Nun, was ich gerade Ihrer Frau erklären wollte, als wir uns zum Tee setzten«, sagte der Gast und biß herzhaft in sein Stück Kuchen. »Vier Stück Zucker, wenn ich bitten darf, Mrs. Bosanko, und recht viel Milch, aber keine Sahne... Sahne kann ich nicht vertragen... ja, meine Forschungen ergeben, daß Ihre Mutter, Bosanko, eine Hoel gewesen ist, und somit stammen Sie aller Wahrscheinlichkeit nach von Hoel dem Ersten, König von Klein-Britannien.«

Diese erstaunliche Mitteilung nahm der Farmer ebenso gleichmütig hin wie seine Frau.

»Verzeihen Sie meine Unwissenheit, Sir, aber meine Geschichtskenntnisse reichen nicht weit über Wilhelm den Eroberer hinaus, wenn ich auch etwas von König Alfred und unserem eigenen König Artus weiß. Doch Ihr Hoel oder wie Sie ihn nennen – von dem habe ich überhaupt nie gehört.«

Mr. Tregentil rührte in seinem Tee und musterte seinen

Gastfreund mit überlegener Miene. Die Aufgabe, die er, auf den Rat des Arztes, unternommen hatte, war so mächtig gewachsen, daß er sie nicht mehr als einen Bestandteil der medizinischen Behandlung ansah, sondern als ein Steckenpferd, das alle andern zu verdrängen drohte. Das sechste Jahrhundert war jetzt seine Heimat, und wehe dem, der wagen sollte, über dieses Thema mit ihm zu diskutieren!

»Hoel der Erste«, er räusperte sich, als wollte er einen längeren Vortrag beginnen, »war ein Zeitgenosse des Königs Artus. Sie müssen verstehen, daß um 530 nach Christi Geburt das Land in kleine Königreiche aufgesplittert war, und meine Forschungen führen mich zu der Überzeugung, daß Klein-Britannien überhaupt nichts mit der Bretagne zu tun hatte, wie bisher angenommen worden war, sondern sich vom Dodman bis zu der Mündung des Fal erstreckte. König Hoel hielt Hof in Karahes oder Carhayes, wie wir es nennen, und darf nicht mit Carhaix in der Bretagne verwechselt werden.«

Mit Vergnügen stellte er fest, daß die Aufmerksamkeit der Tafelrunde sich ihm zugewandt hatte. Jedermann kannte den Dodman, das Hochland, etwa zehn Meilen westlich von Troy, und der Strand unterhalb von der Burg Carhayes war ein beliebtes Ziel von sonntäglichen Schulausflügen.

»Nein, so etwas!« murmelte Mr. Bosanko. »Davon hat meine Mutter jedenfalls keine Ahnung gehabt! Sie war ganz einfach Mary Hoel aus Portloe und hatte, soviel ich weiß, nie den Fuß in die Burg von Carhayes gesetzt.«

Sein Gast konnte nicht umhin, über solche Naivität zu lächeln.

»Ich spreche von Carhayes, wie es im sechsten Jahrhundert war, mein guter Bosanko. Eine Burg war in jenen Tagen kaum mehr als ein befestigter Platz auf einem Hügel, und König Hoel höchstwahrscheinlich noch ein

Barbar. Ich kann Ihnen keinen Ahnen mit vornehmem Geist und vornehmen Manieren versprechen.«

»Schön; hat er aber eine Krone getragen, Sir? Das ist's nämlich, was die Kinder wissen wollen. Stimmt's, Johnny?«

Der Farmer zwinkerte seinem Sohn zu, als wäre diese ganze Unterhaltung nichts als ein Riesenspaß, doch Johnny und Mary blieben ebenso ernst wie der gelehrte Gast. Mr. Tregentil argwöhnte, daß die älteren Familienmitglieder nicht genügend beeindruckt waren, fühlte sich ein wenig gekränkt und wies ein zweites Stück Safrankuchen zurück.

»Eine Krone? Das glaube ich kaum.« Mit einer verächtlichen Geste verabschiedete er eine so kindliche Vorstellung. »Irgendeinen Kopfschmuck, der ihn von seinem rauheren Gefolge unterschied, ja, das ist möglich. Mehr aber nicht.«

Mary, die in diesen Tagen selbst leicht gekränkt war, spürte Mr. Tregentils Verstimmung, und als echte Tochter ihrer Mutter wollte sie, daß der Gast sich wieder behaglich fühlen sollte.

»War Ihr Ahne auch ein König, Mr. Tregentil?« fragte sie höflich. »Und hat er in Penquite über seine Untertanen geherrscht?«

Nun traf es sich, daß Mr. Trengentils Vater aus sehr bescheidenen Verhältnissen stammte, mit Zinnhandel ein Vermögen gemacht hatte, und daß sein Sohn nach dreißig Jahren, die er als Teepflanzer in Indien verbracht hatte, bei seiner Rückkehr die Früchte der Tüchtigkeit seines Vaters ernten und das Herrenhaus, das er jetzt bewohnte, auf lange Zeit pachten konnte. Aber keine noch so eingehende Forschung hatte eine Verwandtschaft mit der jetzt erloschenen Familie der Herren von Penquite ergeben. Das war für Mr. Tregentil eine Enttäuschung, und so hatte Mary, ohne es zu wollen, einen wunden Punkt berührt.

Doch das Kind hatte immerhin mehr Interesse gezeigt als seine Eltern und verdiente darum eine Aufklärung.

»Die Tregentils sind nie Flußleute gewesen«, erwiderte er erhaben. »Sie kamen aus dem Gebirge.« Seine Hand wies in nördliche Richtung. »Sie waren einst bei St. Columb begütert gewesen, und obgleich die Gegend sich nur schwer genau bestimmen läßt, schlage ich vor, gelegentlich einen Ausflug dorthin zu unternehmen. Es mag sich sehr wohl erweisen, daß die Tregentils das Herrenrecht über Castle-an-Dinas selbst besaßen.«

Er hielt inne, damit diese Mitteilung auch Zeit hatte, auf seine Zuhörer zu wirken. Johnny, dessen Blicke sich nie von Mr. Tregentil abgewandt hatten, seit Hoel der Erste erwähnt worden war, konnte seine Neugier jetzt nicht länger beherrschen.

»Und was ist das?« fragte er.

Der Gast saß bolzengerade da. »Die größte Festungsanlage in ganz Cornwall«, erklärte er.

Johnny sperrte den Mund auf. Schon sah er in seiner Phantasie Mr. Tregentil auf einem mächtigen Wall und hinter ihm zehntausend Reisige, die jeder seiner Launen gehorchten.

»Ach, wie gern möchte ich das sehen!« wagte er sich vor.

Zur großen Überraschung von Johnnys Eltern ließ Mr. Tregentil diese Bemerkung nicht unbeachtet vorbeigehn, sondern schien Gefallen daran zu finden.

»Nun, warum auch nicht?« meinte er. »Nichts einfacher! Ein Besuch von Castle-an-Dinas sollte zur Bildung jedes Buben in ganz Cornwall gehören.«

Johnny nützte die Lage sogleich aus.

»Und Mary muß auch mitkommen«, erklärte er. »Und Amyot, weil er doch Marys Ritter ist! Wir müssen alle gehn...«

»Nur immer ruhig«, mischte Mrs. Bosanko sich ein.

»Mr. Tregentil hat anderes zu tun, als um diese Jahreszeit eine große Gesellschaft zu den Mooren zu führen.«

Sie hatte das rote Band in Amyots Knopfloch bemerkt; hoffentlich hatte das nicht zu bedeuten, daß Mary sich, trotz aller mütterlichen Sorge, törichte Ideen in den Kopf setzte.

»Ich versichere Ihnen, Mrs. Bosanko«, sagte ihr Gast in allem Ernst, »daß nichts mir lieber wäre, als Ihre Familie nach Castle-an-Dinas zu führen, wenn Amyot die Kinder begleiten will. Wir können uns den Tag aussuchen, und wenn wir früh aufbrechen, sind wir noch vor der Dunkelheit zurück. Man sieht nicht allzu häufig, daß junge Menschen sich so für historische Dinge begeistern.«

Und so ließ Mrs. Bosanko sich überreden. Schließlich mußte aus dem Plan nicht unbedingt etwas werden; vielleicht war auch das nur eine von Mr. Tregentils Marotten wie die Abkunft ihres Mannes vom König Hoel. In der nächsten Woche würde er sich mit einer andern Narrheit beschäftigen und Könige und Burgen wären vergessen.

Nachdem der Gast sich verabschiedet hatte, konnten Mary und Johnny von nichts anderem sprechen. Im Winter gab es nur wenig Abwechslung, und ein Besuch dessen, was, ihrer Meinung nach, Mr. Tregentils Ahnenschloß sein mochte, wäre der größte Spaß, den sie von jetzt bis Weihnachten erleben könnten. Nur Amyot verhielt sich schweigend, und Mr. Bosanko legte ihm die Hand auf die Schulter und fragte gütig:

»Was hast du denn, mein Junge? Macht's dir kein Vergnügen, auf der Suche nach Burgen über das Moor zu wandern?«

Amyot fuhr auf. Er hatte, in Gedanken versunken, durch die offene Tür hinausgeschaut.

»Doch, doch, Sir; ich gehe sehr gern mit«, sagte er. »Ich habe mich nur gefragt, wo ich den Namen vorher schon gehört habe. Ich könnte schwören, daß ich einen Mann namens Dinas einmal kennengelernt habe; wer er aber war, und wo das gewesen ist, das weiß ich nicht.«

Mr. Tregentil ging mit rüstigen Schritten seinen Weg, um Penquite noch vor Anbruch der Dunkelheit zu erreichen; er war zu dem Schluß gelangt, daß der Farmer Bosanko doch nur sehr wenig historisches Gefühl besaß. Die Nachricht von Hoel dem Ersten hatte ihm nicht den geringsten Eindruck gemacht. Noch weniger hätte es ihm wahrscheinlich bedeutet, wenn Mr. Tregentil seine Aufklärungen fortgesetzt und dem guten Mann mitgeteilt hätte, daß Hoel der Erste der Vater des jungen Ritters Kaerdin und der Maid Isolde Weißhand gewesen war, jener unglücklichen Jungfrau, die es unternommen hatte, den sagenhaften Tristan zu trösten, als er sich von ihrer Namensschwester Isolde der Blonden, König Markes Königin, getrennt hatte. Gewiß, bei Gottfried von Straßburg hieß der Vater der weißhändigen Isolde Jovelin und wurde zum Herzog von Arundel gemacht, doch das war ganz offenbar ein Irrtum.

Doktor Carfax hatte seinen Patienten streng ermahnt, sich an die Tatsachen zu halten, und Mr. Tregentil beschloß, nach reiflicher Überlegung, seinen ärztlichen Berater nicht mit einer so unwesentlichen Angelegenheit zu behelligen, wie es Gabriel Bosankos Abstammung von Hoel dem Ersten war, dennoch aber diesen Punkt in einer Fußnote zu erwähnen, wenn er dem Doktor Bücher und Akten zurückgab.

XXIV

RÄNKE DA UND RÄNKE DORT

Eine Epidemie von Erkältungen, noch vor der üblichen Jahreszeit, hatte Doktor Carfax seit der Verhandlung vor dem Schwurgericht viel zu tun gegeben, und so kam es, daß er in der letzten Zeit nicht ›auf's Land‹ gefahren war, wie die Bewohner von Troy die Umgebung innerhalb einer Meile vom Ort nannten, um den gewohnten Besuch bei Mr. Tregentil in Penquite oder bei der Familie Bosanko in Lantyan zu machen.

Den letzten Nachrichten zufolge befand der einstige Teepflanzer sich bei bestem Wohlsein und war hart an der Arbeit mit seiner neuesten Manie für Etymologie; das hatte ihn so weit über die ursprüngliche Aufgabe des Ordnens von des Doktors Papieren geführt, daß Carfax verlangt hatte, Tregentil solle ihm das ganze Bündel zurücksenden.

Johnny Bosanko dagegen, dessen Narbe an der Schläfe zum Glück das einzige Andenken an den Unfall blieb, der leicht schlimmere Folgen gehabt haben konnte, bedurfte weit mehr der Behandlung eines Schulmeisters als eines Arztes.

Eines Abends, gegen Ende des Monats, nachdem er seinen letzten Patienten entlassen hatte und in sein Eßzimmer ging, um auf das Abendessen zu warten und seine Post zu lesen, fand Doktor Carfax eine Botschaft von Mrs. Bosanko, darin sie seinen Segen zu dem geplanten Ausflug nach Castle-an-Dinas erbat.

›Lieber Doktor‹, schrieb sie, ›Mr. Tregentil hat freundlichst angeboten, die Kinder zu einem Besuch der großen Burg bei St. Columb mitzunehmen, wo anscheinend vor etlichen Jahrhunderten seine Ahnen gelebt haben. Wäre das für Johnny zu anstrengend? Sollte man lieber auf das

Frühjahr warten? Ich möchte die Kinder nicht enttäuschen, und wenn Sie sagen, daß sie gehn können, so mögen sie meinetwegen gehn. Mit Freude teile ich Ihnen mit, daß Johnny sich anscheinend völlig erholt hat.

Mit herzlichen Grüßen Ihre
Alice Bosanko.‹

Mit leisem Lächeln legte der Doktor den Brief beiseite. Daß sein Patient mit all den Forschungen dahin gelangt war, eine Verwandtschaft mit den unbekannten Bewohnern von Castle-an-Dinas – denn zweifellos war das die Burg, die Mrs. Bosanko erwähnte – zu beanspruchen, war jedenfalls die beste Neuigkeit des Tages. Tregentil würde demnächst seine Abstammung von der Jungfrau Columba selbst zu beweisen suchen, und darüber würden sehr viele Leute erbost sein, zumal jene, die der Heiligen in der Kirche von St. Columb ihre Verehrung darbrachten, obgleich der Umstand, daß das Herrenhaus von Tresaddern, westlich von dieser Befestigung, so hieß, weil es einst Tresaddarne genannt worden war, die Stadt des Gottes Saturn, sie noch mehr empören würde.

Nun, was die Kinder betraf, konnte nichts ihnen besser bekommen als ein Tagesausflug ins Hochland, aus dem Tal hinaus – es wäre denn, wenn der Ausflug sich auf zwei oder mehr Tage erstrecken ließe.

»Mona«, sagte er zu seiner Haushälterin, als sie ihm das Abendessen auftrug, einen üppigen Fasan, auf einem Gut in der Nachbarschaft erlegt und von dem Besitzer gespendet, »Mona, nimmt Eure Schwester auf der Farm von Tresaddern noch Gäste auf?«

«Ja, gewiß«, sagte Mona, »und im Sommer hat sie das ganze Haus voll. Obgleich ich Ihnen nicht sagen könnte, was sie dort tun außer spazierengehn und im Bach, eine Meile weit, angeln. Manche Leute haben komische Vorstellungen von Ferien.«

Doktor Carfax bemerkte erleichtert, daß seine Haushälterin Fülle, Flügel und Brust des Vogels gut gebraten hatte, und setzte sich an den Tisch.

»Glaubt Ihr, daß sie Platz für Mr. Tregentil und die Bosankokinder hätte, wenn sie sich zwei Tage dort aufhalten wollten? Damit Johnny ein wenig Luftveränderung bekommt, und Mr. Tregentil nach seinen Ahnen forschen kann.«

»Das hat sie bestimmt, Sir«, erwiderte die Haushälterin. »Sie bewohnt ja nur das halbe Haus, und jetzt sind gewiß schon alle Gäste fort. Ich schreibe ihr und erkundige mich, wenn Sie wollen.«

Der Doktor überlegte.

»Ja, tut das nur, Mona. Und ich will Euch noch etwas sagen. Wenn der Ausflug am nächsten Freitag losgehn sollte, und sie über den Samstag bleiben, so wollen wir ihnen die Hälfte von dem ausgezeichneten spanischen Schinken mitgeben, den uns Mr. McPhail gestern geschickt hat. Und wenn Eure Schwester nur halb so gut kocht wie Ihr, dann wird Mr. Tregentil seine höchst fraglichen Ahnen vergessen und sich den Freuden Epikurs ergeben.«

Sie schrieb sogleich an ihre Schwester, Mrs. Polwhele, nach der Tresaddern-Farm, bestellte Zimmer für ›einen reichen Patienten meines lieben Doktors und zwei wohlerzogene Kinder‹ und erhielt umgehend die Antwort, ›ganz Tresaddern stünde den Freunden von Doktor Carfax zur Verfügung‹.

So weit klappte alles. Der Doktor sandte Botschaften an Mrs. Bosanko und Mr. Tregentil und erklärte, er habe es auf sich genommen, für die Unterbringung der Forschungsreisenden zu sorgen; sie könnten Freitag und Samstag der kommenden Woche bei Mrs. Polwhele in Tresaddern, der Schwester seiner Haushälterin, wohnen und da Tresaddern in unmittelbarer Nachbarschaft von

Castle-an-Dinas lag, könnte die Expedition unter den angenehmsten Bedingungen unternommen werden. Er würde sich auch, so setzte der Doktor in seiner Botschaft an Mr. Tregentil hinzu, eine besondere Freude bereiten, der Gesellschaft einen Beitrag zum Mahl des Samstags zu leisten, der, mit Maß und mindestens vier Stunden vor dem Schlafengehn gegessen, niemandem schaden könnte.

Binnen vierundzwanzig Stunden fanden Briefe mit dem wärmsten Dank ihren Weg von Lantyan und Penquite in das Haus des Doktors.

›Alle Befürchtungen betreffend die Ratsamkeit dieser Expedition so spät im Jahr sind nun beseitigt‹, erklärte Mrs. Bosanko, während Mr. Tregentil, der mit Besorgnis daran gedacht hatte, daß er sehr unbequem in den Gräben von Castle-an-Dinas sitzen und auf leeren Magen kalte Pasteten essen müßte, jetzt zugab: »Das Bewußtsein, daß ein warmes Bett und ein köstliches Mahl uns als Abschluß eines langen Tages erwarten, dazu die Möglichkeit, daß die Tresaddern-Farm zu dem längst verschwundenen Sitz der Tregentils gehören könnte, haben die Freude des Anregers dieser Fahrt ungeheuer gesteigert.«

Weder Mrs. Bosanko noch Mr. Tregentil hielten es für notwendig oder interessant mitzuteilen, daß Amyot Trestane, mit Bewilligung seines Brotgebers Gabriel Bosanko und auf den dringenden Wunsch von Mary und Johnny, die Forschungsreisenden begleiten werde.

Hätte nun Mrs. Bosanko es dabei bewenden lassen, hätte sie nicht als nötig erachtet, mit dem kleinen Johnny nach Troy zu gehn, um ihm in dem Tuchgeschäft gegenüber von ›Rose und Anker‹ einen warmen Mantel zu kaufen, so ist es durchaus möglich, daß die Nachricht von dem geplanten Ausflug nie an die Ohren jener Frau gelangt wäre, die, nach Ansicht von Johnnys Mutter, die Letzte war, die es erfahren durfte. Johnnys alter Mantel war noch sehr verwendbar, wenn auch ein wenig kurz und an den Ellbogen abgeschabt; aber es war so viel von Mr. Tregentils Ahnensitz geredet worden, daß Mrs. Bosanko fand, da bleibe nichts übrig, als ihrem Sohn einen neuen Mantel zu kaufen. Am Morgen des Mittwochs war sie schon im Laden auf dem Trafalgar Square erschienen, schon haftete ihr Blick an dem schmucken kleinen Modell im Schaufenster, und so eifrig war sie auf ihren Kauf aus, daß sie ihren Sohn nicht weiter beachtete. Johnny aber stand auf der Schwelle und winkte Deborah Brangwyn einen heitern Gruß zu, die aus einem Fenster im ersten Stock von ›Rose und Anker‹ einen Staubwedel schüttelte.

»Freitag fahren wir nach Castle-an-Dinas!« rief er. »Amyot und Mary und ich. Wir bleiben zwei Nächte, ganz allein, ohne Vater und Mutter.«

In dieser Großsprecherei war der ganze Stolz des Knaben, der sich zeitweilig der elterlichen Obhut entziehen kann.

»Wirklich?« rief Deborah zurück. »Na, da hast du ja Glück! Und wem gehört denn Castle-an-Dinas? Den Feen wahrscheinlich.«

»O nein!« erwiderte Johnny. »Sie haben gar nichts damit zu tun. Beides, Castle-an-Dinas und die Tresaddern-Farm, wo wir übernachten, sind unter der Oberhoheit von Mr. Tregentil!«

In diesem Augenblick rief Mrs. Bosanko ihren Sohn in den Laden, um ihm den Mantel anzuprobieren, und es blieb Deborah überlassen, den zweiten Teil von Johnnys Mitteilung zu deuten, so gut sie konnte. Jedenfalls müßte ihre Herrin das erfahren, denn seitdem der Verkehr zwischen ›Rose und Anker‹ und Lantyan unterbunden war, kamen nur selten Nachrichten aus dem Haus der Familie Bosanko.

Wenn die Bosankokinder auf irgendeinem Fahrzeug, begleitet nur von dem jungen Mann, der kürzlich von

Totschlag freigesprochen worden war, diesen Ausflug unternahmen, so konnte ein Brief von Deborahs Herrin nach der Tresaddern-Farm, wo sie auch liegen mochte, in aller Sicherheit zugestellt werden. Es kam Deborah nicht in den Sinn, daß die Wirtin von ›Rose und Anker‹ auch noch andere Absichten damit verbinden könnte.

Im spätern Verlauf des Tages, als der Wirt sich unten in der Schankstube aufhielt, schlüpfte die Magd in das Zimmer ihrer Herrin, um die Neuigkeit zu melden. Linnet Lewarne war, in Ermanglung einer bessern Beschäftigung, gerade daran, Wäsche zu ordnen, während Pettigrew auf einer Steppdecke kauerte und seine winzigen Pfoten leckte. Gespannt hörte die Wirtin zu, und dann warf sie einen Blick auf den Kalender, der an der Wand hing.

»Der nächste Samstag ist der Einunddreißigste«, sagte sie zu Deborah. »Bedeutet dir dieses Datum nichts Besonderes?«

»Nur daß es Allerheiligen ist«, erwiderte Deborah sogleich, »und wer seine Zukunft erfahren will, muß bei einer brennenden Kerze in den Spiegel schauen.«

Ihre Herrin lachte verächtlich.

»Zwanzigmal habe ich das als Mädchen getan«, sagte sie, »und sieh nur, was es mir eingetragen hat! Nein, meinetwegen mögen die Toten aus ihren Gräbern aufstehn und die Heiligen aus dem Himmel herunterschauen, mir ist's gleich. Wenn ich mich aber nicht irre, halten am 31. die Wirte ihr jährliches Abendessen, und Mr. Lewarne ist auch dazu eingeladen.«

Deborah nahm einen Stoß Wäsche vom Bett; nachdenklich sah sie ihre Herrin an. »Das könnte wohl sein«, erwiderte sie nach einer Pause, »aber das bedeutet nicht, daß Ihr recht tätet, kaum daß er fort ist, in die entgegengesetzte Richtung aufzubrechen.«

Linnet lächelte. Es war ein Glück, daß nur Deborah das Lächeln sehen konnte, denn es war mit Triumph geladen.

»Das wird auch nicht nötig sein«, sagte sie. »Das Abendessen findet dieses Jahr in der ›Indischen Königin‹ statt. Und die Wirte wurden aufgefordert, ihre Frauen mitzubringen.«

Tresaddern... Castle-an-Dinas... das waren Namen, die Deborah nur wenig zu sagen hatten; doch wie jeder, der in einer Schankstube bedient und die Gespräche hört, war ihr auch der Name der ›Indischen Königin‹ bekannt, eines einsamen Gasthauses irgendwo in einer wilden Gegend, an der Hauptstraße zwischen Bodmin und Truro, und berüchtigt dafür, daß es dort Lärm und Streit gab.

»Wenn's Euch um Spektakel und Aufregung und Trinken zu tun ist, dann werdet Ihr das alles dort finden«, sagte sie zu ihrer Herrin, »was aber ein Abendessen in der ›Indischen Königin‹ mit den Bosankokindern und sonst wem zu tun haben soll, das kann ich mit dem besten Willen nicht sehen.«

»Du wirst es sehen, wenn du auf die Landkarte schaust«, erwiderte Linnet, nahm Pettigrew unter den Arm und ging in die Schankstube hinunter. Nein, sie hatte sich nicht geirrt. Die alte Landkarte, die an der Wand hing, berichtete ihr alles, was sie zu wissen begehrte. Die ›Indische Königin‹, wenige Meilen von St. Columb entfernt, war auch nicht weiter von der Befestigung gelegen, die unter dem Namen Castle-an-Dinas bekannt war; und über die Tresaddern-Farm würde sie von jedem in der Gegend alles Nötige erfahren. Sie blickte nach ihrem Mann hinüber. Er saß, wie das jetzt seine Gewohnheit war, niedergeschlagen da, das Kinn auf die Hand gestützt, die Augen auf das leere Glas gerichtet.

»Du fühlst dich anscheinend nicht wohl!« Linnet war sachte zu ihm getreten und schob das Glas weg. »Das kommt davon, daß du den ganzen Tag in der Stube hockst und mehr trinkst als deine Gäste.«

Ihr Gatte sah sie an und seufzte.

»Wenn ich es tu«, sagte er, »so weißt du ja, wer daran die Schuld trägt.«

»Ach, geh!« meinte Linnet. »Ist das gerecht, daß die Männer die Schuld an ihrer eigenen schlechten Laune auf die Frauen schieben? Offen gestanden, ich bin in den letzten Wochen auch immer verdrossen gewesen und könnte eine Abwechslung brauchen.«

Der Wirt griff nach ihrer Hand. »Ich gehe mit dir, wohin du willst!« Sein Eifer war eine Frucht seiner Verzweiflung. »Du brauchst nur ein Wort zu sagen.«

Seine Frau zuckte die Achseln.

»Es ist schon zu spät im Jahr«, erwiderte sie. »Wohin in der Welt könnten wir gehn, ohne uns schrecklich zu langweilen?« Sie hielt inne und tat, als wollte sie den Tisch vor ihm säubern. »Was ist denn das für ein Abendessen, zu dem du am nächsten Samstag gehn mußt?« fragte sie leichthin.

»Ach, das jährliche Essen der Wirte; diesmal in der ›Indischen Königin‹. Wir sind alle beide eingeladen, aber ich habe nur für mich angenommen.«

Linnet rümpfte die Nase. »Das wäre doch jedenfalls eine kleine Ausfahrt«, sagte sie mit geheuchelter Gleichgültigkeit, »und eine Gelegenheit, ein neues Kleid anzuziehen. Du hast wohl für mich abgesagt, weil du lieber mit deinen Freunden trinken willst.«

»Nein, Linnet, du weißt sehr wohl, daß das nicht wahr ist.« Mark Lewarne legte den Arm um sie. »Wenn du Lust hättest, mich zu begleiten, würdest du mich zum stolzesten Mann in ganz Cornwall machen. Ich hatte nie daran gedacht, daß das möglich wäre.«

Linnet beugte sich mit einer seltenen versöhnlichen Geste zu ihrem Mann und strich ihm leicht über die Stirn.

»Ich verspreche noch nichts«, sagte sie, »aber wenn das Wetter Freitag gut ist, könnten wir uns auf den Weg machen, in St. Austell übernachten, so daß wir Samstag sehr früh die Reise fortsetzen und noch vor Mittag bei der ›Indischen Königin‹ ankämen. Auf diese Art könnte ich einen Spaziergang machen und mich ein wenig in der Gegend umsehen, bis es Zeit wird, sich zum Abendessen umzuziehen. Und du...« sie machte eine Pause, »du könntest deine Freunde begrüßen – und zwar zur Abwechslung einmal nüchtern!«

Ein Brief an Amyot Trestane, Tresaddern-Farm bei St. Columb, wurde zwanzig Minuten später von Deborah im Postamt gegenüber aufgegeben.

Am Abend des Freitags – es war der 30. Oktober – erblickte Doktor Carfax, als er aus der Fore Street in den Trafalgar Square einbog, nachdem er einen Patienten am Ende des Ortes besucht hatte, den Fuhrmann Will Pherris, der am Tag zuvor, auf sein Geheiß, einen halben Schinken zu Mr. Tregentil gebracht hatte. Als Bill Pherris den Doktor erschaute, sah er recht dämlich drein und klopfte sich mit der Hand auf die Tasche.

»Der Teufel soll mich holen, wenn ich's nicht ganz vergessen habe«, entschuldigte er sich. »Das da trage ich jetzt schon seit gestern vormittag mit mir herum.«

Er zog die Mütze und reichte dem Doktor einen Brief. Carfax schüttelte mit gut gespieltem Ernst den Kopf. »Das ist nicht recht, Bill! Und wenn Mr. Tregentil in Penquite einen Herzanfall erlitten und Euch als Boten an mich ausersehen hätte? Nein, ich scherze nur. Geht hinüber in ›Rose und Anker‹ und trinkt ein Glas!«

Der Fuhrmann grinste und verschwand, und Doktor Carfax gewahrte die dicke Mrs. McPhail, die, hatte sie einmal eine Unterhaltung begonnen, den Partner mindestens volle zehn Minuten fesselte – das hatte der Doktor nach der Kirchturmuhr festgestellt. Sie näherte sich vom Kirchhof her, woraufhin er, wie eine kreuzende Yacht, seinen Kurs änderte und rasch in den Vordereingang von

›Rose und Anker‹ trat, um ihr zu entgehn. Nun würde es sich rasch herumsprechen, daß auch Doktor Carfax sein Schlückchen haben wolle. Aber Klatsch war ihm immer noch lieber als Mrs. McPhails Geschwätz. Er ergriff die Gelegenheit, als er sich in Sicherheit wußte, einen Blick auf die Botschaft zu werfen, die der Fuhrmann ihm eben gebracht hatte. Und schon erfolgte eine Explosion – nur gut, daß Mrs. McPhail nicht in der Nähe war, denn sie hätte in ganz Troy verbreitet, Doktor Carfax leide derart an Wutanfällen, daß seine Patienten kein Vertrauen mehr zu ihm haben könnten.

»Also das übersteigt doch alles!« rief der Doktor und stampfte so kräftig auf, daß Ned Varcoe es in der Schankstube hörte und zur Vordertür gehumpelt kam, um zu sehen, was denn da den Frieden störte.

›Mein lieber Carfax‹, lautete der Brief, ›wärmsten Dank für die willkommene Wildbretkeule, die eben eingetroffen ist. Sie wird, sobald wir in Tresaddern angekommen sind, der Schwester Ihrer Haushälterin übergeben, und da wir vier, der junge Amyot, die Kinder und ich, herzhaften Hunger haben dürften, werden wir uns auf ein köstliches Schmorfleisch freuen. Freitag in aller Frühe gedenken wir mit dem Brougham aufzubrechen. Ihr E. Tregentil.‹

Wildbret! Ein halber spanischer Schinken ein Wildbret! Und für Samstag geschmort! Das bloße Wort war eine Lästerung! Und ausgerechnet Amyot Trestane nach Castle-an-Dinas mitzunehmen, wo es doch gewissermaßen spukte von all...

Doch eine Stimme neben ihm machte weiteren Überlegungen ein Ende.

»Kann ich etwas für Sie tun, Doktor?«

Der kleine Ned Varcoe, der ihm kaum bis zur Hüfte reichte, stand im Flur neben ihm.

»Nein, danke, Ned. Ich hatte nur... hm... meinen

Gefühlen Luft gemacht. Wie geht's Eurer Herrin? Gut, hoffe ich. Und dem Wirt auch?«

Der verkrüppelte Schankbursche nickte. »Gut genug, als sie sich mittags auf die Fahrt machten. Aber wie lange sie sich vertragen werden, das kann ich nicht prophezeien. Sie werden bis Sonntag fortbleiben, meinte der Herr; sie bleiben zum Abendessen in der ›Indischen Königin‹.«

»In der ›Indischen Königin‹?«

»Ja, ja, Doktor. Der Herr wäre jedenfalls gefahren, und die Herrin hat sich plötzlich in den Kopf gesetzt, daß sie eine Luftveränderung braucht.«

Das war kaum zu bezweifeln. Und die ›Indische Königin‹ war keine drei Meilen von Castle-an-Dinas entfernt! Ach, dieser Tregentil, dieser Esel! Dieser Erztrottel!

Doktor Carfax gönnte dem Schankburschen nur einen kurzen Gruß und überquerte die Straße. Er trat ins Postamt. Er war gewöhnt, rasche Entschlüsse zu fassen, das gehörte zu seinem Beruf, und im Nu fiel ihm ein, daß der Güterzug, der auf einer Nebenlinie zwischen St. Blazey und Roche verkehrte, sehr früh am Samstagmorgen abging. Ein Glück, daß er vor kaum vierzehn Tagen die Frau des Zugführers von gesunden Zwillingen entbunden hatte! Der Zug, der eigentlich keine Passagiere mitnehmen durfte, würde schon für ihn Platz haben. Er wäre um Mittag in Castle-an-Dinas, wenn alles gut ging, und zur rechten Zeit, um Schlimmes, ja, vielleicht sogar eine Katastrophe zu verhüten. Und seine Patienten müßten sich eben vierundzwanzig Stunden lang ohne ihn behelfen. Oder seinen jungen Kollegen Tehidy aufsuchen.

Ein Telegramm, adressiert an Tregentil, Tresaddern, St. Columb wurde, wenige Minuten nachdem der Doktor seinen Entschluß gefaßt hatte, aufgegeben. Es lautete:

›Gebt gut acht auf den jungen Amyot stop gedenke Samstag mittag bei euch einzutreffen stop um keinen Preis Schinken zerhacken Grüße Carfax.‹

XXV

CASTLE-AN-DINAS

Mr. Tregentil war ein außerordentlich schlechter Fahrer, und er hatte keineswegs die Absicht, die Gesellschaft selber nach Castle-an-Dinas zu kutschieren. Offene Wagen taugten für abgehärtete Menschen, wie sein ärztlicher Berater einer war, in den letzten Oktobertagen aber und für eine Entfernung von etwa achtzehn Meilen drängte sich gebieterisch ein geschlossener Wagen auf, dessen Pferde vom Kutscher Dingle gelenkt werden sollten. Die Kinder und Amyot könnten abwechselnd auf dem Bock sitzen, und wenn jemand sich im geschlossenen Brougham unwohl fühlen sollte, ließen die Fenster sich bequem öffnen.

Geplant war, daß Mr. Tregentil am Morgen um acht mit dem Wagen von Penquite aufbrach und etwa zwanzig Minuten später seine kleine Gesellschaft auf der Straße bei der Biegung von Lantyan aufnahm; dann würden sie die Hauptstraße zwischen Bodmin und Truro nehmen, und wenn alles gut ging, würden sie binnen zweieinhalb Stunden die Abbiegung nach Castle-an-Dinas erreichen. An dem Karrenweg, der zu den Erdwällen führte, könnte man um Mittag ein kleines Picknick veranstalten, und dann, wenn alles klappte, würden die vier den Hügel hinaufsteigen, um die Befestigung zu erforschen. Dingle könnte unterdessen ihr Gepäck bei Mrs. Polwhele in der Tresaddern-Farm abliefern und mit dem Wagen die zwei Meilen bis St. Columb weiterfahren, wo er im ›Roten Löwen‹ ein Quartier fände.

Der Freitag ließ sich schön an, wenn auch ein wenig kalt, und alles verlief planmäßig; Johnny hockte in seinem neuen Mantel auf dem Bock, und Mary saß als echte Dame neben ihrem Gastfreund, und Amyot ihr gegenüber.

Mr. Tregentil, eine Wagendecke bis ans Kinn gezogen, die Füße in einer Art Muff, trug auf dem Kopf einen Tirolerhut mit einer Krähenfeder, der nicht sehr gut zu seiner grünen Gesichtsfarbe paßte. Immerhin wirkte der Träger des Hutes ganz deutlich als Forschungsreisender; als ein Mann, der jeden Augenblick bereit war, sich über einen Abgrund zu schwingen, um eine Gemse zu schießen. Amyot, von Mrs. Bosanko mit Reithosen, Gamaschen und Jacke ausgestattet, hatte noch immer Marys Haarband im Knopfloch; eine Kinderei, die Mrs. Bosanko gütig übersah, als sie nach dem Frühstück von ihrer Tochter Abschied nahm.

Mary saß lässig, mit halbgeschlossenen Augen im Wagen, hatte wohl Lust, über Mr. Tregentil zu lachen, dessen lange Nase über der Wagendecke hervorstieß wie eine Krähe, fürchtete aber auch, es könnte ihr übel werden, wenn das Fenster nicht weiter geöffnet wurde; schließlich fand sie Trost in Amyots verständnisvollem Lächeln und gelegentlich auch in der Nähe seines Knies unter der zweiten Decke.

Johnny war im Himmel; oder, um es richtiger auszudrücken, in jener berauschenden Welt der Kindheit, da, wenn man auf dem Bock eines Wagens sitzt, jede Biegung der Straße neue Wunder, neues Entzücken bietet. Die Bäume waren golden, die Hecken rötlichbraun, glänzten da und dort von Hagebutten. Johnny meinte, sein Herz müsse bestimmt vor Erregung bersten, denn das vertraute waldige Tal seines Heims war verschwunden, und jetzt drang er in das wilde Jagdgebiet längst verstorbener Helden ein.

Wie ein Schlachtpferd nahm Captain, Mr. Tregentils Brauner, die Steigungen, und als, nach etwa fünf Meilen gewundener Landstraße, der Brougham in die Hauptstraße von Bodmin nach Truro einbog, wo das Land sich nach Norden und Westen in Hügeln wellte und in der Ferne die

Küste sichtbar wurde, da hüpfte Johnny auf dem Bock auf und ab und drängte Mr. Dingle zu größerer Eile. Doch das war nicht nach Mr. Dingles Geschmack, denn er mißbilligte diesen ganzen Ausflug. Im späten Frühling, im frühen Sommer, ja, da war gegen dergleichen nichts einzuwenden, wenn man die Pferde nach zwei Stunden in einem schattigen Gehölz oder einem anständigen Gasthof füttern und tränken konnte; doch ein Tier im Spätherbst achtzehn Meilen weit zu hetzen, noch dazu in eine Gegend, wo kein zivilisierter Mensch hinkam, und zu verlangen, daß Pferd und Kutscher zwei Nächte fern von ihrem eigenen behaglichen Quartier, in einem fremden Gasthaus in St. Columb, zubrachten, ja, das war Mr. Dingles Ansicht nach nicht viel weniger als ein Mord. Auch dem Brougham täte es bestimmt nicht gut. Die Federn müßten brechen, man würde wahrscheinlich ein Rad verlieren, die Pferde würden in Schweiß geraten und sich erkälten, die Ställe in St. Columb waren bestimmt feucht. All diese Befürchtungen und noch einige mehr teilte er Johnny in düsterstem Ton mit und unterstrich jeden Satz noch mit einem »Ich bin nicht dafür! Das ist keine Jahreszeit, um ein Pferd auf die Straßen zu lassen. Wenn's plötzlich bergab geht, kann ich's nicht halten.«

Nun, es ging nicht plötzlich bergab. Die große Straße umspannte das Land wie ein Band, und, wie Johnny sehr rasch feststellte, war die Oberfläche besser als zwischen St. Sampson und Troy, eine Straße, an die Captain gewöhnt war.

»Heut vielleicht«, gab der Kutscher widerstrebend zu, »aber wenn's nur ein wenig friert, dann rutschen dem armen Captain die Füße unterm Leib weg.«

»Es wird nicht frieren«, versprach Johnny. »Vaters Barometer steht gut und nicht zu hoch. Vielleicht regnet's ein bißchen, aber sicher nicht viel.«

Aber Mr. Dingle murrte. »Hier oben ist's anders als bei

uns daheim. Ein kleiner Regen ist hier gleich ein richtiger Wolkenbruch. Im Nu ist die Straße überschwemmt, und Captain steckt tief drin.«

Ein Klirren des Fensters hinter ihm und der Klang der Stimme seines Herrn bewirkten, daß der Kutscher die Zügel abzog und seine üblen Voraussagen unterbrach.

»Sobald wir zur Biegung nach Roche kommen, haltet Euch rechts, Dingle!« rief Mr. Tregentil. »Nehmt aber nicht die Straße nach Withiel oder St. Wenn. Unsere Straße muß nach St. Columb führen, und wir sollten Caste-an-Dinas auf dem Hügel, schon lange bevor wir dort sind, sehen.«

»Ja, Sir«, erwiderte der Kutscher und grüßte mit der Peitsche; doch sobald sein Herr den Kopf wieder zurückgezogen hatte, sagte Mr. Dingle wohl zum zehntenmal: »Ich bin nicht dafür.«

Mr. Dingle, der eine Burg, wenn auch verfallen, so doch mit Türmen und Zinnen erwartet hatte, war noch mehr als je von der Torheit dieser Expedition überzeugt, als nach einer weiteren halben Stunde Johnny aufgeregt schrie: »Seht doch! Das wird's sein! Dort hinten! Wie ein Buckel am Horizont! Das ist Castle-an-Dinas!«

Der Kutscher verstummte entrüstet, als er in die Richtung schaute, in die Johnnys Finger wies.

»Und deswegen sind wir hierhergekommen?« fragte er ungläubig. »Fünfzehn Meilen weit hat der arme Captain den Brougham geschleppt, und nur wegen diesem Maulwurfshügel? Wenn Mr. Tregentil vernünftig wäre, würde er mich jetzt umkehren lassen und heimfahren.«

»Pst!« flüsterte Johnny. »Mr. Tregentils Ahnen haben hier gelebt!«

»Ja, das mag wohl sein!« bemerkte der Kutscher verdrossen. »Sehr wahrscheinlich Wilde in Bärenfellen! Kein wirklicher Herr würde das aushalten!«

Mary, im Wagen von dem begeisterten Mr. Tregentil

ans Fenster gedrängt, war ungefähr der gleichen Ansicht wie Mr. Dingle. Castle-an-Dinas war nichts als ein Hügel, von Ginstergestrüpp umsäumt. Es war um nichts besser als Castle Dor, wo sie und Johnny Verstecken spielten, wenn sie darauf warteten, daß die Pferde beschlagen wurden. Aber natürlich war das nicht weiter wichtig. Wunderbar war ja vor allem, daß sie nicht daheim und daß sie mit Amyot beisammen war.

»Es ... es muß eine sehr schöne Aussicht haben«, sagte sie höflich.

Mr. Tregentil beugte sich über eine Landkarte und überhörte diese Bemerkung.

»Es hat ganz Cornwall beherrscht und war sichtlich völlig uneinnehmbar«, erzählte er ihr mit verzeihlicher Übertreibung. »Seht nur, Amyot! So was habt Ihr in der Bretagne bestimmt nicht! Darauf könnt' ich wetten.«

Nach einem raschen Blick auf ihr fernes Ziel setzte Amyot sich wieder. Er war ein wenig blaß. Das kam sicher daher, meinte Mary mitleidig, daß er mit dem Rücken gegen die Fahrtrichtung saß. Aber jetzt wären sie bald an ihrem Rastplatz und könnten endlich aussteigen.

Man konnte sich nicht irren, auf dem Wegweiser stand eindeutig St. Columb. Der Kutscher fuhr über die Seitenstraße, bis eine Stimme aus dem Brougham ihm klarmachte, daß die erste Station des zweitägigen Fegefeuers erreicht war.

»Elf dreißig! Eine vorzügliche Zeit. Ich wünsche Euch Glück, Dingle!« rief sein Herr.

Der Kutscher griff stumm an seinen Hut und blieb mit Leidensmiene auf seinem Bock sitzen, während Amyot den andern beim Aussteigen half.

»Es wird nicht gehn, Sir«, sagte Dingle mit Grabesstimme. »Ich kann Captain nicht so lang stehn lassen. Er wird sich erkälten! Sehen Sie nur, wie er schwitzt! Und was hat er laufen müssen!«

»Nein, nein natürlich nicht! Rasch den Eßkorb, Amyot; wir bleiben hier, und Dingle kann mit dem Brougham weiterfahren.« Mr. Tregentil war in Gegenwart seines Kutschers immer ein wenig besorgt; er eilte aufgeregt hin und her und erteilte Weisungen. »Breit die Decken aus, Mary! So! Wir dürfen nicht naß werden... das wäre sehr unvorsichtig. Dingle, verliert keine Minute länger, fahrt den Weg rechts ins Tal und laßt unser Gepäck bei Mrs. Polwhele in Tresaddern, und dann fahrt Ihr nach St. Columb. Und Sonntag in der Frühe um halb neun holt Ihr uns!«

Wenige Minuten später verschwand der Kutscher, den Kopf gesenkt, die Schultern gehoben, als müßte er einen Leichenwagen fahren.

»Können wir nicht oben in der Burg essen?« bat Johnny. »Es ist doch leicht, die Sachen hinaufzutragen. Bitte, Mr. Tregentil.«

Darauf einigte man sich nach kurzem Zögern, und Amyot ging, Decken und Eßkorb tragend, auf dem rauhen Pfad zu der Befestigung voran.

»Halt, Amyot«, rief Mr. Tregentil, »ich muß doch einmal auf der Karte nachschauen, damit wir den Eingang finden! Wir können mit all unseren Lasten nicht über Gräben springen.«

»Hier rechts ist es, Sir«, sagte Amyot. »Die östliche Pforte ist für uns am nächsten.« Zuversichtlich, aber zu Mr. Tregentils größter Überraschung, zeigte er vorwärts und setzte seinen Weg fort.

»Höchst ungewöhnlich!« flüsterte Mr. Tregentil. »Er hat ja nie auch nur einen Blick auf die Karte geworfen!«

Als er und Mary die Höhe erstiegen hatten, fanden sie Amyot und Johnny, die sie bei dem äußeren Erdwall erwarteten, und dort war auch der Eingang, ganz wie Amyot vorausgesagt hatte; es war eine Öffnung im ersten Wall, dann im zweiten, bis sie schließlich in das Lager selbst eindrangen, das, mit Farnkraut und Ginster bewachsen, etwa anderthalb Morgen Land einnahm.

»Kommt«, sagte Mr. Tregentil, der den Schauplatz zufrieden betrachtete, »packen wir den Korb aus, essen wir, und dann wollen wir auf Forschungsreisen gehn.«

Amyot, den Korb noch immer auf der Schulter, riet: »Sie werden es drüben trockener finden, Sir, wo man über den nördlichen Festungswall schauen kann.«

Mary sah Amyot verdutzt an. Warum gebrauchte er das Wort ›Festungswall‹, und woher wußte er, daß es drüben trockener sein würde? Jedermann müßte glauben, daß es Amyots Ahnen gewesen wären, die in Castle-an-Dinas gehaust hatten, nicht aber Mr. Tregentils Ahnen.

»Wir werden gleich ein Feuer anzünden, und dann können wir den Kessel darüber hängen«, fuhr Amyot fort. »Johnny, dort rechts wirst du einen kleinen Weiher mit trinkbarem Wasser finden. Die Schafe und Rinder, die hier weiden, werden es nicht verschmutzt haben.«

Es war seltsam. Er hatte sozusagen die Führung übernommen. Er sprach schneller als gewöhnlich und mit einer gewissen Autorität.

Mr. Tregentil war ein wenig benommen; er folgte Amyot nach der angegebenen Stelle, und tatsächlich, hier war es völlig trocken, und man konnte auf Granitblöcken sitzen, während zur Rechten unten der Weiher lag, zu dem Johnny, den Kessel in der Hand, ging.

Amyot stand reglos da. Er hatte Korb und Decken auf den Boden gelegt und sah sich um.

»Dinas«, sagte er wie zu sich selber. »Dinas...«

»Richtig ausgesprochen«, lobte ihn Mr. Tregentil. »Dinas, das cornische Wort für eine Hügelfestung.«

»O nein, Sir«, widersprach Amyot. »Es ist nach Recht und Fug der Name eines Mannes, und er ist mein Freund.«

Mary fühlte sich mit einem Male unbehaglich. Es war recht und gut, wenn Amyot solche Spiele mit Johnny spielte, aber er dürfte sich doch mit Mr. Tregentil keinen Spaß erlauben! Sie wandte sich ab und begann Holz für das Feuer zu sammeln, um ihre Verwirrung zu verbergen. Johnny kam mit dem vollen Kessel gelaufen.

»Es ist ganz frisch!« rief er. »Ich hab's gekostet!«

»Ja, natürlich«, sagte Amyot. »Mit ein paar hundert Männern und Pferden, die davon abhängen, und keine Quelle, kein Bach in der Nähe! Klettre einmal in das innere Bollwerk dort, Johnny, und sieh, wie fest es gegen jeden Angriff gebaut ist!«

Mr. Tregentil fühlte sich ein wenig ausgeschaltet. Amyot war mitgenommen worden, um die Lasten zu tragen, nicht aber um seine ungebildeten Ansichten über das schönste Befestigungswerk in ganz Cornwall zum besten zu geben! Das war das Vorrecht, das Mr. Tregentil für sich in Anspruch nahm.

»Ihr müßt wissen, Kinder«, erklärte er mit einem Blick auf Amyot, »daß es noch andere Befestigungen gibt, die diesen Namen tragen. Zwei an der Ostküste bei St. Antony. Dinas... Dinan... Dennis... all diese Wörter bedeuten Festung.«

»Und der sie befehligt, ist ein Häuptling und dient dem großen König«, sagte Amyot zu Johnny, der lächelte und nickte.

Mary war dunkelrot geworden; sie drängte Mr. Tregentil eine Pastete auf, um ihn abzulenken. Er hatte seinen Platz neben ihr auf der Decke eingenommen, und während des Essens richtete er alle seine Bemerkungen über den Bau der Hügelfestung ausschließlich an sie, die kein Wort davon verstand. Später, nachdem die Überreste gesammelt, die Servietten gefaltet und die glimmenden Äste ausgetreten waren, begab Mr. Tregentil sich mit Landkarte und Feldstecher auf die höchste Erhebung, während Johnny, einen frischgespitzten Zweig als Schwert schwenkend, hinter ihm Wache hielt.

»Amyot«, sagte Mary, als er ihr half, den Korb in Ordnung zu bringen, »es war nicht sehr höflich von dir und Johnny, daß ihr euch über Mr. Tregentil lustig gemacht habt.«

Amyot sah sie verblüfft an.

»Ich hätte mich über ihn lustig gemacht?« wiederholte er. »Wenn ich das getan habe, so war es wirklich ganz ohne Absicht, und es tut mir aufrichtig leid.«

Schweigend beendeten sie ihre Arbeit. Die Luft war seltsam still, eine andere Stille, dachte Mary, als im Wald daheim oder am Flußufer. Hier oben, unter dem Himmel, war es, als hätten sie und Amyot und Mr. Tregentil und Johnny irgendwie verbotenen Grund betreten. Die mächtigen Böschungen waren tückisch, sie bildeten einen Kreis, der wie ein Gefängnis wirkte. Sie konnte sich nichts Schlimmeres vorstellen, als sich hier einen Knöchel zu verrenken und allein liegen zu bleiben, den Blick nach dem Himmel gerichtet.

»Was für Menschen mögen wirklich hier gehaust haben?« fragte sie Amyot.

Er antwortete nicht, und als sie ihn ansah, merkte sie, daß sein Gesicht wieder blaß war, wie unterwegs im Brougham, und daß seine Augen verstört blickten.

»Rauhe Männer, wenn du gerade willst«, sagte er. »Aber alle waren meine Freunde, und Dinas, der klügste und beste, trug mich hierher, damit ich hier stürbe. Der Weg ist dort drüben unter dem Gras vor dem westlichen Zugang, und das war der Weg, auf dem sie kam, als Dinas sie hierher zu mir brachte.«

Dann sprang er plötzlich auf und winkte ihrem Bruder.

»Komm, Johnny!« rief er. »Ich werde die Festung verteidigen, und du mußt sie stürmen.«

Und nun war alles wieder ein Spiel, waren es die Kindereien, die sie miteinander trieben. Und doch beobachtete Mary sie und war ohne ersichtlichen Grund beunruhigt.

Jetzt warfen sie sich, lachend und atemlos, ins Farnkraut neben Mr. Tregentil, und mit einem warnenden Blick auf Johnny bat Amyot den wackern Ahnenforscher, sie rund um die Umfriedung zu führen.

Später, als der Nachmittag kühl wurde, erklärte Mr. Tregentil, nun sei es an der Zeit, ins Tal hinunterzusteigen und das Quartier in der Tresaddern-Farm aufzusuchen. Sie gingen durch den Durchlaß im Westen den Abhang hinunter, doch nicht ohne daß Mary sich gebückt hätte, um das Gras zu betasten. Ja, Amyot hatte recht gehabt. Hier war einmal ein gepflasterter Weg gewesen. Sie konnte die Steine fühlen.

Unten im Tal, von einer Baumgruppe beschützt, stand das behagliche graue Farmhaus und gemahnte Mary an all die Gerüche und Geräusche, die sie in Lantyan zurückgelassen hatte; eine dicke Sau schnüffelte im Schlamm, junge Truthähne stöberten im Misthaufen, und eine lächelnde, breithüftige Mrs. Polwhele wartete am Tor, um sie zu begrüßen. Beim Anblick ihrer Gäste knickste sie tief und verkündete in schrillen Tönen – wenn sie nervös war, überschlug sich ihre Stimme – es sei die größte Ehre für sie, einen so vornehmen Mann wie Mr. Tregentil unter ihrem bescheidenen Dach empfangen zu dürfen, zumal er ja auch seine prächtige Familie mit sich brachte, und der junge Herr, wohl der älteste Sohn, sei geradezu ein Ebenbild seines Vaters. Dieses Kompliment war gewiß wohlgemeint, aber nicht gerade glücklich. Und Mr. Tregentil, der seit sieben Uhr morgens auf den Beinen war, spürte auch eine leise Gereiztheit.

»Sie sind im Irrtum, meine gute Frau«, sagte er, »diese jungen Herrschaften sind die Kinder eines Farmers in meiner Nachbarschaft, und das ist ihr französischer Begleiter. Was haben Sie da? Ein Telegramm für mich?«

Mrs. Polwhele überströmte von Entschuldigungen, begleitete jedes Wort mit einer Verbeugung und reichte ihm auf einem silbernen Tablett Doktor Carfax' Telegramm.

»Auch ein Brief ist da«, sagte sie, und ihre Stimme hob sich wieder vor Erregung. »Er muß wohl für den fremden Herrn sein. Mr. Trestane... ja, das wird's wohl sein.«

Eiligst brachte sie ein zweites Tablett zum Vorschein, und darauf lag der Umschlag mit Linnets kühner Schrift. Abermals mit einem Knicks bot sie dem erstaunten Amyot das Tablett. Mr. Tregentil, nur auf sein Telegramm bedacht, hatte den Rücken gekehrt. Johnny wiederum vergaß all seine guten Manieren und war schon auf halbem Weg zur Küche. Amyot steckte, nach einem raschen Blick auf die Schrift, den Brief in die Tasche. Nur Mary war besorgt.

Das kommt von Mrs. Lewarne, dachte sie. Darum hat er kein Wort gesagt. Ihr Tag, der so wunderschön begonnen hatte, war jetzt mit einem Mal verdorben. Langsam, mit sinkendem Herzen, ging sie in das helle Wohnzimmer.

XXVI

DOKTOR CARFAX BETRITT DIE SZENE

Es war ein rauhes, nebliges Wetter, als Doktor Carfax am Morgen des Samstags zu einer unbehaglichen Stunde – es war halb acht – in Roche ausstieg. Er beschloß, zunächst in dem nahen Gasthaus sein Frühstück zu nehmen und dann Umschau zu halten, ob er vielleicht eine Fahrgelegenheit nach Tresaddern fände, denn andernfalls wäre er genötigt, sich auf seine zwei Füße zu verlassen. Diese

Aussicht schreckte ihn nicht, denn die Farm war nur wenige Meilen entfernt, und wenn er sich an die Straße hielt und der Nebel nicht dichter wurde, könnte die Wanderung ihm helfen, seinen Kopf zu klären, der noch von dem Dröhnen der Maschine, dem Zischen des Dampfes und der Beredsamkeit des Zugführers benommen war.

Die Fahrt durch das Luxiliantal, an einem schönen Sommermorgen, wäre eindrucksvoll, ja, sogar erheiternd gewesen; so aber erst in den frühen Morgenstunden auf dem Bahnsteig von St. Blazey, den Kragen hochgeschlagen, die Hände in den Taschen, auf und ab zu stapfen, dann seinen Bekannten, den Zugführer, mit einer erfundenen Geschichte von einem Patienten in Not zu beschwatzen, sich in der zugigen Kabine mitnehmen zu lassen, eben noch das Gesicht von dem prasselnden Feuer erhitzt, und im nächsten Augenblick durch einen Stoß der Lokomotive fast umgeworfen, das alles entsprach nicht den Vorstellungen des Doktors von einem Ferientag. Doch das seltsame Gefühl eines Zwangs, das ihn beherrschte, seitdem er erfahren hatte, daß Amyot Trestane an der Expedition nach Castle-an-Dinas teilnahm, verbunden mit der Nachricht, daß auch Linnet Lewarne in der Nachbarschaft sein würde, hatte ihn veranlaßt, zu dieser außerordentlichen Maßnahme zu greifen, sein Haus wie ein Dieb in der Nacht zu verlassen und den Lastzug zu besteigen. Was er eigentlich bezweckte, war ihm noch nicht ganz klar; bis auf das eine, daß es galt, Linnet und ihren Geliebten um jeden Preis voneinander getrennt zu halten.

Er hatte nach Tisch, bevor er sich ein paar Stunden Schlaf gönnte, die Gelegenheit wahrgenommen, den Berg von Notizen zu durchblättern, den sein Patient Tregentil aufgehäuft hatte, und das Ergebnis war, daß er sich noch tiefer aufgerührt fühlte als je. Tregentil hatte gute Arbeit geleistet, für Carfax' Gemütsruhe sogar allzu gute. Sein fleißiger Patient, zum Glück der tieferen Beziehungen nicht gewahr, hatte sämtliche bekannten Sagen zusammengefaßt, die sich irgendwie auf die seltsame Geschichte von Tristan und Isolde bezogen, und die Ereignisse, so eigentümlich verwoben sie waren, nahmen einen Verlauf, der auf unheimliche Art dem glich, was sich heute auf demselben Boden abspielte. Gedankenübertragung schien die einzig mögliche Erklärung zu sein. Er, Carfax, und der arme Ledru und nachher Tregentil hatten in gewissem Sinn diese bedrohliche Geschichte in Gang gesetzt, während der leicht beeindruckbare Bursche aus der Bretagne und die impulsive, in Castle Dor geborene junge Frau als Medien einer Kraftquelle gehandelt hatten, die, wenn man sie öffnete, die ganze Auffassung der Zeit in ihrer Beziehung zum Unbewußten revolutionieren konnte. Wenn ein Mann, unter den Sternen stehend, so von dem Geist eines Ortes durchtränkt sein konnte, daß er dem Kind, dem er auf die Welt half, sein eigenes Gefühl eines tragischen Spuks einhauchte und die Kleine, ohne daß sie es wollte, dazu zwang, eine Geschichte wiederzuerleben, die nicht ihre eigene war, ja dann, ›du guter Gott‹, je früher er seine Privatpraxis aufgab und seine Kollegen auch, desto besser, so daß die Mädchen im Krankenhaus geboren und später, im entsprechenden Alter, Pflegerinnen würden, was für das Land zum Segen würde. Wenn nur der arme Ledru noch am Leben wäre! Welch einen Reisegefährten hätte der Doktor bei dieser Fahrt an ihm gehabt!

Die Erinnerung an den letzten Abend, den sie miteinander verbracht hatten, und die ihn jetzt befiel, als er sich in Tregentils Notizen vertiefte, war ein Grund dafür, daß der Doktor noch unbehaglicher auf seinem Stuhl hin und her rückte.

Es war das Herz gewesen, natürlich, das hatte er ja

selber festgestellt, und doch... wie hatte der Dichter Béroul den Trank genannt, den Isolde ihrem Geliebten gegeben und dann selber getrunken hatte? Er suchte in den Notizen... ja, ja, da war es, den ›Lovendrant‹. Tregentil hatte dazu notiert: ›Auf Alt-Englisch Liebestrank‹. Linnet Lewarne hatte ihnen ja an jenem Abend in ›Rose und Anker‹ ein seltsames Gebräu aufgetischt. Hätte sie die Flasche noch, so würde eine Analyse vielleicht zeigen... Dummes Zeug! Er erlaubte seiner Phantasie, mit ihm durchzugehn, und das war verhängnisvoll. Schon einmal, in Castle Dor, hatte er sich beinahe lächerlich gemacht, und das wollte er nicht wieder tun. Seltsam, daß Bérouls Geschichte vor dem Ende abbrach und Gottfried von Straßburgs Epos auch; und dieses Epos just dort, wo, nach der Trennung der Liebenden, Tristan sich in der Bretagne zu trösten versuchte, indem er die Schwester seines Freundes Kaedin heiratete. Nur ein anderes Manuskript und die französische Darstellung in Prosa berichteten ein anderes Ende, bei dem Tristan, von Marke verwundet, auf der Festung seines Freundes Dinas stirbt. Kein Mensch konnte jetzt feststellen, welche der Sagen der Wahrheit entsprach. Ganz gewiß wäre es gut für den Seelenfrieden, wenn der junge Amyot Trestane, der unbewußte Mitspieler in einem Kampf, den er nicht verstand, in seine Heimat abgeschoben werden und dort eine Frau finden könnte. Doktor Carfax hatte, von seines Patienten Tregentil spinnwebdünner Handschrift ermüdet, die Brille fortgelegt, die Papiere zur Seite geschoben und war gähnend zu Bett gegangen, um doch noch ein wenig Schlaf zu finden, bevor er zu einer unerfreulichen Morgenstunde aufbrach... Jetzt, am nächsten Tag, saß er in dem Wirtshaus in Roche bei Speck und Eiern und glaubte sich zu erinnern, wie sich Tregentil über die Entdeckung aufgeregt hatte, daß der König von Cornwall Hoel, nicht aber Herzog Jovelin von der Bretagne der Vater Laedins und Tristans Braut Isolde Weißhand gewesen war, der Namensschwester der Königin. Was andeuten würde, daß Tristan nach der Trennung von der Königin überhaupt nie das Meer durchkreuzt haben sollte, sondern lediglich in eine anderes Königreich von Cornwall gefahren wäre.

Nun, das war nicht besonders wichtig. Doktor Carfax zahlte und erfuhr, ohne große Überraschung, daß es einige Zeit brauchen würde, um ein Fahrzeug für ihn zu finden. Der Metzger drüben in Roche machte um zehn Uhr seine Runde, aber bestimmt nicht früher; und so beschloß er, ohne langes Zaudern, zu gehn.

Es war Jahre her, daß er diesen Teil des Landes bereist hatte. Was war da gebaut worden! Weiler, die früher nicht mehr als ein oder zwei Häuser gehabt hatten, waren jetzt häßliche Dörfer, die miteinander zusammenhingen und deren hohe weiße Giebel das Moorland zu einer Gebirgskette machten. Hier war Tristans *Blanche Lande* wieder lebendig geworden, tiefe Seen zwischen den Spitzen, der Fluß Par, selbst der Fal war heute in der Nähe seiner Quelle kreideweiß.

Tresaddern lag, wenn Mona es richtig beschrieben hatte, am Fuß von Castle-an-Dinas im Westen, und ein Wegweiser sollte zeigen, wo man von der Straße nach St. Columb abzubiegen hatte. Der Nebel war unangenehm. Noch locker, als der Doktor aufgebrochen war, schien der Dunst ihn jetzt zu umschließen, trieb in Streifen fünfzig Yard vor ihm vorüber und verdeckte die Landschaft zu beiden Seiten. Einst war das alles natürlich Moor gewesen, hatte sich von Dartmoor über den Tamar nach dem höheren Gelände gezogen und das Rückgrat von ganz Cornwall gebildet, während das übrige von weiten Wäldern bedeckt war. Kaum eine Gegend für vornehme Ritter und Edle. Und doch welch wilde Jagd zwischen Ginster und Granit! Welch brüske Plünderungszüge an die Küste! Ein Feuerzeichen, vom Seneschal Dinas auf seiner Festung angezündet, würde seinen Lehensherrn, den König Marke in Castle Dor, vor nahenden Gefahr warnen.

Castle-an-Dinas... Castle Dor... Einst Bollwerke, von Kriegern besetzt, die ganze Wildnis beherrschend. Jetzt Grashügel, die unter einem gelassenen Himmel schlummerten. Doktor Carfax verließ die Hauptstraße, um in die Straße nach St. Columb einzubiegen, und nachdem er an einigen Bauernhäusern vorübergegangen war, merkte er, daß sich zu seiner Rechten der Boden hob, und er wußte, trotz dem Dunst, instinktiv, daß dort oben die Festung lag. Wäre der Morgen klar und er selber nicht in Eile gewesen, so hätte es ihm ein Vergnügen bereitet, den Gipfel zu ersteigen und Vergleiche mit dem seinem Wohnsitz näheren Castle Dor anzustellen. Doch nun mußte er seinen Weg fortsetzen, er ließ eine alte Zinngrube zur Linken liegen und war nach einer weitern halben Meile im Tal und bei der Tresaddern-Farm.

Tregentil hätte zweifellos als Wohnsitz seiner Ahnen einen schlechtern Platz aussuchen können. Die Mauer, die den Obstgarten einfriedete, mußte Jahrhunderte alt sein, und das Farmhaus selbst, einst ein Herrenhaus, trotzig, stark und geräumig genug für den Gutsherrn und seine Familie und eine Schar von Dienstleuten. Monas Schwester hatte wohl getan, sich in diesem festen Haus anzusiedeln, das tief genug im Tal lag, um gegen Wind und Wetter geschützt zu sein.

Die Reisegesellschaft mußte hier sein, denn die Vorhänge waren nicht zugezogen, die Fenster standen offen, und durch den Garten lief der junge Johnny Bosanko, einen Hund hinter sich her, zur Tür.

»Hallo, Doktor!« schrie er. »Wir hatten Sie nicht vor dem Nachmittag erwartet, und Mr. Tregentil meinte, wenn es neblig wäre, würden Sie gar nicht kommen.«

Er hob den Riegel der Gartentür, während der Hund an dem Fremden in die Höhe sprang.

»Nun, Johnny, Mr. Tregentil hat sich eben geirrt«, erwiderte der Doktor. »Ich bin ziemlich rasch gereist. Habt ihr lange beim Frühstück getrödelt?«

»Ja, das schon«, sagte Johnny, »und jetzt bin ich wieder hungrig. Mrs. Polwhele sagt, das sei die Luftveränderung. Aber kommen Sie doch hinein, Sir, es ist so feucht draußen, und warten Sie, bis Mr. Tregentil zurückkommt.«

Doktor Carfax blieb auf der Schwelle stehn.

»Zurück? Wo ist er denn hingegangen?«

»Nach St. Columb. Noch vor keiner Viertelstunde. Er und Amyot und Mary. Sie sind alle drei nach St. Columb gegangen, um die Kirche zu besichtigen. Weil doch Mr. Tregentil glaubt, daß seine Ahnen dort begraben sind. Achtung auf die Stufe, Sir, und im Wohnzimmer brennt ein Feuer; und hier ist Mrs. Polwhele!«

Doktor Carfax wußte, welche Höflichkeit er der Schwester seiner Haushälterin schuldig war, lüftete den Hut, war froh, als er in den Lehnstuhl vor dem Kamin versinken konnte und den Tee trank, den sie ihm vorsetzte; dafür ließ er auch die Erzählung von ihrer und Monas Lebensgeschichte über sich ergehn, auf die er gern verzichtet hätte, denn er hatte sie schon ein Dutzendmal gehört. Sie sprach ohne Unterlaß, und er nickte von Zeit zu Zeit, schob dann und wann eine Bemerkung ein und war froh, daß das fragwürdige Interesse für die Gräber von Tregentils Ahnen, wenn es dergleichen geben sollte, Amyot Trestane für den Rest des Vormittags in der Kirche von St. Columb festhalten würde.

Ein Geruch von brennendem Fett, ein erschrockener Wehruf über das rasche Verstreichen der Zeit riefen Mrs. Polwhele an ihre Pflichten in der Küche, der Gast atmete, erleichtert seufzend, auf und gönnte sich die erste Pfeife seit dem Frühstück in Roche.

»Und so«, sagte er schmauchend zu Johnny, »war's dir

nicht gar so wichtig, in die Kirche mitzugehn? Warum denn nicht?«

»Weil's langweilig ist«, erklärte Johnny, ohne zu zaudern, »und wenn Sie mich fragen, so glaube ich, daß Mr. Tregentil überhaupt keine Ahnen hat. Und in Castle-an-Dinas – warum hat Amyot dort mehr gewußt als er?«

»Ja, ja«, knurrte der Doktor. »Und was hat Amyot denn gewußt?«

Johnny, der in den Manteltaschen des Gastes gestöbert und enttäuscht festgestellt hatte, daß die üblichen Hustenbonbons nicht vorhanden waren, kletterte zur Abwechslung auf den Möbeln herum.

»Nun, zunächst einmal hat er den Weg gekannt«, antwortete er. »Und wo die Durchlässe waren und wo der Weiher mit Trinkwasser, und während die andern schwatzten, zeigte er, wo man die Pferde auf und ab geführt hatte, bevor Dinas aufgegessen war.

Doktor Carfax knurrte abermals, und dann warf er einen Blick auf den Knaben.

»Dinas?« fragte er vorsichtig. »Ich glaubte doch, das sei der Name der Festung?«

»Vielleicht!« Johnny zuckte die Achseln. »Aber es war auch der Name des Besitzers, der ein Dienstmann des Königs war. Und wenn wir gerade von Königen sprechen – ich habe auch einen unter meinen Ahnen und Mary auch. Mr. Tregentil hat das in einem Buch gefunden.«

»Schwatz kein dummes Zeug!«

»Aber es ist wahr, Sir, ich gebe Ihnen mein Wort darauf. Er war ein König Hoel, und er lebte vor vielen, vielen Jahren in Carhayes. Und Vater wußte nichts davon, nur daß Großmama eine Miß Hoel gewesen war, bevor sie Großpapa Bosanko heiratete. Wir haben noch Großonkel und Großtanten zwischen Portloe und der Gerransbucht.«

Doktor Carfax stöhnte leise. Was, um Himmels willen,

hatte Tregentil jetzt im Sinn? Hoel und Bosanko ... als ob die ganze Situation nicht schon verwickelt genug wäre, ohne daß man den armen Bosanko hineinzog!

»An deiner Stelle«, meinte er behutsam, »würde ich das, was Mr. Tregentil sagt, mit einem Körnchen Salz aufnehmen.«

»Ja, Sir«, meinte auch Johnny. »Das mit dem König mag er übertrieben haben, aber Vater sagt, daß es drüben seit Generationen Hoels gegeben hat. Von einem der Hunde des Großonkels haben wir ja auch Pettigrew bekommen.«

»Was habt ihr bekommen?« Der Doktor fuhr auf.

»Den kleinsten Hund auf der Welt! Und Amyot liebt ihn sehr. Der Hund hat eine Glocke um den Hals und wird schrecklich verwöhnt; er ist bei Mrs. Lewarne.«

Doktor Carfax starrte in das Feuer vor ihm und bemerkte kaum, daß der Knabe pfeifend aus dem Zimmer lief. Stunden später – so schien es ihm wenigstens – hörte er das Geräusch von Wagenrädern, und aus seinem tiefen Sinnen gerissen, stand er auf und trat ans Fenster. Der Brougham war vor dem Farmhaus vorgefahren, und ein aufgeregter Mr. Tregentil stieg allein aus.

Düster wie ein Gewitterhimmel ging der Doktor zur Tür seinem Patienten entgegen, der eben die Schwelle überschritt.

»Wo ist Amyot?« fragte Carfax.

Mr. Tregentil, die Krähenfeder schief auf dem Hut, war sichtlich außer Fassung.

»Er ist mir durchgebrannt«, sagte er aufgeregt. »Und Mary auch. Ich war gerade in einem dunklen Winkel der Kirche und entzifferte die Aufschrift auf einem Grabstein – leider nicht dem eines Tregentil, von denen keiner hier zu finden ist. Man hatte mich falsch unterrichtet. Und plötzlich rief Mary: ›Amyot ist fort! Ich gehe ihm nach!‹ Und bevor ich noch ans Portal kam, war von beiden nichts mehr zu sehen. Ich suchte da, ich suchte dort, fragte

Vorübergehende, aber alles vergebens. Ich meinte darum, es wäre wohl das Beste, Dingle zu holen und den Brougham. Vielleicht würden wir sie auf der Straße treffen. Doch nichts zu sehen. Wir sollten wohl auf der Stelle nach St. Columb zurück.«

Doktor Carfax schaute hinauf und stellte fest, daß der Nebel sich noch dichter um die Bäume von Tresaddern schloß.

»Eine zwecklose Fahrt«, sagte er grimmig. »Diese Mühe können wir uns sparen.«

»Ja, aber warum, um Himmels willen? Wo können sie denn sonst stecken?« fragte Mr. Tregentil.

Der Doktor beobachtete den jungen Johnny, den Sproß aus dem Geschlecht verschwundener Hoels, der vor einer verfallenen Scheune auf und ab ging, einen Stock als Schwert schulterte, ohne der Blicke der Erwachsenen bewußt zu sein, und dann wandte sich Carfax an seinen bejahrten Patienten und schob ihn ins Haus.

»Nicht in Ihrer Welt, Tregentil, noch in meiner«, erwiderte er. »Aber in einem Grenzland von begrabenen Königen und Liebenden. Vielleicht auf der Straße zur ›Indischen Königin‹. Kommen Sie, wir wollen etwas essen, denn wir müssen vielleicht noch vor Anbruch der Nacht mit ihnen fahren.«

XXVII

Nun täuschet sie mit List und Spiel,
auf daß sie nicht erreicht ihr Ziel.

Am Abend bevor Linnet Lewarne und ihr Gatte ihre zweitägigen Ferien antraten, als die Schenke zugesperrt, die Läden geschlossen waren und Wirt und Wirtin sich zurückgezogen hatten, wartete Deborah Brangwyn, bis die Kirchturmuhr elf geschlagen hatte und alles still war, und dann glitt sie durch den Gang zu dem Zimmer ihres Herrn und klopfte sachte an die Tür.

Eine heisere Stimme antwortete, und Deborah trat ein. Der Wirt saß zusammengekauert auf der Seite des großen Kupferbetts, hatte sich noch nicht ausgezogen, und die Kerze warf seinen unförmigen Schatten an die Wand hinter ihm.

»Was ist los?« fragte er. »Ist deine Herrin krank?«

Deborah schüttelte den Kopf, hob den Finger vor die Lippen und schloß die Tür hinter sich.

»Nein, Sir«, flüsterte sie, »aber ich muß mit Euch reden. Und vielleicht gibt's keine andere Gelegenheit.«

Der Wirt blickte finster. »Es kann doch nicht so dringend sein, daß du mich so spät stören mußt«, brummte er. »Nun, heraus damit! Was gibt's?«

Deborah stellte die Kerze hin und blieb mit gekreuzten Armen stehn.

»Ihr sollt wissen, daß Eure Frau Euch betrogen hat, und daß sie das schon ziemlich lange tut.«

Mark Lewarne richtete sich auf, das Bett knarrte unter ihm; dann ließ er sich schwer fallen und griff nach dem Glas Whisky, das neben ihm stand.

»Ich will nichts von Klatsch hören«, sagte er rauh. »Davon krieg ich mehr als genug von Ned. Du kannst das Maul halten!«

Er schluckte den Whisky, und die Hand, die das Glas hinstellte, zitterte.

»Wenn ich spreche, so ist's um ihretwillen, nicht um Euretwillen«, sagte Deborah. »Sie hat hier ein schönes Heim und alles, was sie braucht, und dazu seid Ihr ein reicher Mann und werdet bald sterben, wenn Ihr so weitermacht wie jetzt. Seid wütend, wenn Ihr wollt, mir ist's gleich. Sobald Ihr einmal tot und begraben seid, mag sie machen, was sie will. Aber mit einem Habenichts, einem Landarbeiter durchzubrennen, einem Ausländer, der kaum dem Gefängnis entronnen ist, das wird ihr Leben zugrunde richten und Eures und meines dazu.«

Der Wirt starrte sie an; trotz all dem Whisky, den er getrunken hatte, war sein Kopf seltsam klar.

»So ist's also wahr«, sagte er langsam. »Der bretonische Bursche! Ned hat geschworen, daß er es ist, und ich wollt's nicht glauben. Sie haben sich getroffen, sie haben sich im Mondschein geküßt, aber das war im Sommer. Ist er denn nicht eingesperrt gewesen und hat ein paar Wochen auf die Verhandlung gewartet? Und jetzt ist er zurück, bei Bosankos und hat schwören müssen, daß er sich anständig verhalten wird!«

»Ja, das ist richtig«. Deborah nickte. »Aber nichts wird sie davon abhalten, miteinander davonzulaufen, wenn sie sich erst wieder getroffen haben. Vor zwei Tagen hat die Herrin ihm geschrieben, ich habe selber den Brief aufgegeben. Und nicht nach Lantyan. Dort ist er nicht. Er ist mit den Bosanko-Kindern zu einer Farm gefahren, die Tresaddern heißt, nur wenige Meilen von der ›Indischen Königin‹ entfernt. Jetzt versteht Ihr, warum sie so darauf versessen war, mit Euch zu fahren. Nicht wegen des Abendessens, noch wegen Eurer holden Gesellschaft, sondern seiner hellen Augen wegen tut sie das; um die Gelegenheit beim Schopf zu nehmen und durchzubrennen!«

Deborah ließ ihre Finger knipsen, und in dieser kurzen Geste sah der Wirt all die Hoffnungen und Träume zusammenbrechen, die er, allen Befürchtungen zum Trotz, in den letzten Monaten gehegt hatte. Sie waren fort, ohne Bedenken, ohne Rücksicht, zwei Liebende, blind gegen jegliches Gefühl der Pflicht, bestiegen ein Schiff und segelten für immer und unwiderruflich aus seinem Leben, Linnet und der bretonische Bursche, und das alles mit einem Knipsen von Deborahs Fingern.

»Ich will sie wecken«, sagte er. »Jetzt will ich gehn und sie wecken und mit ihr abrechnen.«

»Nein«, flüsterte Deborah rasch. »Auf diese Art werdet Ihr sie nie abhalten; es würde sie nur noch toller machen. Hört, was ich Euch sage...«

Sie trat näher, ihre Stimme war kaum vernehmbar, und ihrer beider Schatten verschmolzen an der Wand über jede Form hinaus, drohend, grotesk.

Nie, dachte Mark Lewarne, als er und seine Frau am nächsten Tag, von Tim Udy im viersitzigen Wagen, einer sogenannten Barutsche, gefahren, nach St. Austell aufbrachen, nie war Linnet so schön gewesen; nie in den zwei Jahren ihrer Ehe so unbefangen, so heiter.

Sie lächelte sogar Ned Varcoe zu, den sie so sehr verachtete, und hieß ihn, gut aufzupassen, daß das Gasthaus in ihrer Abwesenheit nicht in Flammen aufging, und dann küßte sie das Hündchen auf den Kopf, der nicht größer war als eine Männerfaust, vertraute Deborah das Tier an, mit dem Befehl, es mit gekochtem Kaninchenfleisch zu füttern.

»Du selber magst kaltes Fleisch essen«, sagte sie, »aber Pettigrew muß vom besten haben!«

Damit stieg sie wie eine Königin in den Wagen, die Hände in einem warmen Muff, und der blaue Stoff ihres Mantels paßte zu dem Blau ihrer Augen.

Sie hielten vor dem ›Weißen Herzen‹ an, und sie bestand darauf, daß ihr Mann mit ihr einkaufen gehn sollte, sie wollte Handschuhe und einen neuen Hut, den phantastischsten Hut, den man je gesehen hatte, nur aus Samt und Bändern bestehend. Während sie wählte, unterhielt sie sich mit dem Verkäufer und erklärte, sie würde ihn beim Abendessen tragen, denn sie und keine andere sei die ›Indische Königin‹. Sie verließen den Laden, Linnet den Hut unternehmungslustig schief auf dem Kopf, den

Arm in den Arm ihres Mannes gelegt, und wahrhaftig, dachte Mark Lewarne, sie hat nicht nur mich behext, sondern den ganzen Ort, denn jeder, an dem sie vorüberkamen, starrte sie an, schaute ihr bewundernd nach, während im ›Weißen Herzen‹ sein Freund, der Wirt, sie mehr wie eine Königin behandelte als wie die Frau eines andern Wirtes.

Es kann nicht wahr sein, sagte sich Mark Lewarne, als sie ihm beim Essen zutrank; es kann nicht wahr sein, was Deborah gesagt hatte, sie hat nicht vor, mich zu betrügen, keine Frau mit einer Lüge auf dem Gewissen könnte sich so unbefangen, so völlig unschuldig benehmen.

»Diese Ferien waren es, die ich gebraucht habe«, sagte sie zu ihm. »Ich habe mich schon seit langem nach einer Luftveränderung gesehnt. Schon jetzt fühle ich, als wäre ich ein anderer Mensch«, und sie überließ sich willig seinen Armen, zum ersten Mal seit Monaten, als sie den Raum betraten, den sie teilen sollten.

Wie ein unschuldiges Kind schlief sie neben ihm, sie, die seit allzu langer Zeit die Tür zugeschlagen hatte, wenn er sich ihr nähern wollte, oder sich gar eingesperrt hatte, um ihn noch tiefer zu kränken. Und was, wenn es Eifersucht und Groll gewesen waren, was Deborah dazu getrieben hatte, sie zu beschuldigen? Frauen mögen solche Dinge tun, wenn sie gekränkt sind. Linnet war seit August nicht ausgefahren noch hatte sie einen Besuch in Lantyan gemacht; das wußte er mit völliger Bestimmtheit. Den größten Teil der Zeit hatte sie damit verbracht, in dem großen Gastzimmer zu sitzen, den lächerlichen Hund auf den Knien – kalt und schmollend, gewiß, doch vielleicht aus dem Grund, den sie ihm heute abend genannt hatte – sie brauchte Luftveränderung.

Wir wollen sehen, was der Morgen bringt, entschied ihr Gatte, bevor er in einen unruhigen Schlaf versank. Ist sie noch immer freundlich und liebevoll und benimmt sich so bis zum Ende der Reise, dann ist Deborah eine Lügnerin, und je rascher ich sie aus dem Haus jage, desto besser für uns beide!

Der Morgen brachte Nebel, eine klebrige, kalte Luft trieb vorbei, als Linnet aufwachte und das Fenster weit aufriß. Hastig zog sie sich an und schloß bereits ihr Kleid, als ihr Gatte die Augen aufschlug.

»Wozu die Eile?« brummte er. »Wir haben doch den ganzen Tag vor uns.«

Seine Frau, um Mitternacht so zärtlich, würdigte ihn jetzt keines Blicks.

»Die Sonne hat uns verlassen«,sagt sie kurz. »Am besten wir fahren, bevor das Wetter mir den Hut verdirbt.«

Dann begriff er. Das war das Wetter, bei dem jeder vollsinnige Mensch daheim blieb. Er gähnte und streckte sich. »Hier wär's viel gemütlicher«, bemerkte er, und sein Blick haftete an ihr. »Bleiben wir noch einen Tag hier, machen wir unsere Einkäufe, und dann fahren wir heim. Und auf die ›Indische Königin‹ können wir verzichten.«

Sie war mit ihrer Frisur beschäftigt, als sie jetzt ans Bett trat.

»Schäm dich, Mark Lewarne!« Und sie zog ihm die Decke weg. »Vor ein wenig Nebel Angst zu haben! Wenn wir erst höher hinaufkommen, wird's schon heller sein. Alle deine Freunde sind in der ›Indischen Königin‹, und der Wirt von ›Rose und Anker‹ in Troy wagt sich nicht an die Luft!«

Wenn seine Stimmung umschlug, so war es nicht des Wetters wegen, sondern vor ihren kalten Augen, vor ihrem entschlossenen Kinn. Der Köder mußte sehr üppig sein, um sie bei so fragwürdigem Wetter etliche neun Meilen an einen unbequemen Ort in einer reizlosen Gegend zu locken.

Als sie hinunterkamen, bereit, ihren Wagen zu besteigen, da musterte der Wirt des ›Weißen Herzens‹ sie erstaunt.

»Ihr werdet doch bei diesem Nebel nicht weiterfahren?« rief er. »Bei St. Denis wird's dicht sein wie ein Tuch! Sobald ich die Läden geöffnet hatte, beschloß ich, nicht zu fahren. Und ich sage Euch, Lewarne, das Essen wird überhaupt nicht stattfinden; kein Mensch wird von Bodmin oder Truro kommen, wenn die Leute sehen, wie das Wetter ist.«

Lewarne warf seiner Frau einen Blick zu, um zu sehen, wie sie das aufnahm. Doch Linnet lächelte am Morgen nicht, sondern streckte dem Wirt die Hand entgegen.

»Vielen Dank für Euren Rat«, sagte sie. »Aber wir wollen ihn doch nicht annehmen. Es geschieht nicht gar so oft, daß mein Mann und ich uns Ferien gönnen. Wenn wir uns verirren sollten, dann brauchen wir nur am Straßenrand halt zu machen. Er wird es nicht zu bereuen haben.«

Daraufhin stimmte der Wirt des »Weißen Herzens« ein lautes Gelächter an und klopfte seinem Freund auf die Schulter.

»Bei Gott, mir wär's auch nicht leid, wenn ich an seiner Stelle wäre! Und eines kann ich Euch sagen, Ma'am! Wenn das Essen stattfindet, wird euer Gatte der meistbeneidete Mann am Tisch sein.«

Möglich ... dachte Mark Lewarne. Könnte sein ... aber nur, wenn die Frau, die er letzte Nacht in den Armen gehalten hatte, ihm allein gehörte. Und das war, beim Licht des Morgens besehen, fraglich.

»Hüh! Und fort da!« rief Tim Udy, der bei der Aussicht von zwei Nächten unbezahlter, in Freiheit und fern von einer scheltenden Frau genossener Getränke, die Pferde in die Hölle gelenkt hätte; noch ein paar öde Meilen, und eine andere gastliche Stätte würde nur dazu dienen, seinen Durst zu steigern. Er rechnete, wie auch Linnet, auf eine Besserung des Wetters, doch anders war es, ob man an einem schönen Morgen, alle Merkzeichen zu sehen waren, nach St. Denis aufbrach, und anders, ob man über dasselbe Gelände bei immer dichterem Nebel fuhr und die Straße sich in alle Richtungen zu verzweigen schien. Waren sie denn auch wirklich überhaupt auf der Straße von St. Denis? Oder fuhren sie einfach ins kahle Land hinein? Die Pferde stapften weiter, Tim Udy spähte nach rechts und nach links, verwünschte den Mangel an Wegweisern, und im Wagen saß Mark Lewarne stumm und merkte, daß die Hände seiner Frau sich im Muff unablässig regten.

»Er hat die Straße verfehlt«, sagte sie immer wieder. »Hörst du? Der Esel hat die Straße verfehlt!«

»Und wenn«, erwiderte ihr Gatte, »können wir ja jederzeit umkehren.«

Darauf gab es keine Antwort, nur ein ungeduldiges Klopfen ihres Fußes auf den Boden und eine erbitterte Geste. Das war nicht mehr das lächelnde, versöhnliche Weibchen von gestern. Und das Herz wurde ihm schwer.

Gegen Mittag war es, als Mark Lewarne aus dem Fenster zur Linken schaute und einen Fluß sah.

»Das muß der Fal sein!« rief er. »Und dann sind wir meilenweit von unserem Weg entfernt und können es ebensogut aufgeben.«

»Ach Gott!« rief Linnet. »Und du sitzt da wie ein Idiot und kümmerst dich um gar nichts? Steig aus, erkundige dich! Dort drüben, unter den Bäumen, ist ein Bauernhaus.«

Es war tatsächlich der Fal, berichtete ihr Gatte, nachdem er an der Tür des Bauernhauses geklopft hatte. Sie hatten einige Meilen vorher die Straße von St. Denis verlassen und auf diese Art einen Umweg gemacht. Doch diese schlechte Straße brächte sie am Ende auch an ihr Ziel.

»Am Ende?« fragte Linnet. »Und wann wird dieses Ende sein?«

»Etwa zwischen halb zwei und zwei«, erwiderte Lewarne. »Das hängt davon ab, wie Tim mit den Pferden umgeht, und ob der Wagen sich zwischen den Hecken durchquetschen kann. Zeit genug, damit wir uns ausruhen und umziehen können, bevor um fünf Uhr das Abendessen beginnt.«

»Das Abendessen!« Linnet warf sich in die Kissen zurück. »Meinetwegen kannst du und deine Kumpane daran ersticken! Ich will nichts davon wissen.«

So hatte Deborah also recht gehabt! Die Fröhlichkeit des Vortags war eine Täuschung gewesen oder, schlimmer noch, die Vorwegnahme von allerlei Freuden. Und die Zärtlichkeit der Nacht ein niederträchtiger Betrug! Er tastete in seiner Tasche nach der Phiole, die Deborah ihm gegeben hatte, und hielt sie fest zwischen den Fingern.

Es war nicht weit von zwei Uhr, als der Wagen aus dem Seitenweg in die Hauptstraße einbog und vor der ›Indischen Königin‹ vorfuhr. Der Nebel war ebenso dicht wie zuvor, und ein dünner Regen rieselte dazwischen. Kein anderes Fuhrwerk als ihres stand vor dem Wirtshaus, die Tür war geschlossen, das Schild schwankte über dem Eingang hin und her, und die frische Farbe tropfte aus den Augen der dunkelhaarigen Schönheit.

»Das war gerade noch nötig!« sagte Linnet, ohne sich zu rühren. »Daß das Haus verriegelt ist und die Leute anderswohin gegangen!«

Ein Gesicht erschien am Fenster, und als Mark Lewarne aus den Wagen gestiegen war, hatte auch die Tür des Wirtshauses sich geöffnet, und der Wirt, Bill Hext, stand vor ihnen, den Mund vor Erstaunen weit aufgerissen.

»Mein Gott!« rief er. »Wenn das nicht Mark Lewarne ist! Und bisher der einzige Tapfere. Andere mögen sich auch noch einfinden, und dann werden wir unseren Spaß haben. Nur herein! Nur herein! Und Ihre gute Dame auch!«

Als Linnet eintrat und sich umsah, bemerkte sie, daß es hier erheblich anders war als in ihrem eigenen tadellos gehaltenen Gasthof in Troy. Das hier war nichts als eine Schenke an der Straße mit niedriger Decke, die Balken rauchgeschwärzt, ein langes Tischgestell für etwa ein Dutzend Gäste bereit, mit sehr minderwertigen Gläsern, Messern und Gabeln, alles nicht allzu sauber, und es stank bereits nach Bier und Tabak, während ihr Wirt in Hemdärmeln sich den Kopf kratzte und grinste und mit seiner fleckigen Wäsche verriet, daß er keine Frau hatte, die für ihn sorgte.

»An Gesellschaft soll es Euch nicht fehlen, meine Lieben«, sagte er, »denn wenn vielleicht auch keiner von zehn Meilen oder weiter herkommt, so haben wir doch ein paar Landstreicher hier und Grubenarbeiter, und mit denen werden wir uns einen lustigen Abend machen. Ein halbes Lamm brät schon, und ich will's nicht verkommen lassen!«

Und er drängte seinen Gästen Gläser auf und schob die Katze von dem Sitz in der Kaminecke.

»Setzt Euch, meine Lieben, setzt Euch«, bat er Linnet. »Zieht Euch nur die Schuhe aus, wenn Ihr Lust habt; die Katze wird Euch nicht kratzen!«

Mark Lewarne beobachtete unbehaglich die verächtliche Haltung seiner Frau. Die geringste Schwierigkeit jetzt, und sein Plan konnte mißlingen. Oder vielmehr Deborahs Plan.

»Eine Halbe Apfelmost für die Frau, bitte, Bill!« sagte er. »Sie rührt keinen Schnaps an.« Und leiser setzte er hinzu, als spräche er nur mit dem Wirt: »Um die Wahrheit zu sagen – sie ist durch das Wetter ein wenig aus der Fassung gebracht. Sie hatte sich so sehr gewünscht, spazieren zu gehn und sich die Gegend anzusehen.«

Bill Hext streckte die Hand nach dem Faß mit dem Apfelmost aus.

»Spazierengehen?« lachte er. »Na, heute wird sie nicht in der Gegend herumlaufen, wenn sie sich nicht unbedingt auf dem Moor verirren will. Gebt ihr das, und ich werde Eurem Kutscher sagen, wo er die Pferde unterbringen kann. Oben ist ein Zimmer für Euch bereit, alles ist frisch gelüftet worden, ich habe noch heute morgen selber darauf gesehen.«

Mark Lewarne, den Rücken Linnet zugekehrt, die den angebotenen Platz am Kamin verschmähte und sich die Hände über dem Feuer wärmte, ließ die Tropfen der Flüssigkeit aus der Phiole, die er unsichtbar in der Hand hielt, in den Apfelmost fallen. Als Bill Hext hinausgegangen war und Tim Udy rief, brachte Mark Lewarne das Glas seiner Frau.

»Trink's nur«, sagte er mit einer seltsamen rauhen Zärtlichkeit. »Mir tut's ebenso leid wie dir, daß der Ausflug schief gegangen ist.«

Sie nahm das Glas, und zu seiner Überraschung trank sie es ohne zu zaudern.

»Das ist besser«, sagte sie. »Dein Freund hat einen guten Apfelmost, wenn schon sonst nichts. Und ich komme doch noch zu meinem Spaziergang.«

Wenige Minuten später kehrte Bill Hext zurück und schlug die Tür hinter sich zu.

»Herrgott«, sagte er, »wir werden ihnen mit einem Horn die Richtung angeben müssen; was anderes kann da nicht helfen!« Und er griff nach einem Haken oberhalb des Schanktisches, holte ein altes kupfernes Horn herunter und setzte es an die Lippen.

»Um Himmels willen verschont uns!« rief Linnet, ließ den Muff fallen und hob die Hand an die Ohren. »Blast nach dem Abendessen, wenn Ihr Lust habt, aber nicht jetzt! Wo liegt denn Castle-an-Dinas, Mr. Hext, und wie weit ist's von hier?«

Der Wirt wischte das Mundstück des Horns an seinem Ärmel und schaute seinen Gast einigermaßen erstaunt an.

»Wird so drei Meilen sein, wenn Ihr geradeaus geht«,

erwiderte er. »Wenn's aber das ist, wohin ihr gehn wollt – nein, das würdet ihr nicht finden! Es ist nichts dort zu sehen; nicht einmal bei schönem Wetter. Gerade nur ein Hügel und Gräben rundherum.«

Linnet blieb sekundenlang unsicher stehn und schaute nach der Tür.

»Zeigt mir den Weg!« sagte sie. »Mir ist's gleich, wie weit man zu gehn hat. Zeigt mir den Weg!«

Jetzt aber stockte ihr die Stimme, und als sie einen Schritt auf die Tür zu machte, taumelte sie.

»Ich muß hingehn!« schrie sie. »Ich muß hingehn!«

Ihr Gatte fing sie auf, als sie zusammenbrach, nahm sie in die Arme und, eine seltsame Mischung von Verlegenheit und Scham auf den Zügen, stammelte er: »Sie ist nicht ganz wohl, das ist die Wahrheit. Ihr wißt, wie das ist. Kann ich sie hinauftragen?«

Der Wirt nickte verdutzt.

»Ja, natürlich! Aber so plötzlich ohnmächtig zu werden! Ist was Kleines unterwegs?«

Darauf gab Mark Lewarne keine Antwort. Die Frage war nie an ihn gerichtet worden; jetzt aber, als er sie hörte, klang sie bittersüß. Mochte Bill Hext denken, was er wollte, und den andern Gästen erzählen, was er wollte, wenn noch andere Gäste kamen. Er legte Linnet in dem kahlen, kleinen Zimmer über der Schankstube auf das Bett und deckte sie mit der rauhen, grauen Decke zu.

Dann drehte er den Schlüssel im Schloß um und kehrte zu dem Wirt zurück.

XXVIII

DIE ›INDISCHE KÖNIGIN‹

Als Mary in der Kirche von St. Columb über ihre Schulter schaute, sah sie, daß Amyot nicht mehr da war, und sie wußte im Nu, daß da etwas nicht stimmte. Sie verlor keine Zeit damit, in der Kirche nach ihm zu suchen, sondern ging rasch zur Tür und hinaus und quer durch den Kirchhof und sah gerade noch seinen Rücken in der schmalen Gasse zur Rechten verschwinden. Der Instinkt gebot ihr Vorsicht. Amyot durfte nicht wissen, daß sie ihm folgte, und er wanderte tatsächlich zielbewußt weiter, ohne sich auch nur ein einziges Mal umzudrehen. Statt sich auf der Straße, auf der sie am Morgen gekommen waren, links, nach Tresaddern zu wenden, ging er weiter, hügelaufwärts, an Läden und Häusern vorüber, bis St. Columb bald hinter ihnen lag und nichts vor ihnen als die offene Straße. Jetzt machte Mary halt, denn der Wegweiser zeigt nach Truro, das, wie sie wußte, in der entgegengesetzten Richtung der Farm lag und mindestens fünfzehn Meilen entfernt war. Das Wetter verschlechterte sich, ein dünner Regen fiel, und schon tauchte Amyot in den Dunst ein und würde ihren Blicken bald entschwunden sein. Es war zwecklos, länger die Spionin zu spielen, und so begann sie zu laufen und hinter ihm her zu rufen.

»Amyot« rief sie. »Amyot! Warte auf mich!«

Sie sah, wie er sich umwandte und spähte, und als sie ihn erreicht hatte, lächelte er ihr nicht zu, wie das sonst seine Art war, sondern stand da und musterte sie mit einem seltsamen ernsten Blick.

»Ärgere dich nicht!« Sie war fast den Tränen nah. »Ich habe gesehen, wie du aus der Kirche fortgegangen bist, und da mußte ich dir nachgehn. Irgendwas ist nicht in Ordnung. Das habe ich gewußt, als wir gestern nachmittag nach Tresaddern kamen und du den Brief erhalten hast.«

Er antwortete nicht gleich, und als er es tat, klang seine Stimme anders als Amyots Stimme, die ihr vertraut war. Es war eine rauhe Stimme, die Stimme eines Fremden.

»Du tätest am besten, zurückzukehren«, sagte er. »Da gibt's sonst nichts, was du tun könntest.«

Er drehte sich um und ging weiter, aber sie griff nach seiner Hand und lief neben ihm her.

»Amyot«, sagte sie, und nun rollten ihr Tränen über die Wangen, »du hast es Vater versprochen. Du hast Vater dein Ehrenwort gegeben. Du bist nicht frei, du kannst nicht tun, was dir beliebt!«

Er versuchte, sie abzuschütteln, sein Gesicht war blaß und mit dem ungewohnten Ernst fast erschreckend.

»Ich habe mein Wort einem andern Menschen gegeben, bevor ich es ihm gab«, erwiderte er, »und es beliebt mir nicht, zu tun, was ich tu, sondern ich muß. Es ist etwas, das stärker ist als ich selber, und ich kann es nicht abschütteln. Geh zurück, Mary, bevor ich dir böse werde.«

»Nein«, schluchzte sie. »Nein, ich gehe nicht. Du bist uns allen viel zu lieb, und ich will nicht, daß du zugrunde gehn sollst!«

Da blieb er wieder stehn und schaute auf sie hinunter. St. Columb war im Nebel verschwunden, und das Land umgab sie öde und trostlos. Er zog sie an die Straßenseite. »Ihr seid mir auch teuer, Mary. Du und Johnny und die andern und sogar der arme Mr. Tregentil mit seiner freundlichen Art, aber keiner von euch kann mich aufhalten!«

»Es geht um Mrs. Lewarne, nicht wahr?« rief Mary. »Darum läufst du davon. Du willst Mrs. Lewarne treffen. Der Brief war von ihr!«

»Gib ihr diesen Namen, wenn du willst«, sagte Amyot. »Ich habe sie nie so genannt. Sie ist mir teurer als mein Leben; das ist alles, was ich weiß.«

Da wußte Mary, daß nichts, was sie sagen konnte, ihn davon abhalten würde, zu ihr zu gehn. Er redete beinahe, als wäre er schon an ihrer Seite oder in einem Traum befangen, und hier auf der Straße zu stehn, war für ihn ohne jeden Sinn, war völlige Unwirklichkeit. Für das Kind aber war die Wirklichkeit klar genug. Jeder Instinkt sagte ihr, daß sie ihm gegenüber fest sein mußte und überdies listig, sonst würde sie ihn verlieren.

»Ja, Amyot«, sagte sie. »Ich verstehe. Du liebst sie, und es gibt auf der Welt für dich nichts als sie. Daraus mache ich dir keinen Vorwurf. Laß mich aber mit dir gehn, bis du sie gefunden hast. Das ist alles, worum ich bitte.«

Ihr war es, als wäre sie mit einemmal alt und klug geworden, und er wäre das kleine Kind, jünger als Johnny, und bedürfe ihres Schutzes. Er wußte nicht, daß er in Gefahr war, und dieses Wissen mußte sie von ihm fernhalten.

»Sie wird bei diesem Nebel den Weg hierher nie finden; das ist's, was mich beunruhigt.« Er schaute auf die Straße. »Sie wird es tapfer versuchen, aber sie kann sich verirren, und es kann ihr etwas zustoßen. Darum habe ich die Straße von Truro genommen, auf der es weniger als drei Meilen bis zur ›Indischen Königin‹ sind.«

.»Die ›Indische Königin‹?«

»Ja, das ist das Gasthaus, wo sie wohnen, und wo irgendein Abendessen stattfinden soll. Sie glaubte, sie würde noch vor Mittag dort sein, und ich sollte sie zwischen eins und zwei in Castle-an-Dinas treffen.«

Die Kühnheit dieses Ansinnens empörte Mary. Woher wußte Mrs. Lewarne, daß Amyot ohnehin in der Gegend war, und wie konnte sie so schamlos sein, sich mit ihm auf der Festung treffen zu wollen, wo Mr. Tregentil mit seinen Schutzbefohlenen war! Und sie selber war doch mit ihrem Gatten gekommen!

»Wären wir nicht nach St. Columb gegangen, wäre das

Wetter schön gewesen und wir alle hätten unser Picknick oben auf der Festung gehalten, wie wir es gestern getan haben – wie hättest du Mr. Tregentil ihre Anwesenheit erklären können?«

Er zuckte die Achseln; diese Frage schien ihm ganz gleichgültig zu sein, ja, sie war ihm, seltsam genug, überhaupt nicht in den Sinn gekommen.

»Ich wäre ihr auf der Straße entgegengegangen, wie ich es jetzt tu«, sagte er. »Es hat keinen Zweck, Mary; nichts kann uns zurückhalten. Das habe ich dir schon gesagt. Komm also und geh mit mir, wenn du willst. Ich darf nicht länger säumen.«

Wieder schritt er aus, und sie mußte sich sehr bemühen, um an seiner Seite zu bleiben. Der Nebel mußte doch die Reisenden auf ihrem Weg zu dem Abendessen aufgehalten haben, und wenn Mr. Lewarne selbst in der ›Indischen Königin‹ war und andere Leute auch, wäre Mrs. Lewarne doch völlig von Sinnen, wenn sie versuchte, ihren Plan auszuführen. Je näher sie kämen, desto klarer würde Amyot erkennen, daß er eine Torheit beging, und dann, wenn sie ihm zuredete, wäre er wohl bereit, mit ihr nach Tresaddern zurückzukehren.

Ein Feldweg zweigte zur Rechten, ein anderer bald darauf zur Linken ab, doch noch immer blieb Amyot auf der Hauptstraße, denn auf ihr, so sagte er immer wieder, müßte er zu einer Straßenkreuzung kommen, und dort würde er sich im ersten, besten Bauernhaus nach der ›Indischen Königin‹ erkundigen. Mary, die schon von Tresaddern nach St. Columb gegangen war, schmerzten die Füße, sie war müde, und zu ihrem Leid um Amyot gesellte sich noch die Sorge – denn was würde Mr. Tregentil von ihnen beiden denken? Würde er sie in St. Columb suchen lassen? Die Polizei rufen? Und dann würde man Amyot festnehmen und wieder ins Gefängnis stecken!

›Die Indische Königin...? Die Indische Königin‹... wie

in einem Taumel wiederholte sie sich beständig den Namen, doch es war nicht mehr der Name eines Gasthauses, es war der Name Mrs. Lewarnes mit ihrem falschen Lächeln, wie sie ihnen zuwinkte, Haar und Hals mit Edelsteinen bedeckt!

Endlich kamen sie zu einigen Bauernhäusern, und beim ersten erkundigte Amyot sich nach dem Weg. Als er wieder bei Mary war, sah sie ihn zum ersten Mal an diesem Morgen lächeln; wieder war er der Gefährte, den sie kannte, den sie liebte.

»Wir sind nicht mehr weit«, sagte er. »Die nächste Abzweigung nach links sollte uns zum Gasthaus bringen. Die Frau im Haus glaubte, ich sei auch zum Abendessen geladen, und ich habe sie dabei gelassen.«

Jetzt begann Marys Herz schneller zu schlagen, denn was war seine Absicht, wenn sie bei der ›Indischen Königin‹ ankamen? Unerschrocken hineinzugehn und nach Mrs. Lewarne zu fragen? Vor Mr. Lewarne und den andern Gästen?

Sie bogen in den Seitenweg ein, den man Amyot angegeben hatte, und kamen bald zu einer Hauptstraße, wo ein Gebäude stand, das nichts anderes sein konnte als die ›Indische Königin‹. Doch welch schöner, vielversprechender Name für ein so kümmerliches Wirtshaus, und wie wenig glich die Königin auf dem Schild Mrs. Lewarne! Während Amyot und Mary dort standen und Ausschau hielten, denn das Gasthaus wirkte recht verlassen, hörten sie das Geräusch von Rädern, die von rechts auf der Straße aus dem Nebel heranrollten, und auch Stimmen, und rasch zog Amyot Mary in den Graben, und sie kauerten dort und warteten, daß der Wagen vorüberfahren würde. Jetzt wurde er sichtbar, ein großer Wagen, beladen mit einer Schar singender, lachender Männer, und fuhr mit einem Gerumpel und Geklapper vor, das jeden im Haus wecken mußte.

»Sie sind zu dem Abendessen gekommen«, flüsterte Mary. »Und es ist noch nicht einmal halb drei, und wir wissen nicht einmal, ob Mrs. Lewarne überhaupt da ist.«

Amyot hob warnend die Hand, und sie beobachteten, wie die Männer mit großem Geschrei aus dem Wagen kletterten; dann öffnete sich die Tür des Gasthauses, eine Stimme forderte sie auf einzutreten, noch mehr Lärm, noch mehr Geklapper wurde laut, und sieben oder acht Männer drängten sich ins Haus. Der Kutscher wendete und fuhr zurück, vielleicht um noch weitere Gäste zum Abendessen zu holen. Langsam erstarb das Stapfen der Pferde in der Entfernung, und alles war wieder still.

»Was willst du jetzt beginnen?« fragte Mary.

Amyot sah sie an. Sein Haar war feucht vom Nebel und dem dünnen Regen, sein Gesicht schmutzig vom Schlamm des Grabens, darin sie sich versteckt hatten, und jetzt sah er wirklich aus wie ein Landstreicher, meinte Mary, ja, sogar wie ein Dieb; wenn er an die Tür klopft, wird man ihn nicht einlassen.

»Warte hier«, sagte er. »Ich will sehen, ob hinter dem Gasthaus Stallungen sind. Und wenn, mögen ihre Pferde und ihr Wagen dort sein...« Und schon war er fort, hatte die Straße überquert und verschwand um die Ecke des Gasthauses. Wie öde und trostlos war es, hier im Graben auf seine Rückkehr zu warten! In den Fenstern war noch kein Licht, das einzige Lebenszeichen war der Rauch, der aus dem Schornstein aufstieg, und das Knarren der ›Indischen Königin‹, die in ihren Angeln schwang.

Amyot war bald wieder da und winkte ihr; sie eilte über die Straße, und er zog sie in eine Deckung.

»Die Pferde und die Barutsche sind da«, sagte er. »Und der Kutscher ist drin. Ich habe ihn von diesem Fenster aus gesehen; er sitzt an einem Tisch, wahrscheinlich in der Küche. Ich habe einen Plan, Mary, und ich möchte, daß du Zutrauen zu mir haben sollst.«

Er lächelte wieder zuversichtlich. Vermutlich, weil er jetzt annahm, Mrs. Lewarne könne nicht weit sein, und sie würden sich bald finden.

»Was willst du, Amyot?«

»Ich möchte, daß du in dem Stall, bei den Pferden wartest», sagte er. »Dort, auf dem Stroh ist es warm, und du wirst in Sicherheit sein. Warte, bis ich zurückkomme; wie lange es dauern wird, das kann ich dir nicht voraussagen. Zunächst aber – hat sich mein Äußeres seit einem Jahr verändert?«

»Was meinst du damit – verändert?« Mary war verdutzt. »Du bist größer und breitschultriger geworden, wenn's das ist, woran du denkst. Und so wie du jetzt angezogen bist und durchnäßt dazu, könnte dich heute nur ein guter Freund erkennen.«

»Das ist's, was ich gemeint habe.« Amyot war sichtlich sehr zufrieden. »Er hat mich nur ein einziges Mal gesehen, und das war, als ich mich vor diesen selben Wagen warf und der Mann halbtoll vor Angst war...«

Mary begriff, daß er von Mark Lewarne sprach. Sie, Mrs. Lewarne, würde ihn bestimmt erkennen, nicht aber ihr Gatte. Und wieder überkam sie die Angst.

»Sei vorsichtig«, drängte sie. »Ach, Amyot, sei vorsichtig!«

»Ich werde an die Tür klopfen und fragen, ob man einen Musikanten braucht, der ihnen zum Essen aufspielt. Ich habe kein Instrument bei mir, aber ich kann für sie singen. Ich will sagen, daß ich ein wandernder Musikant bin, daß ich mich mit meiner Truppe verzankt habe, und jetzt nicht weiß, wo ich hingeraten bin. Wenn ich nur meine Geige nicht verbrannt hätte, wäre es doch beinahe wahr.«

Es war nicht anders, als hätte Johnny irgendein törichtes Spiel erfunden. Er wirkte durchaus nicht wie ein erwachsener Mensch. Es war gefährlich, was er vorhatte, doch das bekümmerte ihn nicht.

»Ich will auf dich warten«, sagte sie, »aber bitte, bitte, Amyot, bleib nicht zu lang!«

Dann verschwand er wieder, und sie kroch in den dunklen Stall, zu den Pferden, und warf sich auf's Stroh. Es war kein Laut zu hören, bis auf die sachten Bewegungen der Pferde, die ihr Heu fraßen, und das Ticken von Marys Uhr. Und in dem Mädchen wuchs die Angst. Was würde im Wirtshaus geschehen? Sie war hungrig und müde und durchnäßt, doch das alles war nicht wichtig. All ihre Besorgnis galt Amyot und der Gefahr, die ihm um Mrs. Lewarnes willen drohte. Sie war es, die all diesen Kummer über sie beide gebracht hatte; wäre es nicht um sie, so säßen Mary und Amyot jetzt behaglich im Wohnzimmer der Tresaddern-Farm.

Eine Stunde verging, und er kam nicht, und dann schlich sie in den Hof und hörte durch das offene Fenster das Singen und Lachen und dazu den Schall einer Trompete. Ja, es mußte eine Trompete sein, aber sie tönte rauh und verstimmt. Sie wagte sich näher an das Fenster, und sie sah, daß die Küche selbst leer war, doch eine Tür stand weit offen zu einem Raum, der wohl die Wirtsstube sein mußte, und dort war eine ganze Schar von Männern, die tranken und lachten, und einer von ihnen, nicht aber Amyot, hielt eine große Trompete an den Mund. Und dann erblickte sie ihn. Sein Rock war offen und die Ärmel über die Ellbogen hinaufgerollt, so daß jener seltsame Armreif sichtbar war, den er – so wenigstens hatte er es Johnny erzählt – in einem Graben gefunden hatte. Und über ihm hing an einer Schnur ein Apfel von einer brennenden Lampe herunter, und er versuchte hineinzubeißen, während die Männer sich vor Lachen schüttelten und ihm Beifall spendeten. Dann erinnerte sie sich. Es war Allerheiligen. Und das waren die Spiele, die man zu Allerheiligen daheim spielte. Doch hier, in der ›Indischen Königin‹, war es irgendwie unheimlich und anders, hatte gar nichts von der fröhlichen Stimmung im Elternhaus, und die Männer, die tranken und schrien, ja, sogar Amyot selber, dem das Haar über die Augen fiel, sahen seltsam wild aus. Frauen waren überhaupt nicht im Raum. Tim Udy, der Kutscher, war da; das Gesicht schon stark gerötet, lehnte er an der Wand, und dort, am Ende der Stube, war der Wirt von ›Rose und Anker‹, auch er, wie Amyot, in Hemdsärmeln, und er schwankte hin und her und trank.

Plötzlich duckte sich Amyot, packte den schwebenden Apfel mit den Zähnen und hielt ihn fest, und da jubelten die Männer ihm zu, und die Trompete dröhnte.

»Er hat die Königin gewonnen!« schrie einer. »Ein tüchtiger Bursche! Er hat die Königin gewonnen!« Und sie drängten sich um Amyot, schlugen ihm auf die Schulter, und Amyot, mit schimmernden Augen, biß den Apfel entzwei und warf die eine Hälfte über seine Schulter. Das Stück traf den Wirt von ›Rose und Anker« zwischen die Augen, und er schwankte näher und schüttelte, halbbetrunken, wie jedermann bemerken konnte, die Faust, und ein anderer Mann in Hemdsärmeln hielt ihn fest und rief lachend:

»Jetzt ist's an Euch, Lewarne! Ihr müßt jetzt die Wahl zwischen den vier Schalen treffen. Und wenn Ihr richtig wählt, dürft Ihr hinaufgehn und Euch Eurer schlafenden Gattin gesellen!«

Die vier Schalen... ja, das war auch ein Spiel, aber eines, das ihre Mutter sie nie spielen ließ, denn es war nicht schicklich. Vier Schalen wurden in die vier Ecken des Zimmers gestellt. Eine Schale war mit Kieseln gefüllt, die zweite war leer, die dritte enthielt reines Wasser und die vierte Schlamm. Der Wählende mußte mit verbundenen Augen im Zimmer herumkriechen und eine Schale suchen. Wer die Kiesel fand, fand Gold und würde reich werden; wer die leere Schale fand, würde als Bettler enden. Die Schale mit reinem Wasser weissagte einen treuen Ehegefährten, doch die Schale mit Schlamm verhieß Ehebruch. Und darum verbot Mrs. Bosanko ihnen, dieses Spiel zu spielen.

Nun verband man Mr. Lewarne die Augen, zwang ihn, niederzuknien, und die Männer lachten und johlten, während sie ihm zusahen.

Ach, wenn er doch die Kiesel wählen und reich werden würde! dachte Mary, die mit Grauen zusah, wie der bejahrte Mann gedemütigt wurde; denn das wurde er, der wie ein Tier dahin und dorthin kroch und nicht wußte, wohin er sich wenden sollte. Plötzlich wurde es ganz still, als er sich nach links in die Ecke wandte und die Schale faßte.

Ein dröhnendes Gelächter erscholl, als der Wirt von ›Rose und Anker‹ hockte und die Binde von den Augen riß.

»Er hat den Dreck gefunden!« brüllten alle. »Er hat die Hände in den Dreck gesteckt!«

Und abermals erscholl die Trompete.

Als Mark Lewarne, benommen und unsicher, aufstand, beide Hände schwarz von Schlamm, fiel sein Blick auf Amyot, der lächelnd seinen Apfel verzehrte, und torkelte auf den jungen Burschen zu und schrie:

»Du hast das getan! Du hast mir diesen Streich gespielt!«

Und damit bückte er sich, packte die Schale und warf sie nach Amyot, doch sie traf die Lampe, und mit einem Mal war es dunkel im Raum.

Flüche, Gelächter und splitterndes Glas vereinigten sich; es war, als wäre die Hölle entfesselt, und Mary hörte die Männer in die Küche stürzen, und erschrocken lief sie aus dem Hof und auf die Straße, wohin, wußte sie nicht, es war ihr auch gleichgültig, nur fort von dem Toben der Betrunkenen.

Ein Pferd mit Wagen tauchten vor ihr aus dem Nebel

auf, und sie lief darauf zu und schrie aus Leibeskräften: »Kommt schnell! Helft! Dort drin im Wirthaus raufen sie sich!«

Dann erkannte sie das Pferd, Captain, und Mr. Dingle, den Kutscher, auf dem Bock, und der Mann, der aus dem Brougham stieg und den Arm um sie legte, war kein anderer als Doktor Carfax selber, der ihr ganz plötzlich und höchst wunderbar zu Hilfe gekommen war.

XXIX

Ich spüre weder Wind noch See,
Mich quält allein die Bitterkeit.

Mr. Tregentil, ein hastig zurechtgemachtes Brot mit Schinken in der Hand, beantwortete nach besten Kräften die Fragen des Doktors, bevor sie sich im Brougham auf den Weg von Tresaddern nach der ›Indischen Königin‹ machten. Alles, so betonte er immer wieder, war während des Ausflugs gut abgelaufen, bis zu dem Augenblick, da Amyot und Mary aus der Kirche in St. Columb verschwunden waren. Der Tag vorher war in jeder Beziehung erfreulich gewesen, höchstens daß der bretonische Bursche sich ganz unvermutet aufgespielt und gemeint hatte, er kenne die Geschichte genau, die er offensichtlich nicht kannte; und der sich, weil er zufällig den raschesten Durchlaß durch die Wälle gefunden und geahnt hatte, wo Trinkwasser war, zum Führer aufgeschwungen hatte; doch das war zum Glück nur von kurzer Dauer gewesen. Der Abend war ereignislos verlaufen. Nein, er wußte nichts von einer Botschaft der Mrs. Lewarne, obgleich es jetzt, nach dem, was Mrs. Polwhele berichtet hatte, doch glaubhaft war, daß Amyot einen Brief erhalten hatte. Er selber, Tregentil, sei so besorgt darum gewesen, den

Schinken vor dem Kochtopf zu bewahren, daß er nur wenig Zeit für anderes gehabt hatte. Die ganze Reisegesellschaft sei müde gewesen und bald zu Bett gegangen.

»Und jetzt, Carfax«, fuhr der gereizte Patient fort, »sind Sie entschlossen, mich zum Sündenbock für alles zu machen, was dem jungen Amyot etwa zugestoßen sein sollte! Das ist nicht das erste Mal. Und Mrs. Lewarne? Ich bin nur froh und dankbar, daß ich sie seit jener unglückseligen Begegnung in Woodget Pyll nicht mehr gesehen habe.«

Tregentil biß in sein Brot und bemühte sich gleichzeitig, seine nassen Schuhe zu wechseln.

»Lassen wir jetzt Woodget Pyll«, sagte der Doktor. »Der Schaden war nun einmal angerichtet. Aber Sie hätten so klug sein können, mich davon zu verständigen, als Sie mir die Papiere zurückschickten, daß Bosankos Mutter eine Hoel war.«

»Das habe ich in einer Fußnote erwähnt!« rief Mr. Tregentil erstaunt. »Was aber hat das mit der jetzigen Situation zu tun?«

»Nichts«, erwiderte der Doktor, »oder vielleicht alles. Wir sind hier vor Dingen, die über unser Verständnis hinaus reichen, mein Freund, und darum dürfen wir kein Zusammentreffen außer acht lassen. Wollen Sie vielleicht auch behaupten, daß der Hund ein Zufall war?«

»Der Hund? Welcher Hund?«

»Der Hund, den Johnny Amyot gab und Amyot Mrs. Lewarne; der Hund... Pettigrew!«

Mr. Tregentil starrte ihn an.

»Ich weiß nichts von diesem Hund!«

»Nein, nein, natürlich nicht!« Der Doktor biß jetzt auch in ein Brot und wandte sich gereizt zur Tür. »Noch wußte ich bis zum heutigen Morgen von ihm. Und wenn ich auch etwas gewußt hätte, was hätte ich tun können? Er hat übrigens in der ursprünglichen Geschichte keine Rolle gespielt, nur daß er seine Herrin einige Jahre amüsiert hat; in unserem Fall nur Wochen. Wir sehen die Vergangenheit vom falschen Ende des Fernrohrs her, und das ist die Schwierigkeit. Mrs. Polewhele?«

Monas Schwester stürzte aus der Küche.

»Ja, Doktor? Was kann ich für Sie tun?«

»Behaltet Johnny im Haus, bis wir zurück sind, und laßt ihn nicht aus den Augen. Das Wetter ist ohnehin nicht gut für ihn. Und jetzt lebt wohl! Mr. Tregentil und ich müssen fort.«

Arzt und Patient stiegen in den Brougham, und Mr. Dingle, dessen Ansicht über die Torheit dieses Ausflugs auch sein Quartier in St. Columb nicht geändert hatte, redete Captain gut zu, bevor er ihn in den Nebel lenkte, der vor ihnen geballt lag.

»Ich muß Ihnen wirklich sagen, Carfax«, begann Mr. Tregentil abermals, »daß Sie mich da in lauter Rätsel verstricken.«

»Ich weiß, ich weiß. Aber damit müssen Sie sich abfinden. Sagen Sie – es gibt doch zwei verschiedene Versionen von Tristans Tod, nicht wahr?«

»Ja... ja, ich glaube schon. Aber ich verstehe nicht, was das mit...«

»Dann versuchen Sie auch gar nicht, es zu verstehn. Die eine Version, die spätere, daß er König Hoels Tochter in der Bretagne heiratete, in einem Kampf verwundet und sterbend nach der Königin sandte, sie sollte zu ihm kommen, was sie denn auch tat; doch sie kam zu spät. Sein Tod wurde ohnehin durch die Lüge von Tristans Gattin beschleunigt, die vor lauter Eifersucht, die arme Seele, behauptete, das Schiff der Königin habe schwarze Segel und nicht weiße, und das sei das Zeichen dafür, daß die Königin nicht an Bord war... zum Teufel mit diesem Nebel!«

Doktor Carfax rieb mit dem Taschentuch das Fenster des Brougham.

»Ja, so verhalt es sich«, gab sein verblüffter Patient zu. »Meine Entdeckung aber würde natürlich beweisen, daß das Ereignis sich in Cornwall abgespielt hat und überhaupt nicht in der Bretagne. Und Gottfried von Straßburg...«

»Lassen wir jetzt Gottfried von Straßburg«, unterbrach ihn der Doktor. »Die zweite, weniger bekannte Version, berichtet, daß die Magd Brangwyn ihre Herrin dem König verraten hat, der Tristan antrifft, wie er gerade für die Königin singt, ihn mit einem vergifteten Speer verwundet und Isolde in ihrem Gemach einsperrt, um sie zu hindern, ihrem Geliebten zu folgen. Tristan flieht zu seinem Freund Dinas und stirbt auf dessen Burg, die Königin aber kommt, wie in der anderen Version, zu spät, um sich von ihm zu verabschieden. In beiden Fällen stirbt Tristan durch einen vergifteten Speer. Die Frage ist...« er brach ab, denn der Brougham war neben einer Hecke stehn geblieben und der Kutscher stieg vom Bock.

»Was ist denn jetzt los?« rief der Doktor, ließ die Scheibe hinunter und beugte sich aus dem Fenster.

»Captain lahmt, Sir«, meldete Dingle mit wohlberechnet düsterer Stimme. »Bei dem Zustand der Straße war das ja zu erwarten. Eine Schmiede ist nicht in der Nähe, und so muß ich selber den Stein herausholen.«

Mr. Tregentil tastete nach dem Rest seines Schinkenbrots.

»Trifft sich sehr unglücklich«, sagte er. »Aber diesmal bin ich nicht schuld daran. Sie sagten, Doktor...?«

Doktor Carfax war schon ausgestiegen und hatte sein Klappmesser aus der Tasche gezogen. Er wandte dem Patienten ein wütendes Gesicht zu.

»Ich habe gar nichts gesagt«, erwiderte er, »was heute für einen von uns beiden auch nur den Schimmer eines Sinns ergäbe. Zum Glück sind Speere, ob vergiftet oder nicht, heutzutage nicht bei der Hand; wenn wir uns aber in ein Drama verwickelt sehen, das sich vor einigen dreizehnhundert Jahren abgespielt hat – wer soll dann die Rolle des Dinas spielen? Sie oder ich?«

Dann ging er, um dem Kutscher zu helfen, und ließ seinen Patienten fassungslos sitzen.

»Ich trage gar kein Verlangen«, brummte Mr. Tregentil, »die Rolle des Dinas oder überhaupt eine Rolle zu spielen. Manchmal frage ich mich doch, ob Carfax auch wirklich bei Sinnen ist...«

Obgleich Captain geduldig still stand, ließ sich der Stein nur mit großer Mühe entfernen, und als es endlich gelungen war und sie ihre Fahrt fortsetzen konnten, war viel von der nur allzu kostbaren Zeit verstrichen. Eine weitere Erörterung, welches die beste Straße war, um den Hügel hinaufzufahren, kostete auch einige Minuten, und weder der medizinische Berater noch der Patient war in besonders guter Laune, als der Brougham schließlich von einem Seitenweg in die richtige Straße einbog, keine Viertelmeile von der ›Indischen Königin‹ entfernt, und nun auf die hastende Gestalt Mary Bosankos zufuhr, die die Arme schwenkte und schrie. Nun verstrichen nur wenige Augenblicke; Doktor Carfax gönnte dem Kind einige beruhigende Worte, verbot ihr, sich von Mr. Tregentils Seite zu rühren, und schon donnerte er mit seinem Stock an die Tür des Gasthauses und drang ein.

Die Szene, die sich ihm bot, war nichts als ein völliges Durcheinander. Eine zerbrochene Lampe, ein umgestürzter Tisch, Gläser und Flaschen über den Boden verstreut und eine Schar angeheiterter Männer lag, saß oder hockte rittlings auf dem Schanktisch, und vor Trinken und Lachen dachten sie nicht daran, ein wenig Ordnung in dem Wirrwarr zu schaffen. Beim Anblick des Arztes wurde es mit einem Mal still, und einer der Männer, eine Trompete in der Hand, schwang das Instrument über dem Kopf und trat auf Carfax zu.

»Und wer mögt Ihr denn sein?« fragte der Mann. »Noch einer, der seine Hände in Schlamm tauchen will? Wenn's so ist, so geht nur hinauf und gesellt Euch dem andern Paar; Ihr seid willkommen!«

Lautes Gelächter begleitete diesen Scherz, doch der Neuangekommene ging in die Mitte des Raumes, stieß dabei an den auf dem Boden liegenden Tim Udy und ließ sich nicht niederschreien.

»Mein Name ist Carfax, und ich bin Arzt in Troy« sagte er laut. »Ein erschrockenes Kind ist eben von hier fortgelaufen und hat bei mir Schutz gesucht. Was, zum Teufel, habt ihr denn im Kopf, daß ihr euch hier aufführt wie ein Rudel wilde Tiere?!«

Seine Worte wurden nur mit einem Gemurmel aufgenommen; dann aber trat der Mann mit der Trompete auf ihn zu.

»Hier ist kein Kind, noch ist es überhaupt hier gewesen. Wir haben nur unsern Spaß gehabt. Ich bin der Wirt dieses Hauses, und ich weiß, wie man Frieden halten muß.«

»Das scheint so«, erwiderte der Doktor. »Hört doch dort...«

Denn in dem Raum darüber war ein Gestolper, ein Geschrei zu vernehmen, Möbel wurden krachend umgeworfen und Glas zersplitterte.

»Weiß Gott, da sind sie wieder aneinandergeraten!« rief der Wirt. »Damit haben wir nichts zu schaffen, Doktor, aber zwei von den Männern haben Streit angefangen, und jetzt haben sie sich dort oben an der Gurgel... los, gehen wir, machen wir ein Ende, bevor noch mehr Blut vergossen wird. Lewarne ist ein reiner Teufel, wenn er einmal in Wut gerät.«

»Lewarne?« rief der Doktor, und im Nu war er auf der Treppe und oben, und der Wirt der ›Indischen Königin‹ und eine Handvoll anderer hinter ihm. Als sie oben waren, taumelte Lewarne selber aus der zerbrochenen Tür eines Schlafzimmers.

»Dorthin!« brüllte er. »Dorthin! Er ist hinausgesprungen! Wenn er sich nur den Hals gebrochen hat!«

Doktor Carfax trat in das Zimmer. Es hatte zwei Fenster, eines nach der Straße, das andere nach dem Hof. Dieses zweite Fenster war zersplittert, und dort, unter ihm, war die Gestalt Amyots, der auf den Stall zulief.

»Haltet ihn auf! Haltet ihn auf!« rief der Doktor. »Haltet ihn auf, aber vorsichtig! Er ist von Sinnen...«

Abermals rumpelte es über die Treppe, als die drei oder vier Männer übereinander stolperten, in den Schankraum stürzten, durch die Küche hinaus und auf den Hof. Doch das Durcheinander unten behinderte sie, und als sie im Freien waren und auf den Stall zueilten, sprengte Amyot auf einem von Lewarnes Pferden in den Hof und zwang die Verfolger, zur Seite zu springen und ihm den Weg freizugeben.«

»*Ho la!*« rief Amyot. »*En avant!*«

Und schon war er fort, auf der Straße, am Brougham vorüber und außer Sicht, denn das Wagenpferd galoppierte wie besessen, und die trunkenen Männer und der Wirt der ›Indischen Königin‹ schauten ihm halbbetäubt nach.

»Auch das stimmt mit der Sage«, murmelte Doktor Carfax, »aber wie die übrigen Stücke des Zusammensetzspiels kommt es zu spät.«

Er trat an das Bett und schaute auf die schlafende Gestalt hinunter. Es war Linnet, und ihr Gatte kniete neben ihr.

»Sie kann bei diesem Lärm schlafen?« sagte der Doktor, beugte sich über sie, nahm ihren Puls, dann hob er ihre Lider.

»Vergiftet«, sagte er. »Aber womit? Könnt Ihr mir das sagen?«

Langsam erhob sich Mark Lewarne. Jetzt war er nüchtern genug, und sein Gesicht war grau vor Angst.

»Es war nur ein Schlaftrunk«, sagte er, »damit sie sich still verhielt. Deborah, die Magd, hatte ihn mir gegeben. Falls es nötig sein sollte.«

»Was für ein Schlaftrunk?«

Der Wirt von ›Rose und Anker‹ zog eine Phiole aus der Tasche.

»Es ist nichts mehr übrig. Deborah sagte, ich solle ihr alles geben. Aber es hat rascher gewirkt, als ich geglaubt hätte.«

Er reichte die Phiole dem Arzt, der den Verschluß öffnete und schnupperte.

»Apfelsaft«, sagte er, »oder Ähnliches...« Er steckte einen Finger in die Phiole, kostete und fühlte sich im Nu an jenen Abend vor einem Jahr erinnert, als er und Ledru von Linnet selbst einen Abschiedstrunk vorgesetzt erhalten hatten. Doch in dieser Phiole war ein stärkeres Mittel gewesen. »Wißt Ihr, wo die Magd das gefunden hat?« fragte er. »Habt Ihr solches Zeug im Keller?«

Der Wirt schüttelte den Kopf.

»Nein, Doktor; nicht, daß ich wüßte! Sie wird sich doch wieder erholen, nicht wahr?«

In Doktor Carfax regte sich ein seltsamer Verdacht, als er auf die schlafende Linnet hinunterschaute.

»Ich weiß nicht«, sagte er langsam. »Das Mittel war sehr stark, und ohne die Zusammensetzung zu kennen...« er warf dem Wirt einen Blick zu. »Ihr erinnert Euch doch, wie vor noch nicht zwölf Monaten der Notar Ledru an einem Herzkrampf starb. Unter Eurem eigenen Dach...«

»Großer Gott... Sie glauben doch nicht...«

»Ich sage Euch, Mann, ich weiß es nicht. Aber ich bin zutiefst... beunruhigt.«

Sein Blick fiel auf einen Armreif um Linnets linkes Handgelenk, und als er ihn berührte, merkte er, daß es der gleiche Armreif war, den sie damals in der Erde gefunden hatte, als sie und er sich in Castle Dor vor dem Sturm geschützt hatten.

»Trägt sie den immer?« fragte er.

Mark Lewarne schaute hin. »Ich habe ihn in meinem Leben noch nicht gesehen«, sagte er. »Als ich sie hierherbrachte, hatte sie ihn nicht am Arm. Das ist der verdammte Lump, der die Tür aufgebrochen hatte! Der muß ihn ihr gegeben haben! Mit dem werde ich, bei Gott, noch abrechnen!«

Doktor Carfax legte dem Wirt die Hand auf die Schulter. »Laßt ihn laufen«, sagte er. »Ich übernehme die Verantwortung. Er kann nicht weit gekommen sein. Nur ein paar Meilen auf der Straße, wenn ich's richtig beurteile. Jetzt aber, kommt, helft mir, sie in Decken wickeln, und wir wollen sie hinuntertragen. Wir müssen sie ins Krankenhaus schaffen, und Bodmin ist gute dreizehn Meilen weit.«

Er beugte sich aus dem Fenster und rief den Kutscher an, der neben dem Brougham stand.

»Ihr habt eine lange Fahrt vor Euch, Dingle. Und eine kranke Frau ist Euer Passagier. Bittet doch Mr. Tregentil und Miß Mary auszusteigen und Mr. und Mrs. Lewarne den Wagen zu überlassen!«

Er wandte sich abermals zum Wirt.

»Wenn Ihr erlaubt, Lewarne, spanne ich Euer zweites Pferd an Eure Barutsche und kutschiere selber. Ich habe noch zwei andere Patienten zu versorgen und muß sie in ihr Quartier schaffen. Sollte Eure Frau auf dem Weg nach Bodmin aufwachen...« er unterbrach sich, und seine Blicke hafteten auf Linnets Armreif, »....so ist es leicht möglich, daß sie Euch nicht erkennt, sondern nach dem jungen Trestane ruft. Und wenn sie das tut, so laßt es ruhig geschehen, wenn Ihr könnt, und stellt ihr keine Fragen.«

Mark Lewarne, die Züge vor Gram verzerrt, zog den Doktor am Ärmel.

»Lassen Sie mich nicht allein mir ihr!« bat er. »Kommen Sie doch mit uns! Wenigstens ein Stück des Weges! Sie werden doch nicht heute abend bis Troy fahren?«

»Nein«, sagte der Doktor, und seine Stimme war seltsam ruhig. »Meinen nächsten Besuch habe ich zwei Meilen von hier zu machen, und vielleicht täten wir gut, wie Ihr vorschlagt, beisammen zu bleiben.«

Etwa zehn Minuten später verließen zwei Wagen den Hof der ›Indischen Königin‹, die jetzt in tiefem Schweigen lag. Der Brougham folgte der Barutsche Lewarnes. Dann aber, statt auf der Straße nach Bodmin zu bleiben, bog Doktor Carfax plötzlich links ab und schlug die Landstraße ein, die nach Castle-an-Dinas führte.

XXX

»Denn willst du nicht mehr kommen zu mir,
So muß ich sterben aus Lieb' zu dir.«

Der Instinkt gebot Doktor Carfax den kürzesten Weg zu nehmen. Wenn er richtig geschätzt hatte, so müßte diese schmale Straße sie an dem alten Zinnbergwerk vorüberbringen, das er an diesem Morgen bemerkt hatte, und so an den Fuß von Castle-an-Dinas selbst. Das war der Weg, den wohl auch Amyot gewählt hatte, als er zehn Minuten vorher wie ein Rasender davongeritten war. Welcher Dämon der Vergangenheit den Burschen besessen hielt, darauf kam es jetzt kaum an. Er war kein Gespenst, aus dem Nebel des Moors geboren, sondern ein lebendiger Bursche aus Fleisch und Blut, der, nach einem Streit in der Trunkenheit, zu Schaden kommen konnte. Die Straße nach links war für Pferd und Wagen gut brauchbar, und der Regen hatte aufgehört, nur der Nebel trieb noch immer um sie.

Doktor Carfax blickte über das Dach des Wagens hinter sich und sah, daß der Brougham etwa zwanzig Yards hinter ihnen folgte. Lewarne mußte dem Kutscher seine Befehle erteilt haben und zog sichtlich die Nachteile des Umwegs einer einsamen Fahrt mit seiner vergifteten Frau nach Bodmin vor. Ein oder zwei Meilen mehr konnten Leben oder Tod bedeuten – begriff Linnets Gatte das überhaupt? Und doch hatte Carfax nicht den Mut, haltzumachen, ihm das zu sagen und den Brougham wieder auf die Straße nach Bodmin zu schicken. Vernunft und Urteilskraft hatten bei den Ereignissen dieses Tages nur eine geringe Rolle gespielt, und es konnte wohl sein, daß an irgendeiner Stelle der Fahrt nach Bodmin Linnet aus dem tiefen Schlaf erwachte, der sie umfangen hielt, und mit dem wiederkehrenden Bewußtsein versuchen würde, sich zu befreien, und damit ihr Ende herbeiführen. Irgendwo im Nebel vor ihnen ritt ihr Geliebter. Fand man ihn, so konnte man ihn vielleicht dazu überreden, nach Tresaddern in die Hut von Tregentil und Mary zurückzukehren, und Carfax selber würde Lewarne und dessen Frau die ganzen dreizehn Meilen nach Bodmin fahren.

Das war das Risiko. Eine andere Möglichkeit schien nicht vorhanden zu sein. Der einzige Feind war die Zeit; nicht die Dämmerung, die sie einholen würde, noch die verstreichenden Stunden. Nein, nur die groteske, gespenstische Zeit, die aus begrabener Vergangenheit über sie gekommen war und sie alle in ihren Krallen hielt.

Der Wagen hatte fast die zweite Meile zurückgelegt, und schon stieg die Straße an, die nach Castle-an-Dinas führte, als Merlin, das übriggebliebene Pferd des Wirts, die Ohren spitzte, seinen Trab verlangsamte und wieherte. Aus dem Nebel vor ihnen drang ein zweites Wiehern zu ihnen, und als Doktor Carfax den Wagen an den

Straßenrand lenkte und die Peitsche hob, um Dingle auf dem Bock des Brougham zu verständigen, kam Merman, Merlins Stallgefährte, aus dem Nebel gesprengt. Er wieherte wieder, als er den Kameraden erblickte, und blieb stehn. Er hatte keinen Reiter mehr und zitterte von Kopf zu Fuß. Im Nu war der Doktor abgesprungen, hielt den Durchbrenner beim Zügel und spannte mit Hilfe des Kutschers, der den Brougham neben den andern Wagen gestellt hatte, das verschüchterte Tier zu seinem Kameraden an die Deichsel.

»Er hat seinen Reiter abgeworfen«, bemerkte Dingle. »Und daraus kann man ihm keinen Vorwurf machen.«

»Oder der Reiter hat ihn freigegeben«, erwiderte der Doktor, »weil er sein Ziel erreicht hatte.«

Er blickte nach beiden Seiten über das Land – oder vielmehr in den Nebel. Jetzt erinnerte er sich, daß die Straße, auf der sie waren, etwa hundert Yards von einem Zinnbergwerk in die Straße unterhalb von Castle-an-Dinas mündete. Er selber hatte noch heute, am Morgen, den Schornstein und die Schuppen bemerkt, die auf einem Hang zur Linken der Straße standen, und jetzt, als er durch den Nebel spähte, sah er denselben Schornstein, der wie eine riesige Schildwache dastand, doch von der andern Seite her gesehen. Als er im Wohnzimmer in Tresaddern darauf wartete, daß die Reisegesellschaft aus St. Columb zurückkehrte, hatte er auf Tregentils Landkarte, die auf dem Tisch lag, auch den Namen des Zinnbergwerks gesehen – Royalton hieß es. Das war natürlich in modernem Englisch der Ausdruck für Tre-kyning oder Königsstadt, und der Herrensitz des heutigen Trekenning war etwa zwei Meilen westlich davon. Doch ›royal‹ war in der Sprache von Cornwall auch ›ryal‹, und im Verlauf der Jahrhunderte mochte es sehr wohl sein, daß ein Zinnbergwerk in der Nähe des Herrschersitzes, unterhalb der Festung, den alten Namen aus der früheren Zeit des

Glanzes trug. Und wenn seine Vermutung richtig und das Haus eines Herrschers einst unterhalb des befestigten Castle-an-Dinas gestanden war, würde nicht ein Freund und Waffenbruder dieses selben Herrschers, Dinas, wenn er nach einem Zusammenstoß eine Freistatt suchte, seinen Freund in dessen Haus, nicht aber auf der Festung suchen?

Schaltete man die Jahrhunderte aus, fand man sich mit der Tatsache oder der Mußmaßung ab, daß die Zeit – jedenfalls für Amyot und Linnet – von damals und nicht von heute die Ereignisse beherrschte, dann würde Amyot nicht oben auf dem Hügel und jenseits der Festung absteigen und sein Pferd verlassen, sondern hier, etwa fünfzig Yard vor ihnen, in dem Royalton-Bergwerk.

Mary hatte sich, dem Befehl des Doktors gehorsam, nicht aus dem Wagen gerührt, jetzt aber, als er sie und Mr. Tergentil ansah, erkannte sie an dem ernsten Ausdruck seiner Züge, daß er, ebenso wie sie selber, fürchtete, Amyot könnte ein Unglück zugestoßen sein.

»Mary«, sagte er besorgt, »als ihr gestern auf der Befestigung zu Mittag gegessen habt, kannst du dich erinnern, ob Amyot dieses Bergwerk bemerkt hat, das hier vor uns liegt?«

Mary beugte sich aus dem Fenster, und auch sie konnte die Umrisse des Schornsteins im Nebel erkennen.

»Ich glaube nicht«, erwiderte sie. »Und wenn, so hat er mir gegenüber nichts davon erwähnt. Er sprach immer nur von den längst vergangenen Zeiten.«

»Von denen er natürlich keine Ahnung hatte«, unterbrach Tregentil hastig. »Für die Landschaft aber hat der Bursche einen Blick; das muß ich ihm lassen. Ich habe das Bergwerk natürlich bemerkt. Aber ich habe nicht darüber gesprochen. Das war nicht der Zweck unserer Expedition.«

»Nein, gewiß nicht«, sagte der Doktor. »Der Zweck der

Expedition war, die Vergangenheit wiederaufleben zu lassen, und das wurde, im Licht dessen, was sich seither ereignet hat, erfolgreich vollbracht. Ein Mensch, der in der Zeit vor dreizehn Jahrhunderten lebt, sieht nur, was damals hier stand, nicht aber, was heute hier steht. Sehr wahrscheinlich hat Amyot Royalton bemerkt, doch nicht das Bergwerk...«

Er ging zu dem Brougham. Linnet lag noch immer da, wie er sie zuletzt gesehen hatte, in Tücher gehüllt, schlafend, den Kopf auf den Knien ihres Mannes. Mark Lewarne, das Gesicht kreideweiß und entstellt, hielt sie fest.

»Sie hat sich nicht gerührt, Doktor«, sagte er. »Glauben Sie, daß es schlechter um sie steht?«

Doktor Carfax nahm der Patientin den Puls, kniete im Wagen nieder und horchte auf ihren Herzschlag.

»Keine Veränderung! Haltet sie warm, wie Ihr's jetzt tut, und binnen kurzem sollten wir zu dritt auf dem Weg nach Bodmin sein.«

»Sie werden doch keine Zeit damit verlieren, daß Sie diesen Spitzbuben suchen? Mag er sich nur den Hals brechen, oder sonst tun, was er will! Ich werde ihm nichts nachtragen, wenn wir Linnet nur rechtzeitig ins Krankenhaus bringen!«

»Geduld, Mann!« erwiderte der Doktor. »Wenn wir binnen fünf Minuten nichts von ihm sehen, so fahren wir weiter und überlassen es Tregentil und seinem Kutscher, weiter zu suchen.«

Doktor Carfax ging langsam auf der Straße, und sein Blick forschte nach Spuren von Hufen. Hier waren sie, genau wie er es vorausgesetzt hatte; sie führten von der Straße fort, durch eine Lücke in der Hecke und weiter auf das Grundstück des Bergwerks. Schwarz und drohend ragte der Schornstein vor ihm auf, und er sah auch die niedrigen Schieferdächer der Schuppen.

Alles war still. Das Bergwerk wäre, selbst wenn hier

noch gearbeitet wurde, seit dem Morgen verlassen gewesen. Der Samstagabend und Allerheiligen hatten zur Folge gehabt, daß nicht einmal ein einsamer Wächter hier zu finden war. Vielleicht waren die Männer, die hier arbeiteten, unter jenen, die in der ›Indischen Königin‹ getrunken hatten; der Reiter aber, der hier von seinem Pferd gesprungen war und inmitten aufgeworfener Erde und Schutt vorwärts drängte – was hatte er gesucht oder, schlimmer noch, was hatte er gefunden?

Dinas, der Freund Isoldes und Tristans, der Seneschall seines Lehensherrn, des Königs Marke, war einst auf diesem Grund auf und ab gegangen, seine Wohnstatt stand vielleicht dort, wo jetzt die Schuppen standen oder hinter dem Maschinenhaus. Bergleute gruben Schächte tief in die Erde, auf der vor Jahrhunderten Dienstleute gearbeitet hatten, und der nicht mehr benützte Schacht inmitten des Ginstergestrüpps, wenige Yard entfernt, konnte, für einen Wanderer durch jene Zeit, der seinen Weg kannte, der Eintritt in ein Treppenhaus sein.

Die Hufspuren verschwanden, der weiche Boden war zertrampelt, als wäre das Pferd, von Angst gepackt, entflohen, und zu dem Schacht führte durch das Ginstergestrüpp der neugebahnte Weg. Die Pfosten waren umgeworfen worden.

»Amyot!« rief Doktor Carfax. »Amyot!«

Das Echo höhnte ihn, widerhallte von den leeren Schuppen, und in Dunst und Dunkel ragte der Schornstein mächtiger auf als zuvor. Der Doktor stand hier vor dem schwarzen Loch, das vielleicht vor weniger als einem Dutzend Jahren noch als Schacht gedient hatte und nicht verlängert worden war. Ihm aber war es, als stünde er hier, auf seltsame, beängstigende Art, an der Schwelle einer andern Welt. Was er auch heute sagte oder tat, wäre nichts als die Wiederbelebung eines vergangenen Tages, und wer seine Stimme hörte, die in das Dunkel rief, müßte sie als die Stimme eines andern hören, der diese dreizehnhundert Jahre lang tot gewesen war.

»Trestane!« rief er. »Trestane ...«

Und der Schall dieses veränderten Namens klang in seinen Ohren keineswegs töricht, sondern eigentümlich schicksalsbeladen, denn das Echo erwiderte ihm nicht so scharf wie seinem ersten Ruf, da das ›t‹ von Amyot sehr klar und deutlich getönt hatte. Jetzt klang das gedehnte Trestane schwermütig und erstarb, und das Echo war nur ein Flüstern, kaum lauter als ein Seufzer.

Dann, den Stock fest in der Hand, beobachtete Doktor Carfax mit angehaltenem Atem eine Gestalt, die sich aus dem Schacht erhob, Hand nach Hand aus der Tiefe stieg, bald ausgleitend, bald mit sicherm Tritt, und um Kopf und Schultern war schwarzer Schlamm, und das Gesicht war blutig, und die Augen starrten wild – Amyots Augen.

»Wer ruft?«

Die Stimme, halb in einem Schluchzen erstickt, war schwach und atemlos, und der Doktor, der wohl wußte, daß eine jähe Bewegung oder ein einziger falscher Tritt den Kletterer in die unbekannten Tiefen zurückschleudern würde, aus denen er sich heraufkämpfte, blieb reglos, knietief im Ginster, neben den zerbrochenen Schranken.

»Ich bin's, Dinas«, sagte er halblaut. »Dinas, dein Freund.«

Der junge Mensch schaute ihn an, ohne ihn zu erkennen, klammerte sich mit einer Hand an den festen Boden über ihm und strich mit der andern Hand das Haar zurück, das ihm über die Augen fiel.

»Ihr habt ein falsches Spiel mit mir gespielt«, sagte Amyot. »Ihr oder ein anderer. Die Treppe ist fort. Man hat eine Grube gegraben, um mich zu fangen, und nun bin ich in Banden.«

Der Doktor beugte sich vor und sah, daß der linke Fuß des Burschen sich in Draht verfangen hatte, und wenn er sich bückte, um sich zu befreien, würde er hinunterstürzen.

»Nur ruhig«, sagte er. »Halte dich mit beiden Händen fest. Ich komme und befreie dich.«

Und er ging auf den Rand des Schachtes zu, als Amyot schrie:

»Bleibt, wo Ihr seid, denn ich habe kein Vertrauen zu Euch. Der Fuchs ist nachts draußen und all seine Männer mit ihm. Dinas dient zuerst dem König, bevor er seinem Freund dient.«

Plötzlich, mit höchster Anstrengung, zog er den Fuß aus dem Drahtgeflecht, griff nach dem Rand des Schachtes und zog sich auf den sichern Boden hinauf.

»Braver Bursche!« rief der Doktor. »Hier, nimm meinen Stock!«

Doch sein Sprung vorwärts in die Zeit erwies sich als unglücklich, denn Amyot sah in Wort und Geste einen Angriff, in dem Stock eine Waffe, und im Nu hatte er sich mit seinem ganzen Gewicht auf seinen nichtsahnenden Verbündeten geworfen. Sie kämpften im Gestrüpp, keine drei Yard von dem offenen Schacht, und Carfax, nicht länger in der Gewesenheit befangen, wußte, daß ihm in voller Gegenwart der Tod drohte, wenn er sich des Angreifers nicht erwehren konnte.

Schon hatte Amyot in seiner blinden Wut über das, was er als Verrat ansah, das Klappmesser aus der Tasche des Doktors gerissen, schon lag es offen in seiner Hand und war auf die Kehle des Doktors gezielt, als der ältere Mann das Handgelenk, das ihn bedrohte, wegschob, seinen Gegner auf die Seite warf und ihm, durch einen unglücklichen Zufall, das Messer in die Schulter stieß. Das Blut spritzte, und als Amyot vor Schmerz aufschrie, löste dieser Schrei seine Wut und Furcht. Er gab den Kampf auf, zog das Messer aus der stark blutenden Wunde und starrte seinen Feind völlig verblüfft an.

»Doktor Carfax«, sagte er, »was haben Sie mit mir gemacht?«

Der Doktor antwortete nicht, sondern warf Mantel und Rock ab und zog sein Battisthemd aus, um es in Streifen zu reißen und die Wunde zu verbinden.

»So, mein Junge«, sagte er, »halt still! Ich will dich verbinden, ein wenig rauh und auf's Geratewohl, aber es muß genügen.«

Seine Stimme war jetzt ruhig und gleichmäßig, und nichts verriet, daß er vor kaum drei Minuten um sein Leben gekämpft hatte. Doch während er sprach und mit erfahrenen Händen die Streifen um die Wunde band, breitete sich der dunkle Fleck über den Vorderarm aus, und Amyot wurde ohnmächtig.

Als Doktor Carfax, hier im Ginstergestrüpp von Royalton, neben einem unverwendeten Schacht kniete und mit aller Kraft seiner Lungen Dingle, den Kutscher, oder Tregentil, seinen Patienten rief, sie sollten doch kommen und ihm helfen, Amyot zum Wagen zu tragen, denn nun wären zwei Patienten nach Bodmin ins Krankenhaus zu bringen, und nicht bloß einer, da dachte er nicht an den Tod, dem er mit so knapper Not entronnen war. Er schaute auf den Burschen hinunter, der blaß und leblos in seinen Armen lag und aus der unglückseligen Wunde blutete; und es war nicht die Tiefe der Wunde, die ihn beunruhigte, noch der Blutverlust, der unvermeidlich folgen mußte, bevor man ihm einen richtigen Verband anlegen konnte, sondern der Umstand, daß es sein eigenes Messer war, dieses Messer, mit dem er vor kaum einer Stunde Steine aus einem Pferdehuf entfernt hatte, das, noch immer verschlammt und verschmutzt, das zarte Fleisch Amyot Trestanes getroffen und auf solche Art, mit verhängnisvoller Ironie, die Rolle eines längst entschwundenen vergifteten Speers gespielt hatte.

Der Nebel hatte sich gehoben. Die Landschaft, so lange düster und trübe, lag jetzt deutlich da, nur der natürliche Mantel der Dunkelheit hatte sich gesenkt. Ein leichter Wind von Norden her würde die letzten Wolken verscheuchen und den Himmel klären. Der Weg nach Castle-on-Dinas wand sich in der Ferne oberhalb der Straße, und Mr. Tregentil prophezeite, bevor er die Straße nach Tresaddern einschlug, um Johnny Gesellschaft zu leisten, für morgen einen schönen Tag.

Als er fort war, kniete Doktor Carfax noch einmal auf dem Boden des Brougham und fühlte Linnets Puls. Der Armreif baumelte von ihrem Handgelenk.

»Sie hat sich nicht gerührt?« fragte er.

»Nein, Doktor. Einmal glaubte ich, sie hätte die Lippen bewegt, aber es war kaum das. Und das war, als Sie bei dem Bergwerk waren.«

Mark Lewarne hielt seine Frau an sich gepreßt und forschte in den Augen des Doktors.

»Wird man sie wecken können, wenn wir sie ins Krankenhaus bringen? Dort hat man doch Mittel dafür, nicht wahr, Doktor?«

Carfax legte sachte die Decke um die schlafende Linnet, und sein Herz zuckte seltsam, als er sich an den Tag – neunzehn Jahre mochte das her sein – erinnerte, da er Leben in das kleine Kind geklopft und so ihren ersten Schrei bewirkt hatte. Damals hatte sie nur zaudernd die Welt begrüßt; mit welcher Glut, welchem Entzücken aber hatte sie später nach dem Leben gegriffen, hatte, in einer gedankenlosen Laune, gewagt, die Ehe mit diesem Mann einzugehn, der ihr Vater, ja, ihr Großvater sein konnte. Wenn sie jetzt doch wieder schreien, wenn sie jetzt wieder, in Schmerz und Verblüffung, Atem holen wollte, wie sie es an jenem ersten Geburtstagsmorgen in Castle Dor getan hatte, um ihren Willen zum Leben zu beweisen...

»Alles, was ärztliche Kunst vermag, wird im Krankenhaus für sie getan werden«, sagte er ihrem Gatten. »Mehr kann ich nicht versprechen. Wüßte ich, was der Trank enthielt, könnte ich mit größerer Bestimmtheit...«

»Das«, sagte Lewarne langsam, »das werden wir nie erfahren, wenn sie nicht erwacht und es uns sagt. Deborah hat die Phiole aus irgendeiner Flasche gefüllt, die sie nachher zerschlagen hat. Sie sagte, nun sei kein Tropfen mehr dringeblieben.«

»Und Ihr habt das erlaubt?«

»Was hätte ich tun sollen?« rief gequält der Wirt. »Sie schwor mir, es sei nach jenem alten Rezept gemacht und könne keinen Schaden anrichten.«

Keinen Schaden... Und doch hatte der gleiche Trank einen alten Mann in seinem Schlaf fortgerafft. Carfax hieß den Kutscher auf den Bock steigen und ging zum andern Wagen. Amyot, von seiner Ohnmacht erholt, aber totenblaß, lächelte ihm aus der Ecke zu.

»Der Verband hält«, sagte er. »Mary meint, Sie wollten mich ins Krankenhaus schaffen, aber das ist nicht nötig.«

»Das kannst du mir überlassen«, erwiderte der Doktor. »Mary wird dir Gesellschaft leisten, und in zwei Stunden sind wir in Bodmin.«

»Was ich nicht verstehe«, sagte Amyot, und seine Brauen zogen sich zusammen, »ist, wie wir beide hierher ins Moorland kamen und miteinander gekämpft haben. Ich trinke doch nie Schnaps, aber diesmal muß ich es wohl getan haben.«

»Was du getan hast, ist jetzt nicht wichtig; das ist erledigt.«

Der Doktor warf einen Blick auf Mary, die, wie eine junge Krankenschwester, unmerklich nickte; sie glaubte zu begreifen, was der Doktor sagen wollte. Wenn Amyot die Ereignisse der letzten Stunden vergessen hatte, so war es besser für ihn. Doktor Carfax kletterte wieder auf seinen Platz und nahm die Zügel. Amyot hatte nicht lange gefragt, wie er in Mark Lewarnes Barutsche kam. Die letzte Vergangenheit war aus seinem Gedächtnis ausgelöscht, und das war ein Glück. Der junge Mensch war nicht länger ein Wanderer in den Zeiten, in einer Vergangenheit verfangen, die er nicht gesucht hatte, sondern ein einfacher bretonischer Seemann, durch einen unglücklichen Zufall verwundet. Er, Carfax, würde alle Schuld auf sich nehmen. Es hätte keinen Kampf, keinen Streit gegeben. Amyot brauchte nicht abermals den langen Kampf mit den Behörden zu überstehn. Sein letzter Feind wäre nicht Mark Lewarne noch sonst eine lebende Seele. Der Kampf mußte ausgefochten werden, just wie Tristans Kampf ausgefochten und verloren werden mußte; gegen einen unsichtbaren Gegner, der selbst jetzt, tausendfach vervielfältigt, kämpfend, unbezwungen, durch seinen Blutstrom lief.

Mary zog verstohlen die Wagendecke um ihren Schützling, denn sie fürchtete, er könnte sich erkälten. Sie merkte, daß er die Augen abermals geschlossen hatte. Jetzt sagte er, und seine Stimme schien aus der Ferne zu tönen: »Wir haben vor langer Zeit einen Pakt geschlossen, sie und ich. Wenn ich sie je nötig hätte, würde sie kommen; das hat sie geschworen!«

Mary antwortete nicht. Amyot sollte nicht wissen, daß Mrs. Lewarne in der ›Indischen Königin‹ plötzlich krank geworden war und nun auch ins Krankenhaus gefahren wurde.

»Ich habe ihr meinen Armreif gelassen, als sie schlief«, fuhr Amyot fort. »Wenn sie erwacht, wird sie ihn erkennen und wird, wer sie auch zu hindern versucht, mir folgen.«

So brach die Erinnerung dennoch durch und konnte Schaden anrichten, wenn sie nicht sehr vorsichtig war.

»Du träumst, Amyot«, sagte sie. »Mrs. Lewarne schläft

sicher und gesund in ihrem Bett und weiß nichts von deinem Unfall.«

Er schlug die Augen auf.

»Ich schwöre, daß ich sie gerade jetzt nach mir rufen gehört habe!«

Mary klopfte ihm auf das Knie und lächelte duldsam.

»Das ist nur in deiner Einbildung! Mach dir keine Sorgen, bleib ruhig liegen!«

Jetzt schien es, als lauschte er aufmerksam, als versuchte er, ein Geräusch auf der Straße wahrzunehmen.

»Wir sind nicht die einzigen Reisenden«, sagte er. »Hinter uns sind noch andere Räder. Ich kann sie deutlich hören. Wer sind die Leute?«

Sie fürchtete, er könnte sich zu weit vorwärts beugen und seinen Zustand verschlimmern, und so nahm Mary sanft seine Hand und drückte ihn auf die Kissen zurück.

»Fremde«, erwiderte sie. »Ein ganzer Wagen voll mit Leuten, die von Truro nach Bodmin fahren wie wir. Sie haben sich vermutlich im Nebel verirrt.«

»Bist du auch sicher, Mary?«

»Ganz sicher. Sie haben einen Brougham, so einen wie Mr. Tregentil, aber schwarz gestrichen.«

Sie hielt seine Hand und glaubte in ihrem jungen Herzen, daß das, was sie selber beruhigt hatte, ihm Kraft geben würde, und sie wußte nicht, daß die Hoffnung, die einen kurzen Augenblick in ihm aufgeflammt war, als er die Wagenräder hinter sich hörte, jetzt verebbte wie das Leben in ihm. Die Lüge, die ihm einen Kummer ersparen sollte, hatte ihren Zweck verfehlt.

Als er jetzt einige französische Worte flüsterte, nahm sie an, er sei im Fieberwahn wieder in der Bretagne und sehe die Wogen, die sich an den steilen Klippen brachen.

»*Dieu vous garde*«, flüsterte er. »*Je ne vous verrai plus*.«

EPILOG

Doktor Carfax, nun ein Achtziger und seit kurzem von seiner ärztlichen Praxis zurückgezogen, ruderte in seinem Boot zu dem Stück Land hinüber, das er als Garten gepachtet hatte und das die ›Farm‹ genannt wurde, obgleich nichts von einem Farmhaus zu sehen war. Hier weilte er zumeist nachmittags von zwei bis vier und übte jene Tätigkeit aus, die ihm am meisten zusagte – er sägte Holz für den Kamin in seiner Bibliothek.

Ein Streifen Wasser trennte ihn von den prosaischen Vergnügungen, welche Bücher und Pantoffel ihm boten, oder von den Genüssen der Tafel, denn sein Gaumen war, seinem Alter zum Trotz, noch keineswegs abgestumpft, oder auch von dem ständigen Strom von Besuchern, meist früheren Patienten, die, der Macht der Gewohnheit folgend, noch immer Winter und Sommer an die Tür des Ordinationszimmers klopften und eines freundlichen Willkommgrußes sicher waren. Hier aber gönnte sich Doktor Carfax die Segnungen von Einsamkeit und Frieden, die ihm mehr als je die wahren Quellen des Lebens zu sein schienen.

Er hatte zwei Gefährten. Ein Rotkehlchen, das mit hellem Auge seine Tätigkeit beobachtete und im Sägemehl pickte, und eine Schildkröte, die ihn aber nicht zur Kenntnis nahm, sondern vorzog, auf der Suche nach Nahrung in ein nahes Kohlbeet zu watscheln.

Das angenehme Geraspel der Säge, die rhythmische Bewegung weckte in Doktor Carfax ein Behagen, das sein ganzes Nervensystem durchdrang, und das war, wie er sich sagte, ganz gewiß der Sinn des Lebens von allem Anbeginn an; sich die Früchte der Erde zunutze zu machen, das Holz, alles, was dem Boden entsprang, und dazu das Meer, auch die Jahreszeiten, die, ob regnerisch, ob warm, ob kühl, allen lebenden Wesen Nahrung brachten, vom größten Genie bis zur kleinsten Larve.

Selbst die Schildkröte Tommy war kein schlechter Philosoph, sie, die sich, wenn der Winter kam, in die gute Erde zurückzog, bis sie eines Tages im Frühjahr, lange nachdem die ersten gelben Narzissen auf dem Hang geblüht hatten, aus ihrem gemütlichen Lager herausspähte, um mit ernster Bedächtigkeit ihren kühneren Freund zu mustern, das Rotkehlchen, dessen kleines Herz vor Freude schier bersten wollte, wenn es seinen Dank für die wiedererwachte Sonne zwitscherte.

Die ewige Hetze war es, die den Menschen sauertöpfisch machte und ihn das Paradies kostete. Nicht die verbotene Frucht zu kosten wie Adam und Eva, noch das Feuer vom Himmel zu stehlen wie Prometheus, sondern sich vor seinen Mitmenschen wichtig machen zu wollen, zu kaufen, zu verkaufen, zu bauen, zu zerstören, im Namen des Fortschritts ein Land veröden zu lassen, Maschinen zu erfinden, die ihrem ganzen Wesen nach am Ende auch ihre Erfinder mechanisieren mußten. Welch eine Veränderung in den letzten Jahren! Mehr Schiffe, mehr Docks, die Eisenbahn, die längs des Flusses von Lostwithiel an St. Sampson vorüberführte und am Ende eine Krise, so daß die Leute von Cornwall überall das Bündel schnürten und ihr Glück jenseits des Meeres suchten.

Der Handel würde sich natürlich wieder einstellen. Die Krise ging vorüber. Und eines Tages, wenn er selber gegangen war, würde Troy ein wimmelnder Bienenstock von Industrie sein, und Häuser und Terrassen würden den Burghügel erklettern. Fortschritt... vielleicht. In einem Punkt jedenfalls empfand er tiefen Respekt. Und das war der Fortschritt in der Medizin. Heutzutage wußte der junge Mann, den er ausgebildet hatte, und der jetzt seine Praxis in Troy eröffnete, mehr von Mikroben und vom Kampf gegen sie, als er, Carfax, sich je erträumt hatte.

Was hatte man nicht alles entdeckt! Und was machte einen guten Arzt aus? Verständnis der menschlichen Natur, gewiß; die Fähigkeit, rasch einen Entschluß zu fassen, gewiß; und darüber hinaus ein volles Maß an Vorstellungskraft. Der junge Johnny Bosanko besaß alle drei Eigenschaften, vor allem die letzte. Die Könige und Königinnen der Sage hatten ihm nicht gelogen. Die Träume der Kindheit hatten sein Erfassungsvermögen beschleunigt und seinen reiferen Jahren größere Tiefe verliehen. Johnny würde es weit bringen, würde die Kranken heilen; die siechen Körper wie die siechen Seelen. Und Mary, vom gleichen Drang erfüllt, Schmerzen zu lindern, hatte ihm als ältere Schwester den Weg gewiesen; sie war mit siebzehn Jahren Pflegerin geworden, derzeit Schwester in einem der großen Londoner Krankenhäuser und würde, wenn sie nicht unterwegs heiratete, sehr bald Oberschwester werden.

Merkwürdig, daß die beiden Kinder sich der gleichen Sache gewidmet hatten! Leben zu retten und zu verlängern. Sehr zur Freude ihrer stolzen Eltern, obgleich Gabriel Bosanko auf solche Art keinen Sohn hatte, der die Farm erben konnte. Und manchmal, wenn er ein Glas Wein mit seinem früheren Patienten Tregentil trank, der sich ein schönes Haus gebaut hatte, von dem man die Bucht von St. Austell überschaute, denn er fand schließlich, die Nordlage von Penquite sei für seine Leber ungünstig, erörterten Doktor und Patient die Laufbahn ihrer Schützlinge und führten den Entschluß der beiden Kinder auf jenen Augenblick zurück, da sie zum ersten Mal vom Tode berührt worden waren.

Alte Leute vergessen... Mr. Tregentil schwatzte jetzt von seinem neuen Steckenpferd, der Astronomie, und davon, daß das Licht eines Sterns viele Millionen Meilen fern sei, für Sagen oder für Etymologie aber hatte er nur wenig Interesse, ja, nicht einmal für seine eigenen Ahnen, die noch immer unentdeckt unter den Pydor-Hügeln schlummerten; Doktor Carfax aber, ob er nun nach Tisch seine Pfeife rauchte, über Büchern und Papieren gebeugt saß oder in aller Ruhe auf seinem Abhang mit dem Blick über den Hafen von Troy Holz sägte, fand manchmal, daß er der Lösung des Mysteriums von Mann und Frau näher war als je, und wie die Liebe sie unverhofft packte und verschmolz.

Von den Minnesängern da unten hatte Poet nach Poet versucht, das Werden der Liebe zu erklären, und hatte versagt; und doch, gerade durch ihr Versagen, wuchs es immer höher und bewies, daß es größer war als alles, was Menschen davon singen konnten.

Von diesem Boden genährt, von dieser Landschaft, an der seine jungen Augen sich gesättigt hatten, war er nicht imstande gewesen, eine sinnlose Wiederholung einer der traurigsten Liebesgeschichten der Welt zu verhindern. Seine eigenen Wurzeln hatten ihn zum Mitwirkenden gemacht. Sinnlos vielleicht und doch nicht ganz. Freude und Leid der Liebe, einmal in die Luft gehaucht, steigen auf, doch nur, um wieder niederzusinken, wie Blüten oder Regen, und alle lebenden Dinge mit Schmerz und Verzückung zu durchdringen.

Um dessentwillen heilte ein junger Mensch jetzt die Kranken. Um dessentwillen brachte ein Mädchen den Leidenden Trost. Und er selber, ein alter Mann und seiner Stunde nah, wußte jener Wiederauferstehung ewigen Dank, die ihn vor Jahren wie eine Flut überkommen hatte, als der glücklose Amyot über die Wunde lachte, die ihn tötete, und die sterbende Linnet sich in ihrem Schlummer regte und lächelte.